LA LOI DANS LA PENSÉE GRECQUE

DU MÊME AUTEUR

AUX ÉDITIONS LES BELLES LETTRES

Thucydide, édition et traduction, en collaboration
avec L. Bodin et R. Weil, 5 vol. « C.U.F. », 1953-1972

Thucydide et l'impérialisme athénien.
La pensée de l'historien et la genèse de l'œuvre
(1947 ; 1961 ; épuisé en français)

Histoire et raison chez Thucydide, 1956, 2e éd. 1967

La crainte et l'angoisse dans le théâtre d'Eschyle, 1958, 12e éd. 1971

L'évolution du pathétique, d'Eschyle à Euripide, 1961, 2e éd. 1980

La douceur dans la pensée grecque, 1979

« Patience, mon cœur ! ». L'essor de psychologie
dans la littérature grecque classique, 1984 (2e éd. 1991) Agora, 1994

Tragédies grecques au fil des ans, 1995

AUX ÉDITIONS HERMANN

Problèmes de la démocratie grecque, 1975 (Agora, 1986)

AUX PRESSES UNIVERSITAIRES DE FRANCE

La tragédie grecque, 1970, 2e éd., « Quadrige », 1982

Précis de littérature grecque, 1980, 2e éd. 1991

Homère (coll. Que sais-je ?), 1985 2e éd. 1992

La modernité d'Euripide (coll. Écrivains), 1986

AUX ÉDITIONS VRIN

Le temps dans la tragédie grecque, 1971 (traduction du texte
paru en 1968 à Cornell University Press)

AUX ÉDITIONS FATA MORGANA

Jeux de lumières sur l'Hellade, 1996

Héros tragiques, héros lyriques, 2000

AUX ÉDITIONS JULLIARD

Sur les chemins de Sainte-Victoire, 1987, 2e éd. 1994

La construction de la vérité chez Thucydide (coll. Conférences,
essais et leçons du Collège de France), 1990

JACQUELINE DE ROMILLY

de l'Académie française

LA LOI DANS LA PENSÉE GRECQUE

des origines à Aristote

2e tirage de la 2e édition

PARIS

LES BELLES LETTRES

2002

DU MÊME AUTEUR (suite)

AUX ÉDITIONS DE FALLOIS

Les grands Sophistes dans l'Athènes de Périclès, 1988

La Grèce à la découverte de la liberté, 1989

Discours de réception à l'Académie française et réponse de M. Alain Peyrefitte, 1989

Ouverture à cœur, roman, 1990

Écrits sur l'enseignement. Nous autres professeurs (Fayard, 1969), *L'Enseignement en détresse* (Julliard, 1984), 1991

Pourquoi la Grèce ?, 1992

Les œufs de Pâques, nouvelles, 1993

Lettre aux parents sur les choix scolaires, 1994

Rencontres avec la Grèce antique, 1995

Alcibiade, 1995

Hector, 1997

Le trésor des savoirs oubliés, 1998

Laisse flotter les rubans, nouvelles, 1999

La Grèce antique et la violence, 1999

95, bd Raspail, 75006 Paris.
www.lesbelleslettres.com

1re édition 1971

ISBN : 2-251-44187-5

AVANT-PROPOS

Les Grecs, toujours si jaloux de leur indépendance, ont toujours été fiers de proclamer leur obéissance aux lois. De fait, ils ne cherchaient point à définir leurs droits et leurs libertés par rapport à la cité dont ils faisaient partie et à laquelle ils s'identifiaient : ils demandaient seulement que cette cité elle-même fût régie par une règle à elle et non point par un homme. La loi était ainsi le support et le garant de toute leur vie politique. Et, par elle, ils entendaient s'opposer aussi bien à l'anarchie de la vie sauvage qu'à la soumission des peuples qui, comme les Perses, pliaient devant l'arbitraire d'un prince.

Mais cette loi, dont ils étaient si fiers, n'assumait ce rôle à leurs yeux que parce qu'elle était leur œuvre et tirait son pouvoir d'un consentement initial. Autrement dit, elle n'avait point elle-même de garant dont elle pût se réclamer : la loi grecque n'était pas, comme la loi juive par exemple, une loi révélée. Elle était née des conventions humaines et des coutumes ; et les Grecs ne l'ignoraient pas.

Cette double circonstance devait susciter autour de la loi des réflexions, des débats, des attaques et des justifications : ainsi s'explique, pour une bonne part, le nombre et l'importance des textes grecs relatifs à la loi. En outre, la réflexion fut stimulée par le fait qu'à Athènes, au ve siècle, avec l'épanouissement de la pensée critique et l'influence des sophistes, toutes les valeurs et toutes les notions furent analysées, définies, contestées, dans un élan intellectuel sans pareil. De ce mouvement, toutes les idées sortirent clarifiées et mieux mises en place : l'idée de loi ne fait pas exception et la crise qu'elle connut aida très largement à en préciser les contours.

Cette crise, qui est capitale pour l'histoire de la cité grecque comme pour celle des doctrines politiques en général, constitue le sujet du présent ouvrage. Et le seul énoncé de ce sujet peut permettre d'en définir les limites et l'esprit.

Tout d'abord, il ne constitue pas une étude de caractère juridique. Il n'examine pas les lois, mais la loi ; et les Grecs étaient trop philosophes pour que ceci n'implique pas l'analyse de sa nature, de ses fondements et de son rôle, en liaison avec les problèmes de l'éthique et de la métaphysique.

Mais, en revanche, le livre est tout entier centré sur la loi politique, sur la loi de la cité. C'est elle, en effet, qui a été mise en cause et défendue au ve siècle, non pas la loi du monde ni la loi morale ; et des notions comme celles-là ne se rencontreront ici que de façon accessoire et rapide, dans la mesure où les lois écrites s'en distinguent ou s'en inspirent. C'est ce qui fait la différence d'orientation entre ce livre et la plupart des études antérieures consacrées à la notion de loi en Grèce [1].

Limité à l'analyse de la réflexion grecque relative aux lois de la cité, le livre s'efforce, en retour, d'en suivre le développement pas à pas.

Deux traits semblent, en effet, caractériser la pensée grecque de l'époque classique.

Le premier est que la réflexion s'élabore, pour ainsi

1. Cette différence d'orientation vaut, en particulier, pour la synthèse de M. Gigante. Elle vaut aussi pour les différentes études relatives aux lois non écrites. On trouvera la liste des ouvrages les plus importants dans la bibliographie finale.

dire, en commun. La participation directe et profonde à la vie de la cité suppose ou suscite une relation étroite entre les personnes ; en même temps, soit au cours des causeries de plein air et des réunions, soit par l'intermédiaire du théâtre et des discours, les idées étaient constamment communiquées et échangées. Le résultat est que tous les auteurs reflètent le cours d'une commune méditation, qu'il s'agisse d'historiens ou de poètes tragiques, de philosophes ou d'orateurs. En Grèce, la spécialisation des domaines n'existe pas ; et le développement des idées passe par tous les chemins de la pensée. Si bien que l'on trouvera ici, à côté d'auteurs comme les présocratiques ou Platon et Aristote, des textes d'Hérodote et de Thucydide, d'Euripide ou d'Aristophane, d'Andocide ou de Démosthène.

D'autre part, cette mise en commun de la réflexion lui vaut un second caractère, qui est d'être continue. Le rapport étroit qui existait entre la réflexion abstraite et l'expérience politique assurait à la première la continuité de la seconde ; et, dans la cité, les thèmes étaient assez largement discutés pour que, sur le nombre, il y eût toujours un auteur pour reprendre la question, lancer une idée nouvelle, poursuivre et préciser ; même après le naufrage de tant d'œuvres, cette continuité reste encore lisible.

C'est ainsi qu'en ce qui concerne la loi politique, on peut reconnaître sans difficulté les grandes lignes d'une évolution, où se dessine une véritable aventure intellectuelle. Après les fiertés naïves qui accompagnent la découverte de la loi et de ses privilèges, on voit poindre la découverte d'une série de difficultés : elles se sont toutes révélées dans le cours du ve siècle ; et elles s'y présentent dans un ordre de gravité accrue, puisqu'elles culminent en une crise morale, qui coïncide avec la crise de la cité et la ruine de l'empire d'Athènes. Dans ce livre, elles remplissent les chapitres II à V. Mais dès le ve siècle, bien entendu, des tentatives de réponse et de justification s'étaient fait jour. La plus illustre est celle de Socrate, que Platon place au moment de la mort du philosophe, c'est-à-dire à la charnière entre le Vᵉ et le IVᵉ siècles. Elle occupe le chapitre VI, et sert en quelque sorte de tournant. En effet, cette réponse, telle que l'exprime entre autres le *Criton*, est encore pensée dans le cadre même de la cité. Au contraire, dans le courant du IVᵉ siècle, la cité, désormais affaiblie, ne polarise plus les intérêts de tous ; et les défenses de la loi, qui, par une sorte de réaction, se font de plus en plus systématiques, s'inspirent toutes d'un désir de réformer la cité — plus ou moins profondément selon les auteurs dont il s'agit. Ces défenses remplissent les chapitres VII à XI, le dernier étant consacré à Platon, avec qui les lois retrouvent, renforcée, toute leur majesté première, dans la mesure où elles deviennent une expression de la science du bien, et où elles sont les lois idéales d'un État également idéal.

Une aventure intellectuelle aux contours bien nets, avec sa crise et son redressement, s'inscrit donc dans la série des témoignages. Et c'est pourquoi on a voulu ici tenter d'en restituer les étapes avec le plus de fidélité possible.

Cela a entraîné deux particularités dans la méthode adoptée.

La première est le grand nombre des citations. Pour que l'aventure pût se développer devant le lecteur sous une forme vraiment objective, il importait, en effet, de laisser parler les textes les uns après les autres : les détails mêmes de l'expression contribuent à définir les données des problèmes qui se posaient alors et que nous ne poserions pas aujourd'hui tout à fait dans les mêmes termes ; de plus, ils donnent aux rapprochements entre un texte et un autre une précision qui seule est susceptible de les rendre probants. Ces rapprochements sont l'essentiel. Et, comme le livre s'adresse, en fait, à deux sortes de lecteurs, puisqu'il se propose, sans doute, d'éclairer, à l'intention des hellénistes, la portée de certaines œuvres, mais aussi de dégager, dans un souci plus général, les origines de certaines doctrines intéressant la philosophie politique [2], il a semblé préférable d'alléger autant que possible les commentaires entourant les textes. Afin de ne pas rebuter les lecteurs qui ne seraient pas hellénistes, les textes sont cités en traduction et les mots grecs transcrits, sauf dans les notes ; de même, les discussions techniques sont réduites à l'indispensable. Mais, réciproquement, les références aux textes modernes, qui feraient apparaître des influences ou des parentés, n'ont été, en général, que suggérées de façon rapide : aussi bien a-t-on pensé que l'évidence de telles parentés s'imposerait d'autant plus fortement qu'elle se dégagerait de la simple lecture des témoignages.

On a donc laissé parler les textes. On s'est contenté de les ranger, tant bien que mal, dans leur ordre chronologique. Cependant, il faut reconnaître qu'un tel dessein ne va pas sans difficultés assez graves.

Sans parler de l'incertitude où l'on est d'un bon nombre de dates, il est bien évident que des chevauchements ont souvent dû être admis : la clarté de l'exposé exigeait parfois qu'un argument fût suivi jusqu'au bout de son histoire, ou bien que le voisinage fît mieux apparaître des parentés intellectuelles. La netteté des lignes a parfois aussi réclamé que, malgré les données de la chronologie, l'on mît telle forme d'argument avant telle autre, les justifications politiques avant les justifications philosophiques, Démosthène avant Platon. Ces dérogations intentionnelles sont, en général, compensées par des indications de dates.

Mais il y a plus grave. En effet, cet ordre chronologique, à supposer même qu'il fût plus exact qu'il n'est, peut, dans une certaine mesure, être trompeur et illusoire. Ce n'est, après tout, que l'ordre chronologique des

2. Je tiens ici à remercier Raymond Polin, qui, en tant que spécialiste de philosophie politique, a bien voulu, dès l'origine, s'intéresser à ce projet, m'encourager à le poursuivre, et, au cours de nombreuses conversations, m'aider à préciser certaines perspectives.

œuvres conservées. Il est donc tout à fait permis de supposer que certaines œuvres aujourd'hui perdues avaient un sens fort différent de celui que nous leur prêtons, et que nombre d'entre elles ne s'inséreraient pas sans la modifier dans la ligne d'évolution qui est dessinée ici. C'est là un premier risque que l'on est obligé d'accepter. Il peut aussi se faire que des œuvres conservées n'aient fait, en réalité, que reprendre des idées antérieures : il en est ainsi, par exemple, pour la tradition orphique, dont on ne rencontrera ici que des échos accidentels et dont on court ainsi le danger de minimiser l'importance. Ce risque-là est pourtant moins grave ; car il n'est nullement certain que ces traditions anciennes aient eu tout à fait le sens que leur donnèrent ceux qui y recoururent plus tard en fonction de problèmes nouveaux ; en ce qui concerne les témoignages conservés, le retour à une idée ancienne ne traduit pas une conviction moindre qu'une découverte première.

On a donc compté sur la cohérence des résultats obtenus et sur le nombre des textes utilisés pour assurer une vraisemblance d'ensemble à l'évolution esquissée — sans pour autant perdre de vue que cette évolution ne peut être que globale et approximative. On a également espéré que cette ligne d'évolution, si elle était incertaine dans ses contours, apporterait du moins à l'étude de chaque témoignage un éclairage nouveau et en enrichirait le sens par la comparaison.

Il s'agit au reste — et c'est la principale justification de cette méthode chronologique — d'une crise assez limitée dans le temps, puisqu'elle n'a duré que deux siècles ; et ce sont les deux siècles les plus riches en œuvres connues et voisines les unes des autres.

Cette raison en était une aussi pour fixer un terme à cette étude. Lui fixer un point de départ n'était pas difficile : l'existence de lois écrites en Grèce n'était pas si ancienne que l'on ne pût partir des origines — du moins, des origines connues. Au contraire, on aurait pu, certainement, poursuivre beaucoup plus bas dans le temps, puisque la réflexion sur la loi n'a jamais cessé. Rien, dans un tel domaine, n'est jamais conclu ni arrêté. Platon n'est pour certains qu'un début, comme Aristote en est un pour d'autres. Mais, avec l'indépendance et le rayonnement d'Athènes devait se clore cette ère de réflexion collective, dialoguée, et continue. Tout ce qui faisait de la pensée grecque ce long échange passionné disparaît alors. Le ton change ; et bien que la recherche intellectuelle se poursuive, on peut dire que l'aventure intellectuelle s'achève. Elle laissait aux siècles suivants sa moisson de problèmes et de découvertes, comme un langage pour l'esprit. L'utilisation qui en fut faite plus tard constitue une autre histoire [3].

3. Les analyses contenues dans ce livre sont en grande partie le fruit d'un enseignement donné à Paris, dans mon séminaire d'histoire des idées morales et politiques dans la Grèce classique. Certaines d'entre elles ont été précisées à l'occasion de conférences ou de séminaires hors de France — en particulier à l'École Normale Supérieure de Pise, où j'ai rencontré une aide pour laquelle ma reconnaissance demeure vive.

CHAPITRE PREMIER

DÉCOUVERTE DE LA LOI

Il peut paraître étrange de parler de la naissance des lois comme d'une découverte que l'on puisse situer, pour un certain peuple, à une certaine date. Car, *a priori,* tout groupe d'hommes, quel qu'il soit, ne peut subsister que si ses membres obéissent à un certain nombre de règles régissant leur comportement ; et ce que nous savons de la Grèce antique illustre ce principe. Encore faut-il savoir la nature de telles règles.

Elles peuvent être religieuses : dans ce cas elles se rattachent souvent à des oracles divins, et elles se transmettent par tradition sacerdotale. Elles peuvent aussi être familiales : c'est ainsi que E. Benveniste (dans *Le vocabulaire des institutions indo-européennes,* p. 103) définit la *themis* de l'époque homérique en disant : « Dans l'épopée, on entend par *themis* la prescription qui fixe les droits et les devoirs de chacun sous l'autorité du chef du *genos,* que ce soit dans la vie de tous les jours à l'intérieur de la maison ou dans les circonstances exceptionnelles : alliance, mariage, combat ». De telles règles peuvent aussi valoir pour les relations des diverses familles entre elles et avec un souverain : dans ce cas, elles prennent déjà valeur politique. Pourtant, ce ne sont point des lois. N'ayant souvent pas d'autre existence que l'acceptation tacite de ceux qui les observent, elles ne prétendent être ni valables pour un État dans son ensemble, ni connues de tous, ni souveraines par elles-mêmes.

Or, la Grèce ancienne présente l'avantage unique de nous faire assister à la transformation de règles de ce genre en lois proprement dites : dans les faits, dans le vocabulaire, on voit naître une notion dont devait vivre ensuite toute notre civilisation occidentale.

L'époque homérique, en effet, ne connaissait pas de lois : elle ne connaissait que les règles évoquées tout à l'heure. Le pouvoir était entre les mains des rois ; la société était féodale ; la justice se rendait dans la famille ou par débat et arbitrage. Bien que cette situation ait sans doute pas mal évolué depuis l'époque mycénienne jusqu'au début du VIIIe siècle (date probable d'Homère), cette évolution compte peu auprès des grands changements qu'allaient connaître les deux siècles suivants.

Dès le début du VIIIe siècle, on vit s'organiser des cités : l'expansion coloniale en porte témoignage.

On est malheureusement très mal renseigné sur la naissance de ces cités. Mais il est indiscutable qu'elle a dû s'accompagner d'une première mise en commun des usages et d'une première entente sur les fonctions réservées à chacun. C'est ce dont Platon a eu conscience quand, à sa manière largement idéalisée, il évoque, au livre III des *Lois* (681 bc), la façon dont des représentants examinent les coutumes des divers groupes, afin de discerner celles qui méritent d'être retenues, au nom de l'intérêt commun.

Mais surtout il se trouve que, dans ces cités, le régime monarchique ne tarda pas à disparaître. Des régimes aristocratiques prirent sa place ; et une véritable vie politique put alors prendre naissance. Cette mise en commun du pouvoir appelait tout naturellement l'élaboration de règles communes fixant les droits et les fonctions de chacun. La loi apparut donc lorsque, sous une forme ou sous une autre, les citoyens eurent accès à la vie politique.

Or, à la même époque, une invention capitale allait faciliter l'élaboration de ces normes communes : cette invention est celle de l'écriture.

A vrai dire, ce n'était pas tout à fait une invention : Les Grecs de l'époque mycénienne avaient utilisé un syllabaire, que nous lisons depuis peu sur les tablettes où il s'est conservé. Mais ce syllabaire — d'ailleurs mal adapté au grec — avait disparu dans le naufrage de la civilisation mycénienne, lors de l'arrivée de nouvelles populations. Il devait être ensuite remplacé par un alphabet dérivé du phénicien, que les Grecs modifièrent pour y introduire des voyelles, et dont ils se servent encore aujourd'hui. Les premiers témoignages connus de l'emploi de cet alphabet remontent au milieu du VIIIe siècle. Or, l'écriture devait devenir très vite un moyen d'émancipation politique : par l'écriture, il devenait aisé de fixer, une fois pour toutes et à l'usage de tous, les règles qui, jusqu'alors, ne pouvaient représenter que des traditions incertaines soumises soit au secret soit à l'arbitraire des interprétations. La loi politique ne pouvait prendre corps que du jour où l'on pouvait la consigner par écrit.

Ici encore, Platon peut servir de témoin ; car, au livre III des *Lois,* il ne manque pas d'insister sur ce rôle joué par l'écriture. Au début, dit-il, les hommes n'avaient point de lois ; et il explique : « En effet, l'écriture n'existe pas encore à cette période du cycle : ils vivent selon des coutumes, et ce que l'on appelle des règles traditionnelles » (680 a). Et Euripide, célébrant, dans les *Suppliantes,* la démocratie athénienne, n'est pas moins net, puisqu'il précise, au vers 432 : « Une fois les lois écrites, le faible et le riche jouissent d'un droit égal » [1].

De fait, l'affranchissement politique, qui donne nais-

1. Cf. ci-dessous pp. 20-21, 148.

sance aux cités, et la diffusion de l'écriture, qui permet de donner aux règles une existence objective et commune à tous, donnèrent très vite naissance à tout un travail de législation. La tradition, sur ce point, n'est guère sûre ; et beaucoup de légende se mêle à beaucoup de propagande. Il n'empêche que la Grèce gardait le souvenir d'une série de grands « législateurs », qui avaient donné aux diverses villes leurs constitutions. Le plus célèbre est celui sur lequel on sait le moins, à savoir Lycurgue, qui passait pour avoir donné ses lois à Sparte ; en tout cas, la grande « rhétra » de Sparte, loi constitutive de la cité, semble bien remonter au milieu du VIIIe siècle. D'autres législateurs devaient rester célèbres en Grèce : tels Zaleucos, le législateur de Locres, que l'on plaçait vers 660, ou Charondas, le législateur de Catane, que l'on plaçait vers 630. C'était, en Grèce, un mouvement général. Et les cités qui n'avaient pas de personne compétente faisaient venir du dehors quelqu'un pour leur donner des lois : Thèbes, par exemple, semble avoir fait venir ainsi le Corinthien Philolaos [2]. Pour ce qui est d'Athènes, la tradition rapporte qu'elle connut successivement deux législateurs : Dracon, un noble Athénien de la fin du VIIe siècle, et Solon, le plus fameux de tous, qui vécut au début du VIe siècle, et qui ouvre pour nous l'époque classique, destinée à devenir, à Athènes, l'époque démocratique.

Or, avec l'apparition de la démocratie, la loi prit à Athènes le sens qui devait faire son originalité dans la pensée grecque. Mieux que quelques principes généraux fixés au nom d'une révélation divine, mieux que de simples règles pratiques réglant la punition de certains crimes, les lois, en régime démocratique, devaient

2. Cet élan, éminemment caractéristique des Grecs, qui les poussa à mettre par écrit, le plus vite possible, les règles d'un droit le plus net possible, explique que l'on ait pu se demander s'ils avaient jamais pratiqué un droit coutumier (cf. par exemple Ed. Meyer, *Gesch. d. Alt.*, II, p. 573, et Hirzel, *Themis...*, p. 359).

régler, avec l'accord de tous, les divers aspects de la vie commune ; et leur autorité devait ainsi se substituer à toute souveraineté d'un individu ou d'un groupe, sentie dès lors comme une offense.

La loi s'oppose à l'arbitraire.

En cela apparaît l'échec relatif de Solon. Car, après avoir joué dans sa patrie le rôle d'arbitre entre les pauvres et les riches, et promulgué toute une série de lois, gravées sur bois, il n'eut pas la consolation de se dire qu'il laissait, en mourant, Athènes en bon ordre : un an avant la mort de Solon et malgré tous ses efforts, Pisistrate s'emparait du pouvoir à Athènes et celle-ci, après bien d'autres cités grecques, connaissait la tyrannie. Les Athéniens ne devaient devenir responsables de leur propre vie politique qu'après le renversement de la tyrannie et sous un nouveau législateur, plus nettement démocratique que Solon : la constitution établie par Clisthène, brisait le cadre des castes familiales, arrêtait le pouvoir des grandes familles, et, partageant le peuple en tribus, instaurait la constitution qui devait régir l'Athènes classique, avec son conseil des cinq cents et son assemblée du peuple. De ce moment, la loi, fondement et émanation de la démocratie, devient loi politique, devient *nomos*.

C'est ce que confirme l'examen du vocabulaire. Car le mot *nomos*, qui désigne la loi en grec n'a été appliqué au domaine politique qu'à partir de cette époque.

Au début, naturellement, aucun mot n'existait pour désigner une chose dont nul ne pressentait seulement l'existence. Le mot *nomos* existait bien. Et, s'il ne se rencontre pas chez Homère [3], il est vite attesté ensuite (chez Hésiode, Archiloque, Théognis, Alcée, etc...). Mais,

3. Au chant I de l'Odyssée, vers 3 (« Celui qui visita les cités de tant d'hommes et connut leur esprit »), Zénodote lisait *nomon* pour *noon*. La leçon *nomon* a été défendue par divers savants (Wilamowitz, Hirzel) mais le singulier s'y justifiait mal (Ehrenberg) et elle est aujourd'hui presque toujours rejetée.

parmi ses multiples sens [4], on ne relève pas le sens politique. Il peut s'appliquer au chant et à la musique, ou bien désigner un rite religieux, parfois une coutume, ailleurs un principe moral. Il se rattache manifestement à la racine de *nemô,* qui veut dire partager (encore que le rapport sémantique avec *nemô* soit parfois difficile à préciser) ; et il désigne, en fait, toute espèce de règle en toute espèce de domaines.

Et, d'ailleurs, quand on commença à rédiger des lois, *nomos* n'est point le mot auquel on eut recours. La loi constitutive de Sparte s'appelle *rhétra,* et le mot se rattache au verbe signifiant dire. S'agissait-il d'une « parole donnée » (comme dans l'Odyssée, XIV, 393 où le mot désigne un pacte), ou bien d'une parole sacrée [5] ? La chose importe peu, étant donné que cet emploi n'est point attesté ailleurs. A Athènes, le nom donné d'abord aux lois était *thesmos,* le mot se rattachant au verbe signifiant poser, instituer [6]. Et le passage de *thesmos* à *nomos* est des plus révélateurs.

De fait, on emploie *thesmos* (qui, lui, est déjà dans Homère), pour les lois de Dracon. Et Solon lui-même appelle ses propres lois, des *thesmoi.* Dans le célèbre fragment 24, quand il déclare fièrement : « J'ai rédigé des lois égales pour le bon et pour le méchant » (v. 18-20), c'est le mot *thesmoi* qu'il emploie. On peut, il est vrai, se demander s'il n'emploie pas une fois *nomos,* dans ce même poème, lorsqu'il dit aux vers 15-16 :

4. M. Ostwald en distingue 13 !

5. Il peut y avoir l'idée d'une injonction : Simonide, cité par Hérodote VII, 28, disait que les Spartiates étaient morts en obéissant aux *rhémasi* des leurs, et il semble y avoir un écho entre les deux termes.

6. Et sans doute aussi à *thémis,* qui désigne la justice sous son aspect primitif et divin. E. Benveniste (*Le vocabulaire des institutions indo-européennes,* pp. 102-103) rappelle le rapport entre ce dernier mot et *thémétlia,* signifiant « la base », « le fondement » ; et il insiste sur le fait que le mot désigne le droit familial et s'oppose à *dikè,* qui est le droit entre les familles de la tribu.

« Cela, je l'ai accompli par la force de la loi, unissant la contrainte et la justice ». Le papyrus du texte d'Aristote (où ce texte est cité) dit en effet : *kratei nomou* ; en revanche les manuscrits de Plutarque et d'Aelius Aristide disent *kratei homou,* et il faut comprendre : « Cela, je l'ai réalisé par mon autorité, unissant en un tout la contrainte et la justice ». Les éditeurs, les commentateurs, sont incertains [7]. Qu'il nous suffise de reconnaître que, même si le texte portait ici *nomou,* le sens ne serait pas encore proprement politique : il ne ferait qu'évoquer sous une forme morale et abstraite l'idée toute pure d'une règle, d'un ordre introduit dans la vie humaine.

Solon n'emploie donc pas *nomos* au sens de loi d'une cité. Et s'il définit l'ordre qu'il fait régner comme *eunomia,* il ne semble pas que ce mot soit à rattacher à *nomos* [8].

En revanche, après coup, ses lois recevront le nom de *nomoi* qu'elles ont déjà chez Hérodote.

De quand date ce nouvel emploi et quelle en est la première attestation ? Il est amusant de le chercher et difficile de l'affirmer. On trouve des emplois où le mot pourrait désigner des lois, mais désigne plus probablement des traditions en usage dans tel ou tel pays (ainsi Archiloque, fr. 230 Budé) ou encore des façons de vivre (ainsi Théognis, 290) voire des règles de principe (*ibid.,*

7. Parmi les défenseurs de *nomou,* il faut citer, après bien d'autres, Stier (pp. 230 sqq.) et Gigante (pp. 32 sqq.), qui insistent sur le sens élevé à donner alors à *nomos,* définissant un idéal éthique et religieux. Parmi les défenseurs de *homou,* Ehrenberg (p. 116, n. 5) et Heinimann.

8. Il a été rattaché à *nomos* = loi par les Grecs de l'époque classique, mais cette relation s'est établie après coup : en fait le mot semble devoir être rattaché au verbe, *eu nemesthai,* avec son sens plus général de « être bien administré », « vivre avec ordre ». Le fait a été indiqué par Hirzel et Ehrenberg, puis par Stier, et, enfin, étudié en détail par Martin Oswald, pp. 62-137. Selon M. Gigante le mot évoquerait le reflet politique d'un *nomos* divin.

54). Puis, vers le début du ve siècle, les exemples incertains se multiplient. Dans la 2e *Pythique* de Pindare (86), écrite vers 475, le mot *nomos* désigne une forme de constitution (monarchique, démocratique, aristocratique). Dans la première (62), écrite en 470, on peut se demander s'il s'agit de lois, au sens précis du mot, ou d'un ordre de fait traduit dans des usages. Le sens de législation en général est attesté, déjà alors, dans deux beaux fragments d'Héraclite, l'un qui dit que tous les *nomoi* humains tirent leur force d'un *nomos* divin (fr. 114) [9], l'autre qui dit que les citoyens doivent se battre pour leur *nomos* tout autant que pour leurs remparts (fr. 44). Ces exemples, encore incertains [10], sont tous extérieurs à Athènes — comme le sont les trois inscriptions relevées par M. Ostwald et qui emploient *nomos* pour désigner des lois, entre 465 et 455 [11]. En revanche, il est plusieurs exemples d'Eschyle qui, sans être décisifs (car la réalité dont il traite exclut l'idée de lois écrites), évoquent de façon très nette l'habitude du *nomos* écrit dans le monde où vit l'auteur. Celui que M. Ostwald considère comme la première attestation sûre de *nomos* au sens politique est emprunté aux *Suppliantes*, qu'il date, non sans vraisemblance, de 464-3. C'est le passage qui dit, aux vers 387-391 : « Si les fils d'Égyptos ont pouvoir sur toi de par la loi de ton pays, lorsqu'ils se déclarent tes plus proches parents, qui pourrait s'opposer à eux ? » Il peut s'agir d'une coutume, mais le ton suggère l'habitude de textes précis. De même, l'atmosphère juridique donne du prix aux deux passages des *Euménides* où Eschyle, écrit, en 458, que « la loi » défend au meurtrier de parler avant d'être purifié (448) ou qu'un homme est « suivant la loi » le suppliant de l'hôte d'Apollon (576). Naturellement, il s'agit là d'usages religieux ; mais le débat semble imiter

9. Selon Ostwald, p. 27, il s'agit de *mores*.

10. Ostwald ne les retient pas ; mais Heinimann, p. 71, est moins sévère.

11. Pp. 43-47.

les débats juridiques d'alors ; et le fait que les exemples se fassent de plus en plus nombreux [12] montre que l'habitude de se référer au *nomos* était, à cette époque, solidement enracinée.

On peut donc avec certitude dater l'emploi nouveau de la fin du VIe ou du début du Ve siècle. Et le fait que *thesmos* disparaisse d'un coup à la même époque [13] autorise à penser que la vogue soudaine de *nomos* est liée à l'avènement de la démocratie. Il est évident que cette vogue commence à un moment donné entre Pisistrate et Périclès. Il est tentant de penser qu'elle est en rapport avec les réformes de Clisthène. Cette hypothèse, déjà présentée par plusieurs savants [14], vient d'être brillamment défendue dans le livre récent de M. Ostwald, *Nomos and the beginnings of the Athenian democracy.* Pour lui le mot *nomos,* avec le mot *isonomia,* ont été apportés dans la vie politique athénienne par Clisthène, en 507-506.

Il ne devait plus en sortir ; et il est remarquable de constater que ce changement de vocabulaire se traduit avec éclat dans les termes mêmes désignant certains magistrats. Il y avait eu à Athènes, dès le milieu du VIIe siècle, le collège des six « *thesmothètes* », chargés de transcrire les *thesmia* et de les conserver pour le jugement des différends. Ce collège subsista et Aristote décrit son rôle au IVe siècle. Mais lorsque, vers la fin du Ve siècle, les modérés eurent le pouvoir à Athènes et décidèrent de procéder à une révision des lois, ils créèrent un collège nouveau, celui des « *nomothètes* » : le contraste reflète le renouvellement du vocabulaire, qui est, à cette époque, tout à fait ancré dans les mœurs.

Il se peut que la différence de valeur des deux mots rende compte de ce changement. Pour M. Ostwald, le *thesmos* impliquerait que la loi est instituée par un

12. On peut citer les « lois nouvelles » ou les « lois à lui » que fait régner le jeune Zeus dans le *Prométhée,* 149 et 403.
13. Le mot disparaît pratiquement en 450.
14. Hirzel, Schroeder, Heinimann.

législateur placé au-dessus des autres et à part : l'on passerait de *thesmos* à *nomos* au moment où serait rejetée l'idée de lois imposées du dehors [15].

En tout cas, il est hors de doute que ce changement correspond au désir de marquer l'entrée dans une ère nouvelle, plus moderne et plus positive. Et il n'est pas imprudent de supposer que le triomphe remporté par la jeune démocratie athénienne sur l'invasion perse contribua à raffermir le nouveau vocabulaire et les nouvelles idées. De fait, les Grecs, qu'ils fussent plus ou moins libéraux, et que leur constitution fut oligarchique ou démocratique, se rejoignaient dans l'opposition au despotisme barbare. Si bien que leur haine de la tyrannie se doubla d'une opposition de culture, à laquelle, jusque-là, ils n'avaient guère été sensibles.

La loi — et, plus précisément, la loi écrite — devint alors le symbole même de cette double opposition : elle incarna pour les Grecs la lutte contre la tyrannie, et l'idéal démocratique, mais aussi la lutte contre les barbares, et l'idéal d'une vie policée.

Ces deux oppositions se traduisent à la fois dans un passage célèbre d'Hérodote.

Déjà avant Hérodote, dans les *Perses* d'Eschyle, une tragédie qui fut représentée huit ans seulement après Salamine, l'opposition entre la liberté grecque et la servitude perse était nette ; et à propos des Athéniens, le coryphée étonnait l'épouse de Darius en répondant à sa question : « Et quel chef sert de tête et de maître à l'armée ? » par la fière formule : « Ils ne sont esclaves ni sujets de personne » (241-242) [16]. Mais Eschyle ne

15. Pour Hirzel *(Themis...)*, la différence est dans l'extension : le *thesmos* est le principe fondamental des différents *nomoi* ou usages pratiques ; le *thesmos* devient *nomos* quand la règle devient coutume.

16. Cette opposition se traduira dans de nombreux textes postérieurs avec plus de force encore. C'est ainsi que, dans l'*Hélène,* Euripide écrit : « Les barbares sont tous esclaves, sauf un seul » (276) et, dans *Iphigénie à Aulis,* qu'il faut que les Grecs commandent aux barbares et non les barbares aux

parlait pas encore de la loi. Hérodote, au contraire, reprend la même opposition dans son Histoire et lui donne pour clef la notion de loi : au livre VII, Darius s'étonne (comme faisait son épouse dans les *Perses*) de penser que les Grecs (en l'occurrence les Spartiates, et non les Athéniens) peuvent se risquer contre lui « s'ils sont tous également libres et ne sont pas soumis au commandement d'un seul » ; et, précisant sa pensée, il observe : « S'ils étaient, à la mode de chez nous, soumis à l'autorité d'un seul, ils pourraient, par crainte de ce maître, se montrer plus braves qu'ils ne sont naturellement, et contraints par les coups de fouet, marcher, quoique en plus petit nombre, contre des ennemis plus nombreux ; laissés libres d'agir, ils ne sauraient faire ni l'un ni l'autre ». A cet étonnement du barbare, Démarate répond par la loi : « Car, s'ils sont libres, ils ne sont pas libres en tout, ils ont un maître, la loi, qu'ils redoutent encore bien plus que tes sujets ne te craignent ; du moins font-ils tout ce que ce maître leur commande » [17]. La loi est donc tout à la fois le complément de la liberté et son garant ; et cette combinaison caractérise la Grèce.

Les textes postérieurs atteignent rarement la même fermeté ; ils se contentent, en général, d'affirmer le refus de l'absolutisme. Mais on peut constater qu'à l'occasion ils savent rappeler que la loi doit être considérée comme l'apanage de la Grèce. C'est ainsi qu'Euripide, quand Jason développe des arguments d'habile sophiste pour prouver qu'il ne doit rien à Médée, lui fait analyser les avantages qu'elle a trouvés à le suivre : « D'abord la terre grecque, au lieu d'un pays barbare, est devenue ton séjour ; tu as appris la justice et tu sais vivre selon la loi, non au gré de la force... » [18]. De même, dans

Grecs, « car les uns sont esclaves et les autres sont libres » (1400-1401). Mais le mot « loi » n'est pas employé.

17. VII, 104 ; sur la formule du *nomos despotès*, cf. ci-dessous, p. 63.

18. *Médée*, 536-538 : νόμοις τε χρῆσθαι.

Oreste, quand Ménélas se défend d'être devenu barbare en vivant chez les barbares et rappelle que c'est un trait grec d'honorer ceux de sa race, le vieux Tyndare lui répond fièrement (487) : « Et de ne pas vouloir être au-dessus des lois ! »[19]

Quoi qu'il en soit, en invoquant la loi comme le contraire de la tyrannie, il va de soi que les textes supposaient, du même coup, l'opposition aux tyrans barbares ; or, le contraste est fréquent.

Le jeune Zeus du *Prométhée* est un tyran[20]. Bien qu'il soit un dieu, les critiques formulées contre lui opposent son arbitraire à l'idée de lois fixes et connues : « Je sais qu'il est dur et qu'il tient le Droit à sa discrétion » (187), « au nom de lois nouvelles, Zeus exerce un pouvoir sans règle » (149-150)[21]. Enfin, il règne « érigeant en lois ses caprices » (403-404).

Si l'idée de lois écrites ne peut ici être formulée dans toute sa force, elle l'est au contraire dans le théâtre d'Euripide, qui, on le sait, ne s'interdit pas les allusions à la politique contemporaine.

Dans sa tragédie des *Suppliantes,* écrite peu après 424, Euripide oppose l'Athénien Thésée à un héraut de Thèbes. Et Thésée se vante que la tyrannie soit inconnue chez lui : « Dès le premier mot, tu es dans l'erreur, étranger, en cherchant ici un tyran. Notre ville n'est pas au pouvoir d'un seul homme. Elle est libre. Son peuple la gouverne... » (403-405). Le héraut répond alors par une critique sévère de la démocratie, régime où, selon lui, règnent tout à la fois l'intrigue et l'ignorance. On a donc un débat en forme, où les mérites des deux

19. On trouve des pensées analogues, mais moins nettement formulées, dans *Hélène,* 276, et dans les *Troyennes,* 932.

20. Le mot même est employé dix fois. La pièce doit sans doute être mise en relation avec la situation politique régnant en Sicile ; elle a pu être écrite et représentée à Géla. Au contraire, le roi des *Suppliantes,* avec son souci de consulter le peuple, représente un souverain constitutionnel et, en un sens, démocratique.

21. Le mot grec est ἀθέτως.

régimes sont tour à tour mis en lumière. Or, que trouve Thésée pour critiquer la tyrannie ? que trouve-t-il pour exalter la démocratie ? La loi, et, plus exactement, la loi écrite : « Rien pour l'État n'est plus dangereux qu'un tyran. D'abord, avec lui, les lois ne sont pas communes pour tous : un seul homme gouverne, qui détient la loi en ses propres mains, et il n'y a plus là d'égalité. Au contraire, quand les lois sont écrites, le faible et le riche jouissent d'un droit égal... » (429 sqq.). La critique de la tyrannie et l'éloge de la démocratie se poursuivent pendant quelque vingt-cinq vers, regroupant toute une série d'arguments, que d'autres textes préparaient. Mais en point de départ, au principe, Euripide a placé la loi. De façon caractéristique, le mot *nomos* est répété dans trois vers consécutifs. Et le régime qui s'oppose à la tyrannie se définit, en début de phrase et en début de vers par cette condition essentielle : « Une fois écrites les lois... » [22]. Avant l'égalité, avant la liberté, au principe de l'une et de l'autre, se trouve la loi.

Et Sophocle, qui pourtant ne pratique pas autant qu'Euripide l'allusion politique, fait pourtant dire à son Thésée, lui aussi, qu'Athènes est la ville où rien ne se fait « sans la loi » (*Oedipe à Colone*, 914).

On pourrait ajouter d'autres exemples plus ou moins nets. Le IVe siècle n'en manque pas. Il en est de très beaux dans la *Midienne* de Démosthène, comme ce passage où il rappelle (188) : « N'est-ce pas grâce aux lois que vous avez une part égale aux autres ?... » [23]. Il en est de péremptoires chez Eschine, qui proclame dans

22. M. Ostwald insiste dans son livre (voir en particulier pp. 43-47) sur le fait que le mot *nomos* n'implique pas nécessairement loi écrite et que d'être écrite ou non ne change en rien la nature d'une loi. Le passage d'Euripide montre bien que, si la différence juridique est faible, la différence politique est, elle, considérable. Il est caractéristique du *nomos* grec qu'il soit écrit, bien qu'il y ait des *nomoi* non écrits : de même Hérodote dit que le règne du *nomos* est caractéristique des Grecs, bien qu'il y ait des *nomoi* barbares.

23. Cf. ci-dessous, p. 147.

le *Contre Timarque,* 4, et répète dans le *Contre Ctésiphon,* 6 : « Voici, en effet, ce que l'on entend toujours dire : il y a, dans le monde, trois genres de gouvernement, la monarchie, l'oligarchie, la démocratie. Les deux premières formes sont régies par le bon plaisir des chefs, les États démocratiques le sont au contraire par les lois établies. » Dans le premier de ces deux discours, il poursuit même : « Vous savez aussi que ce sont les lois qui garantissent la sécurité des citoyens d'un État démocratique et de sa constitution, tandis que les monarques et les chefs d'une oligarchie trouvent leur salut dans la méfiance et dans les gardes du corps... ». Enfin il déclare peu après : « nous dont la constitution est fondée sur l'égalité et le droit » (5 : la constitution est *ennomon*).

Certes, tous les auteurs du IVe siècle ne virent pas les choses de manière aussi simple. Si la loi, pour les démocrates, caractérisait leur régime par opposition aux autres, et pour certains, les Grecs par opposition aux barbares, il caractérisait aussi, pour quelques-uns, les hommes par rapport aux bêtes [24].

Pourtant, dans son principe même, la loi n'a jamais cessé de rester marquée par les conditions dans lesquelles elle était née. Même Platon, qui n'avait jamais été tendre ni pour la démocratie athénienne ni pour l'égalité impliquée par ses lois, devait à son tour retrouver, lorsqu'il pensait à la tyrannie, des formules que n'eût pas désavouées le Thésée des *Suppliantes.* On le voit dans les lettres VII et VIII. Dans cette dernière, à 354 bc, il indique comment Lycurgue a transformé la tyrannie en une royauté destinée à se perpétuer : « car c'est la loi qui commandait en reine aux hommes, et non les hommes qui se faisaient les tyrans des lois ». Dans la lettre VII, à 334 c, il donne un avertissement solennel : « que la Sicile ne soit pas assujettie à des

24. Cf. ci-dessous, p. 174.

despotes, pas plus que toute autre ville — c'est du moins mon avis — mais aux lois »[25].

Du Démarate d'Hérodote au Platon de la lettre VII, en passant par le Thésée d'Euripide, la tradition est bien la même. Elle implique un sens aigu de cette loi commune que les citoyens avaient su se donner et dont ils attendaient à la fois le bon ordre et la liberté.

Pour eux, déjà, la liberté se définissait comme l'obéissance aux lois.

Cet aspect laïc et démocratique de la loi, qui correspondait aux conditions de sa découverte et se traduisait dans le choix du vocabulaire n'était cependant pas sans appeler aussi des difficultés. On avait écarté tout mot qui pût suggérer une décision imposée, un ordre donné par quelqu'un à quelqu'un d'autre ; mais le mot adopté et dont les emplois, on l'a dit plus haut, étaient extrêmement variés, se prêtait, de ce fait à des associations également diverses, impliquant une ambiguïté latente et des divergences possibles.

Nomos concilie, en effet, l'idéal abstrait du bon ordre et les simples habitudes observées dans la pratique.

Il y a un *nomos* divin, réglant la part de chacun dans l'ordre de l'univers ; c'est en vertu de ce *nomos* que, selon Hésiode, si les animaux s'entredévorent, les hommes, eux, ont reçu en don la justice et sont récompensés lorsqu'ils savent s'y conformer. L'ordre, la règle, la mise en place qui président ainsi à l'ensemble de l'univers, sont ce que les hommes se glorifieront de faire régner dans leurs cités. Aussi Théognis parle-t-il avec mépris de « ceux qui autrefois (comme, dans l'Odyssée, le Cyclope)[26] ne connaissaient ni droit ni lois » (54). La « loi » représente ainsi un idéal de civilisation ; elle est

25. Dans ces deux formules, on retrouve le même écho au texte de Pindare que l'on trouvait dans Hérodote : cf. ci-dessous, p. 63-65.

26. Chant IX, 214, mais dans l'Odyssée le mot est θέμιστας et non νόμους.

la règle en soi, le principe d'ordre ; et les hommes se la donnent comme Zeus la donne au monde.

Mais, à l'autre extrémité du champ sémantique, elle évoque seulement la façon dont les choses se font dans la pratique, par l'effet de l'habitude. Ceci explique que l'on parle d'abord de *nomos* là où les traditions sont le plus établies, c'est-à-dire dans le domaine des rites religieux. Hésiode parle du *nomos* divin, mais il parle aussi de sacrifices offerts « suivant les rites » (*Théogonie*, 417) ; et ce sens se conservera tout au long de l'hellénisme. On parlera aussi de façons de faire, de coutumes, qui peuvent être criticables et qui, en tout cas, varient d'un peuple à l'autre : le *nomos*, dans ce cas, est aussi peu respectable, aussi peu justifié, aussi peu normatif, qu'il était respectable, justifié, et normatif dans le premier cas.

La loi politique, le *nomos* au sens qui nous occupera ici, se situe donc à la rencontre de ces deux notions. Elle consiste, au nom d'un idéal d'ordre, à préciser une fois pour toutes, les traditions et les usages auxquels les membres d'un groupe donné entendent se conformer. Sa valeur normative se fonde sur l'habitude [27] et se trouve confirmée par elle [28].

Le mot *nomos* enfermait donc en lui-même une tension entre ces deux valeurs — normative et positive — d'où, on le verra plus loin, allaient naître bien des problèmes. Mais il traduisait aussi, par là-même, une aspiration à reconnaître un ordre humain et à donner valeur absolue aux façons de faire quotidiennes, qui fera la fierté des Grecs tout au long de l'histoire et, dans une certaine mesure, passera toute vive jusqu'à nous.

27. Ehrenberg, p. 104 : une fois créée la tradition juridique, il se développe une autorité à caractère normatif.

28. Cf. Aristote, *Politique* II, 1269 a 20 : « la loi, pour se faire obéir, n'a d'autre force que l'habitude ».

CHAPITRE II

LIMITES DE LA LOI, LOIS ÉCRITES ET NON ÉCRITES

Si la loi en Grèce avait été, comme elle le fut dans certaines civilisations, considérée comme loi révélée et garantie par une autorité religieuse, sa nature en tant que telle n'eût jamais été mise en question. Mais le mot *nomos*, dont la valeur allait de l'ordre du monde aux habitudes de tel groupe particulier, ne pouvait se spécialiser dans un emploi intermédiaire et rigoureusement défini, sans que des difficultés surgissent, et en haut et en bas de l'échelle sémantique.

La difficulté relative au bas de cette échelle et consistant à distinguer la loi politique de la simple coutume devait être perçue en premier et se révéler bientôt comme la plus grave : car l'impossibilité de trancher entre la loi et la coutume allait permettre de mesurer la relativité des lois à la relativité des coutumes.

Contre cette relativité, un seul refuge était possible : il fallait le chercher vers le haut, là où la loi pouvait être sentie comme universelle et comme ayant valeur absolue. Mais là aussi une difficulté existait : toute loi ne pouvait pas se réclamer de tels garants — et en particulier pas la loi écrite, dont les Grecs étaient si fiers. C'est pourquoi, très vite, certains d'entre eux distinguèrent entre deux sortes de lois et opposèrent à la loi politique, ou loi écrite, ce qu'ils appelèrent les « lois non écrites ». Ils entendaient par là des règles admises par les hommes sans être pourtant consignées dans un code, et pouvant, par suite, prétendre à des fondements absolus. L'expression, par son caractère négatif, devait, en fait, recouvrir des significations fort diverses, dont il importera ici de suivre le déploiement et l'évolution. Mais, qu'il s'agisse de règles relevant de l'autorité divine ou bien du jugement humain, et données comme universelles ou bien comme nationales, ces lois non écrites traduisent, à chaque fois, l'aspiration vers un bien et une justice qui complèteraient et dépasseraient les règles posées par le législateur. En ce sens, on peut dire que le recours à une telle formule impliquait une réaction aux insuffisances de la loi écrite ; et la variété même des acceptions qu'elle comportait mesure bien le nombre de ces insuffisances.

Aussi peut-il être bon de commencer par l'examen de cette notion, encore que cela aille à l'encontre de l'ordre chronologique rigoureux : dialectiquement, le mouvement qui consiste à dépasser la loi écrite et celui qui consiste à en contester la valeur sont complémentaires ; mais la référence aux lois non écrites, en demandant plus que la loi, n'ouvrait pas directement un problème : elle est le témoignage d'une difficulté, mais aussi d'un effort pour la transcender dans le sens de l'ordre et de la justice.

1. *Les lois non écrites*

La formule de « loi non écrite » semble à première vue être uniquement négative. Et le fait est que, d'un point de vue tout juridique, elle a pu être employée pour désigner des lois anciennes, non retenues au cours d'une mise à jour, et n'ayant, de ce fait, aucune validité. Un décret de 403, conservé dans Andocide (*Sur les Mys-*

tères, 83-86) fixe le rôle des nomothètes dans la révision générale des lois entreprise alors et précise que les lois retenues devront être affichées ; sur quoi il ajoute : « Une loi non écrite ne doit être appliquée par les magistrats en aucun cas » [1].

Mais cette valeur purement technique est assez exceptionnelle ; et, dans la pratique, les lois non écrites se sont opposées aux lois écrites de façon beaucoup plus fondamentale et profonde : elles ont représenté des règles trop générales et des impératifs trop absolus pour devoir jamais être lois écrites. Alors que les lois écrites changeaient d'une époque à l'autre, et d'un pays à l'autre, elles se sont présentées comme l'expression d'une règle dépassant toutes ces limites et se rattachant, par conséquent, à un absolu.

Une étude importante de R. Hirzel a été consacrée à définir la nature de ces règles [2] ; il importe cependant d'y revenir ici parce que cet auteur ne s'est nullement préoccupé du rapport avec l'évolution de la notion de loi en général. Or, il est manifeste que non seulement la notion de loi non écrite est une réaction aux insuffisances de la loi écrite, mais qu'elle subit elle-même une sorte d'évolution intérieure tendant à donner à ces règles elles-mêmes un tour de plus en plus laïc et relatif.

Au début, le *nomos* (on ne parlait pas encore de loi écrite ou non écrite) était, de toute évidence, profondément teinté de religion. Il désignait les rites, ordonnés par les dieux ; il désignait les règles morales, imposées par eux ; il désignait l'ordre du monde, institué par eux. La tradition qui fait du *nomos* un ordre universel rattaché au vouloir divin est attestée dès l'époque d'Hésiode et remonte peut-être plus haut.

1. On peut également faire rentrer dans les lois non écrites celles qui le sont par accident et du fait d'une omission : cf. Aristote, *Rhétorique*, 1374 a. De même Platon parle des lois qui « restent à promulguer » (*Lois*, 793 a).

2. *Agraphos Nomos*, Abh. Kön. Sächs. Ges. d. Wissenschaften (Phil.-Hist.) 20, 1900, 98 p. in-4°.

Elle a pris, en effet, un éclat particulier dans les cercles orphiques ; et peut-être est-ce parmi les orphiques que le *nomos* a été, pour la première fois, non seulement personnifié, mais divinisé. Dans le fragment 21 K, il est seulement question de *nomos* divin ; mais, selon un autre fragment, la Justice descend de Nomos et de Piété (105 b, K) ; et un autre encore fait de Nomos le parèdre de Zeus (160 K). Enfin, et surtout, on a conservé un hymne orphique, qui est une invocation à Nomos, « le Saint souverain des mortels et des immortels, le céleste Nomos » (64).

Quoi qu'il en soit, cette tradition — orphique ou non — se retrouve chez divers auteurs anciens. Chez Hésiode, le *nomos* que Zeus a assigné aux hommes est l'observance de la justice qui les empêche de s'entre-dévorer (*Travaux*, 276)[3]. Eschyle, à son tour, parle de la loi de Zeus, quand il évoque, dans les *Suppliantes*, 673, « Zeus Hospitalier, dont la loi chenue règle le destin ». Et, parmi les philosophes, Héraclite, on l'a vu, parle du *nomos* divin »[4] ; il dit que tous les *nomoi* humains sont, en fait, « nourris par lui » (fragment 114)[5]. De même, un passage imitant Héraclite, dans le traité hippocratique *Du Régime* (I, 11), dit que ce que les dieux ont disposé reste toujours en état, tandis que les lois humaines sont prises dans l'ignorance, les hommes ne connaissant pas ce qu'ils imitent...

Jusque-là, toutefois, aucune opposition réelle ne se fait sentir : les lois humaines sont le reflet de la loi

3. Cf. ci-dessous, p. 23.

4. Cf. ci-dessus. Voir aussi I. M. Linforth, *The arts of Orpheus*, Berkeley, 1941.

5. Le sens semble être que les diverses règles auxquelles obéissent les hommes ne sont rendues possibles que par l'existence d'un ordre divin qui préside au tout. En tout cas, l'opposition de la loi divine aux lois humaines est celle de l'un au multiple — c'est-à-dire, déjà, l'opposition de l'absolu au relatif, à laquelle est consacrée le présent chapitre. Cf. Gigon, *Héraclite*, p. 15.

divine, ou bien son émanation, ou encore son imitation ; en tout cas, il y a continuité de l'une à l'autre.

Mais, à partir du moment où la loi humaine se révèle précaire et contradictoire, alors, tout à coup, l'opposition se fait sentir ; et l'on a soudain, au théâtre, la fière affirmation que la loi divine est la seule qui compte : on a *Antigone*.

Dans *Antigone*, Sophocle a procédé avec la lucidité clairvoyante d'un Grec : il a imaginé un conflit de devoirs, une situation dans laquelle l'État aurait une exigence et la conscience morale ou religieuse une autre. Mais il faut ajouter qu'il s'est fait la partie belle. Car l'exigence de l'État est ici représentée non pas par une loi, examinée, acceptée, observée, mais par un simple décret, émanant d'un homme qui accède tout juste au pouvoir, et qui sera, en fait, amené à revenir sur sa propre décision [6].

Cela ne change d'ailleurs rien à la netteté du problème ; et Sophocle est tout prêt à admettre que le décret de Cléon était valide et avait force de loi [7] : non seulement Créon parle lui-même, à propos de son décret, de *nomos* et d'obéissance au *nomos* (449 ; 481 ; 663) ; mais les autres personnages et le chœur s'expriment à tour de rôle et termes similaires. Ismène parle d'être « rebelle au *nomos* » (59), le chœur emploie le

6. Cf. Ehrenberg, *Sophocles and Pericles*, p. 35 ; Knox, *The Heroic Temper*, p. 95. Knox tend à limiter la portée intellectuelle qu'avait l'opposition entre loi écrite ou non écrite pour Sophocle et met en garde contre le risque de prêter à celui-ci des idées qui devaient éclore plus tard ; pourtant l'emploi du terme, et son emploi réitéré à cette époque, implique bien la conscience d'une opposition.

7. Il ne s'agit pas — et c'est là que l'opposition peut sembler boiteuse — d'une loi écrite. Mais Sophocle insiste sur le fait qu'elle avait été promulguée et portée à la connaissance de tous : la première question de Créon à Antigone est « Connaissais-tu la défense que j'avais fait proclamer ? » (447). S'il ne s'agit pas de loi écrite, l'ensemble de l'action se déroule comme si c'en était une.

même mot (382) et Antigone elle-même, lorsqu'elle part à la mort, se plaint en gémissant : « Voyez ce que je suis et voyez quelles lois me frappent... » (847). Au reste, le chœur précise qu'il ne conteste nullement la valeur légale de l'arrêt royal : « Rien ne t'empêche évidemment d'user de toute loi qui t'agrée... »[8].

Il y a donc, aux yeux de Sophocle, une sorte d'équivalence sommaire entre les termes. Et cette équivalence revêt un double sens : elle révèle avant tout le peu de prix que porte Sophocle à une législation d'ordre purement politique, qui s'accorde mal aux impératifs religieux ou moraux : en regard des lois divines, ce qui est loi humaine ou simple décret tend aisément pour lui à se confondre. D'autre part, la possibilité même de la confusion révèle, en dehors de toute référence à la réaction de Sophocle, que la relativité des lois humaines était déjà facilement admise.

Quoi qu'il en soit, ayant ainsi donné à la loi humaine un caractère aussi fragile que possible, Sophocle lui oppose, par la bouche d'Antigone, ce qu'il appelle les lois non écrites ou divines. Le texte est célèbre, mais vaut d'être ici rappelé dans les termes mêmes. Créon vient de s'indigner qu'Antigone ait pu passer outre à la défense promulguée[9] ; et elle répond alors : « Oui, car ce n'est pas Zeus qui l'avait proclamée ! Ce n'est pas la Justice, assise aux côtés des dieux infernaux ; non, ce ne sont pas là les lois qu'ils ont jamais fixées aux hommes, et je ne pensais pas que tes défenses à toi fussent assez puissantes pour permettre à un mortel de passer outre à d'autres lois, aux lois non écrites, inébranlables des dieux ! Elles ne datent, celles-là, ni d'aujourd'hui ni d'hier, et nul ne sait le jour où elles ont paru. Ces lois-là,

8. Mazon traduit ici librement : « de prendre toutes mesures ». Créon est évidemment un de ces tyrans dont Euripide dit qu'ils détiennent la loi en leurs propres mains.

9. Créon n'emploie pas le mot *nomos* ; et Antigone parle avec mépris de ses proclamations (454). Mais le mot *nomos* figure à 452 : cf. note précédente.

pouvais-je donc, par crainte de qui que ce fût, m'exposer à leur vengeance chez les dieux ? » (450-460).

Le passage est justement célèbre ; et il nous permet d'identifier avec précision une première forme de loi non écrite — la plus haute, la plus pure, qui est la loi d'ordre religieux.

A cet égard, d'ailleurs, il importe de préciser que le terme de loi non écrite peut s'appliquer, et s'appliquait à cette époque, à des traditions d'ordre rituel, transmises dans les familles chargées de certains cultes. Le *Contre Andocide* qui nous est parvenu parmi les œuvres de Lysias nous a conservé le témoignage d'une allusion que fit Périclès à de telles lois non écrites [10].

Mais les lois non écrites d'Antigone [11] ont une valeur plus universelle et sont d'ailleurs connues de tous. Elles semblent avoir pour fonction d'opposer à la relativité des lois humaines quelque chose d'inébranlable. Par une rencontre caractéristique, il se trouve, d'ailleurs, que cette obligation de la sépulture, qu'Antigone donne pour si absolue, s'applique à un domaine qui est précisément celui que venait de choisir Hérodote pour montrer la relativité des coutumes humaines [12].

Quel était le fondement de ces lois, selon Sophocle ? Il le dit bien : les dieux.

Sans doute, l'ensevelissement des morts constituait

10. VI, 10 ; cf. Ehrenberg, *op. cit.*, pp. 44-45.

11. Ici encore, Sophocle n'emploie pas le mot *nomos*, mais le dérivé *nomima*, habituellement employé pour une tradition, un usage en vigueur. Le mot est bien choisi pour l'opposition avec le décret récent de Créon — et il n'y a pas lieu d'en tirer argument pour affaiblir l'opposition ; du reste, le mot *nomos* est employé ailleurs pour les « lois » en question (cf. pour *Antigone*, 1113 ; pour les passages parallèles, entre autres, *Œdipe Roi*, 865).

12. III, 38, cf. ci-dessous, p. 62. Sophocle et Hérodote qui se connaissaient bien, devaient être d'accord pour respecter les rites ; mais l'un les respectait en tant qu'expression d'un absolu et l'autre en tant que relatifs.

une obligation généralement acceptée en Grèce [13]. Mais ce n'est point ce sur quoi Sophocle insiste ; et il est manifeste que, pour lui, l'universalité de ces lois n'est que le signe de leur origine divine. On peut, à cet égard, lui attribuer le raisonnement que l'on trouve dans les *Mémorables* de Xénophon (IV, 4, 19), quand Socrate parle à Hippias des lois non écrites ; Hippias répond d'abord : « Oui, celles qui sont en usage de façon semblable dans tout pays » ; et Socrate : « Pourrais-tu dire, alors, que les auteurs en sont les hommes ? — Comment cela pourrait-il être, puisqu'ils ne sauraient se réunir tous et qu'ils ne parlent pas la même langue ? — Alors qui, crois-tu, a établi ces lois ? — Pour moi, dit-il, j'imagine que les dieux les ont fixées pour les hommes. » De même Isocrate, dans le *Panathénaïque* (169) rapproche l'universalité des lois non écrites et leur origine divine, quand il dit que Thésée n'a pas toléré « que fût aboli un usage ancien, une loi ancestrale, que l'ensemble des hommes n'a cessé de pratiquer, non parce que la nature humaine l'a établie, mais parce qu'une puissance divine l'a imposée. » [14]

Sophocle, en tout cas, ne parle que des dieux. Il dit que toute désobéissance est sanctionnée par eux. Et c'est bien ce qui donne à ces lois un caractère inébranlable, ou, comme dit le grec, « sûr ».

Choisir ces lois est donc préférer les dieux aux hommes, l'éternel au périssable, l'assuré au précaire. De fait, dans la tragédie de Sophocle, celui qui brise la volonté de Créon est précisément l'interprète des dieux, le devin Tirésias. Et son intervention consiste à dire ce que les dieux annoncent (998 sqq.), ce qu'ils exigent, et ce en quoi ils se déclarent offensés (1068 sqq.). Si

13. Cf. Ehrenberg, pp. 29-30, pour l'importance de cette loi et aussi pour le rapport entre Sophocle et Hérodote.

14. La phrase reprend une remarque plus brève du *Panégyrique*, 55. Le côté religieux se retrouve dans le *Panathénaïque*, 174, où les mêmes lois sont appelées « lois fixées par la divinité ». Voir cependant ci-dessous, p. 43.

bien qu'au moment où il cède, Créon sait que son tort a été de méconnaître la loi des dieux et sa prééminence : « Ah ! j'ai bien peur que le mieux ne soit pour l'homme d'observer les lois établies jusqu'au dernier jour de son existence ! » (1113-1114).

Cet aspect religieux prêté ici aux lois non écrites est caractéristique de Sophocle et représente certainement une aspiration qui lui était chère. On retrouve dans *Ajax,* à deux reprises, les « lois des dieux » (1130 et 1343). Dans les deux cas, d'ailleurs, il s'agit, comme dans *Antigone,* du devoir consistant à ensevelir les morts. On retrouve dans *Oedipe à Colone* la mention des « vieilles lois de Zeus », à côté de qui siège l'antique Justice (1383). Et surtout l'on retrouve, dans *Oedipe Roi,* un chœur qui célèbre les lois divines en termes non moins éloquents que ceux d'Antigone, et insiste non moins qu'elle sur le caractère divin et éternel de ces lois : « Ah ! fasse le Destin que toujours je conserve la sainte pureté dans tous mes mots, dans tous mes actes. Les lois qui leur commandent siègent dans les hauteurs : elles sont nées dans le céleste éther, et l'Olympe est leur seul père ; aucun être mortel ne leur donna le jour ; jamais l'oubli ne les endormira : un dieu puissant est en elles, un dieu qui ne vieillit pas. » (863-871) [15].

Il faut d'ailleurs préciser que cette loi d'origine religieuse est, en fait, liée à tout un ensemble de valeurs morales. Et, déjà dans *Antigone,* il est certain que les lois non écrites présentent un caractère complémentaire, moins hautement affirmé, mais toujours latent, par lequel elles relèvent du sens moral en général. Du fait qu'il n'est point de tribunal pour les infractions à

15. On pourrait citer également les « très grandes lois » qui valent du renom à Électre, vu sa piété envers Zeus (*Électre,* 1095-1096, le mot étant ici *nomina,* comme dans *Antigone*). Le sens des « grandes lois » (avec le mot *thesmos,* dans *Antigone,* 797) est un peu différent : il désigne l'ordre qui règne sur le monde, et se rapprocherait, à cet égard, de l'exemple d'*Œdipe à Colone.*

ces lois, ni de prêtres pour guider et diriger les conduites humaines, ces lois divines ont, en effet, pour exégète et pour garant le jugement moral des individus.

Antigone sait qu'elle agit selon l'ordre des dieux ; mais sa décision doit moins à la crainte du châtiment divin qu'à un sentiment immédiat du bien. Elle agit par sentiment de l'honneur (46 : « J'entends que nul ne soit en droit de dire que je l'ai trahi ») ; elle agit par piété fraternelle (73 : « J'irai reposer près de lui, chère à qui m'est cher ») ; elle agit par disposition naturelle (523 : « Je suis née pour partager non la haine, mais l'amour »[16] ; elle agit en vertu d'un choix intérieur (465-6 : « Subir la mort, pour moi, n'est pas une souffrance. C'en eût été une, au contraire, si j'avais toléré que... »). Toutes ces déclarations, qui composent un personnage vivant, précisent le sens du texte sur les lois non écrites : elles montrent que ces lois sont inscrites par les dieux dans la conscience des hommes — comme y sont inscrits l'amour du beau, l'amour des siens, ou le sens de la justice. Et l'on sait qu'avant Tirésias, Créon, dans la pièce, doit subir une première attaque : celle de son fils Hémon, dont l'argumentation consiste à se faire l'interprète de l'opinion commune : il évoque la « rumeur obscure » qui monte dans la ville (700) et « ce que dit tout le peuple de Thèbes » (733). Il y a donc, à côté de la référence aux dieux et à un niveau plus humble, une référence à l'opinion admise, ou, si l'on veut, à la conscience morale.

En ce sens, on peut dire que, contre la légalité politique, incarnée dans Créon, Antigone représente un ordre des dieux, évident pour le cœur des hommes et sanctionné tout à la fois par les uns et par les autres.

Ces deux aspects de la loi non écrite se retrouvent, en un dosage qui diffère selon les cas, chez tous ceux qui s'en sont réclamés.

En gros, l'on peut distinguer deux tendances — celles

16. Traduction Mazon modifiée.

que tendaient à unir les deux textes de Xénophon et d'Isocrate cités à propos de Sophocle. Et il se trouve que, dès l'époque de Sophocle, on a la preuve que d'autres auteurs parlaient de « lois non écrites » en donnant à cette notion un contenu plus moral que religieux. L'exemple le plus célèbre est celui de Thucydide, dans un passage de l'oraison funèbre qu'il prête à Périclès. Il lui fait dire, en effet, que, malgré la tolérance et la liberté régnant à Athènes, on ne rencontre dan la cité aucun désordre : « car nous prêtons attention aux magistrats qui se succèdent et aux lois — surtout à celles qui fournissent un appui aux victimes de l'injustice et qui, étant lois non écrites, comportent pour sanction une honte indiscutée » (II, 37, 3)[17].

Ce sont toujours les lois non écrites ; mais leur application a changé : elles concernent ici le domaine des relations entre les hommes ; et leur sanction aussi a changé : celle-ci réside dans l'opinion et dans l'opinion seule. Quant à l'origine, on n'en parle pas. Et tout se passe comme s'il s'agissait d'un simple *consensus* humain.

M. Ehrenberg est parti de cette distinction pour tenter d'établir une sorte d'opposition et même de polémique, entre ces deux contemporains, mêlés ensemble à la politique athénienne, que sont Sophocle et Périclès[18]. Peut-être a-t-il poussé un peu loin l'opposition. Mais, du point de vue qui nous occupe, la distinction qu'il a mise en lumière est importante. Elle montre comment l'équilibre entre les deux aspects des lois non écrites s'est, en fait, trouvé renversé et comment, non contents d'avoir inventé la loi morale de caractère religieux, les Grecs du Ve siècle devaient également inventer la loi morale fondée sur la conscience humaine.

C'est sous cette forme qu'on la trouve, par exemple, chez Démosthène, qui, dans le *Sur la Couronne* (275),

17. Notre traduction, rectifiée.
18. *Sophocles and Pericles*, Oxford, 1954.

ayant évoqué la différence entre l'erreur volontaire, l'erreur involontaire et l'échec, ajoute que cette différence n'apparaît pas seulement dans les lois : « la nature elle-même l'a précisé dans les usages non écrits et dans les mœurs des hommes » [19]. Et c'est sous cette forme encore qu'on la retrouve dans la *Rhétorique* d'Aristote, I, 1368 b, quand il oppose les lois communes et particulières : « Par loi particulière, j'entends la loi écrite qui régit chaque cité ; par lois communes, celles qui, sans être écrites, semblent être reconnues par le consentement universel ».

Quoi qu'il en soit, ces deux séries de textes sont, en un sens, concordantes : les uns admettent une origine divine, les autres ne s'attachent qu'à un accord des hommes, mais les uns et les autres sont d'accord pour parler de lois non écrites, d'une portée plus large que les lois politiques.

Ces lois se traduisent en une série de préceptes moraux, qui échappent au domaine de la loi politique et qui, par une rencontre assez remarquable avec la tradition judéo-chrétienne, ont tendance à se présenter sous la forme de commandements : ceux-ci occupent, à la frontière entre religion et morale, la même fonction, ou presque, que les dix commandements chrétiens. Ils n'ont pas été codifiés avec la même rigueur. Mais on observe, dans certains textes, comme un début de codification. En particulier, on rencontre souvent un groupe de trois commandements, qui ordonnent d'honorer les dieux, ses parents [20], et les hôtes. Déjà, Eschyle écrit dans les *Suppliantes*, 707 sqq. : « Aussi bien le respect des pères est-il la troisième loi inscrite au livre de la Justice ». Il y a, d'ailleurs, des variantes : les liens d'hospitalité, de reconnaissance et d'amitié ont tendance à se confondre et prennent volontiers la place

19. L'expression est *agraphois nomimois*, comme dans *Antigone*.

20. Sur les aspects particuliers de ce commandement et son histoire, cf. Hirzel, *Agraphos Nomos*, p. 32.

l'un de l'autre. L'exemple de la reconnaissance est retenu dans les *Mémorables* de Xénophon (IV, 4, 24) et dans la *Rhétorique* d'Aristote (I, 1374 a 23) comme exemple de loi non écrite. Et la *Rhétorique à Alexandre,* II, 1421 b place à côté du respect des parents la bienfaisance envers les amis et la reconnaissance envers les bienfaiteurs.

On pourrait, à la rigueur, relever dans ces listes différentes et surtout dans ces formulations différentes l'influence du tempérament des auteurs et celle aussi de l'histoire des idées [21] ; mais la matière risque d'être un peu fuyante ; et le terme de loi non écrite représente une dénomination trop négative pour ne pas couvrir des impératifs fort divers [22]. Du moins la tendance à formuler des « commandements » révèle-t-elle assez le caractère moral que revêtaient ces lois.

Du reste, tel est bien le sens que leur donne Aristote dans un long passage de la *Rhétorique* (1374 a et b) consacré aux délits non prévus par les lois. Certes, quelques-uns d'entre eux correspondent à des lacunes de ce qu'il appelle la loi « particulière et écrite » ; mais la loi ne parle pas non plus des actes « qui représentent le plus haut degré de la vertu et du vice, et auxquels s'appliquent les reproches et les éloges, les marques de mépris et les honneurs, les gratifications ; par exemple, avoir de la reconnaissance pour son bienfaiteur, lui rendre un service en retour de celui qu'il nous a rendu, être secourable à ses amis, et tous actes de ce genre ». Et

21. Ces commandements, qui se retrouvent, à époque tardive, parmi d'autres, dans les commandements pythagoriciens, seraient d'origine éleusinienne et orphique selon G. Thomson *(Aeschylus' Oresteia)*, 269 sqq. et 362 sqq. Cette interprétation est réfutée par V. Ehrenberg, *Sophocles and Pericles*, Appendix A, dont nous retiendrions volontiers l'opinion, sauf lorsqu'il essaie de séparer les trois commandements de la loi non écrite : ils en sont sans aucun doute un des aspects.

22. On remarquera d'ailleurs que le devoir relatif à la sépulture, si fréquemment mentionné en rapport avec les lois non écrites, ne figure pas dans nos listes de commandements.

Aristote offre un mot pour cet aspect de la justice qui, comme il dit, « dépasse la loi écrite », c'est le mot d'*epieikeia,* ou d'équité, qui occupe une si grande place dans l'*Éthique à Nicomaque*[23] : l'équité comporte, selon le texte, que l'on soit indulgent aux faiblesses humaines, que l'on considère non la lettre de la loi, mais son esprit. En somme, ce qui ressortit de la loi non écrite relève de la morale et de la solidarité humaine ; et seul un sentiment direct du bien peut l'imposer aux hommes.

Bien qu'il n'y ait pas un abîme entre la grande loi des dieux invoquée par Sophocle et les règles de bonne équité auxquelles se réfère Aristote, il semble que ces deux auteurs fournissent un peu les maillons extrêmes d'une chaîne. Et tout se passe comme si la loi non écrite — destinée, chez les uns et chez les autres, à suppléer aux faiblesses de la loi écrite — avait peu à peu subi une évolution tendant à la placer sur un plan de plus en plus humain et laïc.

Cette évolution même n'était cependant pas sans danger : elle amenait la disparition des garants divins et, par suite, elle risquait d'exposer la loi non écrite à la même relativité que la loi écrite. En effet, privée de ses garants divins, la loi non écrite ne correspondait plus qu'à un accord tacite, qui semblait être universel mais pouvait fort bien ne pas l'être.

C'est ce qui explique les deux avatars de la loi non écrite.

II. *Les lois communes*

Lorsque les lois non écrites ne sont plus des lois divines, elles deviennent, en effet, plus simplement, les lois communes d'un certain groupe.

Aussi bien faut-il remarquer que, même commune à

23. Cf. en particulier V, 14 (1137 a sqq.), où le développement est très proche de celui de la *Rhétorique* cité ici.

tous les hommes, une loi commune sans garant perd beaucoup de son caractère normatif pour se ramener à un usage. Le grec a de tout temps employé des formules où « la loi des hommes » n'est pas autre chose ; et l'ambiguïté de telles formules complique encore l'analyse. Cette ambiguïté apparaît par exemple, dans le passage où le serviteur d'Hippolyte donne comme une loi des hommes le fait de haïr la morgue (*Hippolyte,* 91-93), ou encore dans le fragment 332 d'Euripide, où c'est une loi commune des hommes que d'aimer ses enfants. La valeur est un peu la même lorsque Isocrate, pour critiquer l'éducation des Lacédémoniens, dit qu'ils se sont écartés des « lois communes » et n'ont pas une idée qu'ils partagent ni avec les Grecs ni avec les barbares (*Panathénaïque,* 213). Enfin, à la limite, on parlera des lois des dieux elles-mêmes en termes d'usages et non de devoirs. Quand, dans le passage d'*Hippolyte* qui vient d'être mentionné, le serviteur demande s'il en va de même chez les dieux, le pieux Hippolyte répond en déclarant : « Oui, s'il est vrai que nous, les mortels, nous avons pour lois celles des dieux[24] : il ne veut évidemment pas dire que nous obéissons à un ordre direct, mais que les dieux font sans doute la même chose que nous ; et, dans la même pièce, Artémis s'exprime avec plus de netteté encore, puisqu'elle dit : « Telle est la loi des dieux : aux désirs qu'a formés la volonté d'un autre, nul ne consent à faire obstacle ; toujours nous lui laissons le champ libre » (1328-1330). Les dieux ont leurs coutumes, comme tel peuple particulier a les siennes.

Il ne faudrait cependant pas penser qu'une fois coupé le lien avec les dieux, la loi non écrite doive nécessairement perdre sa forme normative. Une loi commune des hommes est quelque chose de trop général pour ne pas s'apparenter à une simple description de nature. En revanche, un système de valeurs cher à

24. 98, traduction modifiée.

un groupe donné, qui se sent différent des autres et supérieur à eux, peut assez aisément définir un idéal commun. Et, s'il s'agit de corriger la variété du droit, de cité à cité, s'il s'agit de chercher quelque part, où que ce soit, un ensemble de règles débordant ce cadre, et s'appliquant en particulier aux devoirs simplement humains qui peuvent régir les rapports entre gens de diverses cités, alors on a recours à ce que les auteurs appellent les lois communes des Grecs.

Celles-ci représentent une forme de loi non écrite, déjà un peu plus circonscrite dans sa présentation, mais aussi plus aisée à définir et plus fréquemment évoquée.

1) Lois communes des Grecs.

Il se trouve, en fait, que les deux auteurs qui représentent le mieux l'évolution des idées aussitôt après Sophocle — et qui sont ses contemporains, mais un peu plus jeunes — sont aussi les premiers à avoir mentionné avec quelque insistance ces lois communes des Grecs. Ils l'ont d'ailleurs fait à un moment où la lutte entre Grecs avait pris un caractère si violent que la conscience des gens cherchait assez naturellement à retrouver des traditions pour justifier son indignation.

Si les Lacédémoniens devaient trahir le serment prêté à Platée, ils commettraient une faute, disent les Platéens, « envers les lois communes des Grecs et envers vos ancêtres » (Thucydide, III, 59, 1). Quand les Platéens ont tué des hommes qui s'étaient rendus et qu'ils avaient promis d'épargner, ils ont agi, disent les Thébains « contre toute loi » (III, 66, 2) ; aussi Sparte doit-elle les punir : « Défendez donc, Lacédémoniens, la loi grecque qu'ils ont transgressée... » (III, 67, 6). De même, un peuple qui refuse de laisser ensevelir des morts, comme les Athéniens à Delion, est accusé de « violer la loi commune des Grecs » (IV, 97, 2). Par un trait bien caractéristique, les Athéniens, contre qui est portée cette accusation, répondent en brandissant une autre « loi grecque », qui elle-même ne fait que constater l'usage du droit de conquête : les lois non écrites qui n'ont point les dieux pour garants peuvent vite devenir usages ; les Athéniens le savent, et s'en servent. Mais il est manifeste que leur réponse ne se situe pas sur le même niveau que l'attaque : la loi qu'ils ont transgressée implique une condamnation morale [25].

Il en va de même des lois communes des Grecs que l'on trouve chez Euripide, dans un contexte comparable.

En particulier, l'affaire de Delion semble avoir inspiré directement les *Suppliantes* d'Euripide ; et le sujet de la pièce porte, une fois de plus, sur un refus de sépulture. Or, à trois reprises, on trouve dans la pièce la « loi des Grecs » ou même, avec un terme rare, la « loi panhellénique ». Aethra invite Thésée à agir contre les coupables en disant : « empêche qu'ils transgressent les lois communes des Grecs » (311). Thésée lui-même exige la sépulture des morts en disant : « Je ne fais qu'observer le droit commun des Grecs » (526) ; et plus loin il déclare officiellement : « nous voulons préserver la loi de tous les Grecs » (671) [26].

De même, si le massacre des prisonniers thébains apparaît dans Thucydide comme une atteinte aux lois des Grecs, Eurysthée, dans les *Héraclides* d'Euripide, précise que, puisqu'il s'est rendu, le mettre à mort serait une faute contre ces mêmes lois : « A présent que l'on m'a épargné quand je m'offrais volontiers à la mort, les lois des Grecs enseignent que je rendrai impur celui qui me tuera » (1010-1011) [27].

25. Le « *nomos* des Grecs » mentionné dans l'*Anabase* (V, 4, 33-34) n'est aussi qu'une coutume, une façon de vivre, opposée à celle des barbares ; mais cette « façon de vivre » se confond avec l'idée de civilisation : faire l'amour en public est à l'opposé du *nomos* des Grecs.

26. Traduction rectifiée : la traduction de la collection des Belles-Lettres, apparemment peu soucieuse du problème traité ici, traduit : « nous voulons le respect du droit universel » !

27. Traduction M. Delcourt. En revanche, les passages d'*Hé-*

Au reste, la preuve que les « lois des Grecs » impliquent de véritables commandements est apportée par le fragment 883 du même Euripide, qui définit les trois vertus essentielles comme étant « le respect des dieux, celui des parents, enfin celui des « lois communes des Grecs ».

Certes, l'application de ces « lois communes des Grecs » porte avant tout sur les règles de la guerre. Et elles devaient, en quelque sorte, rester spécialisées en ce domaine. C'est ainsi que l'on retrouve des allusions à ces lois dans des textes historiques [28], comme Diodore (XIII, 23-24 ; XIX, 63) ou Plutarque, *Vie de Périclès*, 29. Mais il n'en reste pas moins qu'elles font appel à des principes très généraux, relevant de l'ordre moral. Ce sont des « lois grecques » parce que les Grecs représentent la civilisation [29] ; mais, avant tout, elles définissent ce qu'on appelle le droit des gens.

D'ailleurs, il est aisé de constater que lois non écrites et lois des Grecs se chevauchent, se recouvrent, se confondent : il s'agit dans les deux cas d'ensevelir les morts [30], d'épargner des suppliants ou bien des prisonniers qui ont fait reddition [31], de rester fidèle à des serments [32], de respecter ses hôtes [33]. Tous ces devoirs présentent le caractère commun d'avoir été à l'origine des devoirs d'ordre religieux et de porter dans la pra-

lène où il fait allusion aux rites funéraires grecs appelés *nomoi* des Grecs (1241, 1246, 1429, 1561) ont un caractère plus spécifiquement religieux.

28. Sans parler de « lois », Thucydide dit encore : « Tous les Grecs indistinctement tenaient pour suspect qu'on traversât le pays d'autrui sans en avoir obtenu l'autorisation. » (IV, 78, 2).

29. Cf. par exemple l'Archéologie de Thucydide ou, dans un sens plus particulièrement athénien, le *Panégyrique* d'Isocrate.

30. Ainsi dans *Antigone* et *Ajax* de Sophocle, dans les *Suppliantes* d'Euripide, dans Thucydide, et aussi dans Isocrate (textes cités plus bas).

31. Ainsi dans les *Héraclides* d'Euripide, dans Thucydide, dans Diodore.

32. Dans Thucydide ; voir aussi Plutarque, *Périclès*, 29.

33. Dans le *Cyclope* d'Euripide, 299.

tique sur les relations d'ordre humain, dans lesquelles ils visent à maintenir une sorte de solidarité de principe, et de respect d'autrui.

A ce titre, on peut, selon les cas, les considérer comme lois « divines » ou comme « loi des Grecs ». On en trouve une preuve éclatante dans la façon dont Isocrate évoque, en divers passages de son œuvre, le rôle joué par Athènes dans l'affaire des Sept contre Thèbes, lorsqu'elle obligea Thèbes à laisser ensevelir les morts. On a cité plus haut un passage du *Panathénaïque*, 169, dans lequel il disait que « l'ensemble des hommes » reconnaissait un tel devoir et qu'une « puissance divine » l'avait imposé. Or, dans le même discours, à la phrase suivante, le même Isocrate dit qu'Athènes se refuse à laisser Thèbes « transgresser une loi commune des Grecs ».

Entre les deux formes de lois non écrites, il n'y a donc souvent qu'une différence de terme. Et le changement de terme s'explique de deux façons.

Tout d'abord, le second terme s'applique mieux à une époque informée de la relativité des lois et des coutumes. Il est plus positif. Il est moins ambitieux. Par là, il correspond à une philosophie moins idéaliste.

Mais, en même temps, ce second terme correspond à une tendance politique. Il apparaît surtout dans des textes où l'union des Grecs est sentie comme un besoin. Chez Euripide, il s'accompagne du terme révélateur de « panhellénique ». Il implique un appel à une solidarité grecque. Et ce qu'il a perdu en idéalisme sur le plan de la philosophie en général se retrouve, de la sorte, au niveau de la pensée politique.

Une coloration politique analogue caractérise le second avatar de la loi non écrite, qui, lui, implique la considération d'une collectivité plus réduite encore.

2) Les « patria ».

La loi non écrite, au lieu de s'appliquer à l'humanité entière, ou bien à tous les peuples grecs, peut, en effet, ne s'appliquer qu'à une cité déterminée. A ce moment elle désigne un ensemble de principes qui n'ont pour garants que la tradition et se transmettent, en fait, par le moyen de l'éducation.

On hésiterait à faire rentrer de tels principes dans les lois non écrites si le témoignage de Platon n'était, sur ce point, formel.

Dans le *Politique*, 295 a, il admet que le législateur, dépassé par le nombre et la variété des cas que doit prévoir la loi, peut, au lieu d'instituer des lois écrites, se contenter de règles « non écrites », et « donner force de loi aux coutumes nationales ».

Dans les *Lois*, il est plus net encore ; car, évoquant les principes d'une vie raisonnable et modérée, il précise que ces principes seront le lien de la cité : « Toutes ces règles, formulées par nous tout à l'heure sont ce que le vulgaire appelle les coutumes non écrites [34] ; et ce qu'il nomme les lois des ancêtres n'est pas autre chose que l'ensemble de ces règles » (793 a). Ces règles ne doivent, à son avis, ni être appelées des *nomoi* ni être passées sous silence. Elles sont « comme des coutumes ancestrales et tout à fait anciennes qui, sagement établies et fidèlement observées, tiennent enveloppées d'une entière sauvegarde les lois déjà écrites ». Et il fait encore appel, pour le salut de la cité, à des préceptes de ce genre, lorsque, souhaitant que l'acte voluptueux s'accompagne de quelque honte, il déclare que se cacher doit être, en ce domaine, une obligation « créée par la coutume et la loi non écrite » (841 b) [35].

Cette notion de tradition vaut à différents niveaux ; mais il est manifeste qu'ici encore, deux sortes de raisons peuvent pousser à la mettre en avant.

Il est, d'abord, des raisons purement intellectuelles,

34. L'expression est *agrapha nomina*, comme dans *Antigone*.
35. L'expression, ici, est bien « loi non écrite ». On remarquera que l'application de cette loi coïncide avec ce que Xénophon considérait comme une tradition grecque : cf. ci-dessus, p. 41 et n. 25.

qui tiennent aux limites de la loi écrite, dans son contenu et dans son fondement. Platon et Aristote, l'un et l'autre [36], insistent sur l'idée que la loi non écrite ne saurait prévoir tous les cas : pour une analyse systématique, il manque donc un principe quelconque valable pour ceux qui n'étaient pas prévus. D'autre part, à une époque où la loi écrite se trouvait contestée, une tradition nationale pouvait, à défaut de garants divins, constituer un fondement de caractère vivant et concret.

Aussi bien, comme pour les « lois communes des Grecs », et plus nettement encore, cette tradition non écrite semble avoir dû son importance à des raisons d'ordre politique. Les traditions sont le fait des nobles, des conservateurs ; et les grandes familles sont les plus désignées pour conserver le sens des valeurs passées, des *patria* [37]. A Athènes, ceux qui sont opposés aux excès de la démocratie demandent le retour à ce qu'ils appellent la « constitution des ancêtres » ou *patrios politeia* [38] ; et ils insistent sur la vertu, dont ils auraient, en quelque sorte, l'apanage. D'ailleurs, si Sparte est connue pour l'obéissance aux lois dont témoignent ses citoyens, elle l'est aussi pour le secret de ses institutions et pour ses traditions rigoureusement transmises. Si la loi écrite est démocratique, la tradition non écrite est aristocratique [39].

36. Cf. *Rhétorique*, 1374 a et ci-dessous, pp. 211-212.

37. Sur cet aspect, cf. Hirzel, *Agraphos Nomos*, pp. 44-45.

38. Les partisans de la *patrios politeia* s'élèvent à l'occasion contre le trop grand nombre des lois athéniennes. Ainsi Isocrate, dans l' *Aréopagitique*, 41 : « Les bons politiques doivent, non pas remplir les portiques de textes écrits, mais maintenir la justice dans les âmes : ce n'est pas par les décrets, mais par les mœurs, que les cités sont bien réglées » ; cf. *Panégyrique*, 78, et ci-dessous, p. 184.

39. Hirzel, *Agraphos Nomos*, pp. 69-70, montre bien la différence entre Sophocle, qui se fait le chantre de la loi non écrite, et Euripide, qui célèbre la loi écrite. De même, tous deux louent Thésée, mais l'un pour l'ordre et pour l'éducation morale, l'autre pour la liberté démocratique.

3) Lois non écrites et loi naturelle.

Sous des formes très différentes et à des moments différents de l'histoire athénienne, la loi non écrite a donc offert un recours à ceux que le *nomos* écrit laissait insatisfaits. Senti comme limité, comme relatif, il ne suffisait pas aux consciences un peu exigeantes, qui aspiraient, selon les cas, à une loi morale, à un droit des gens, voire à un système de valeurs marquant l'unité d'une cité.

Ces rôles différents, ces approches successives, ces interprétations toujours renouvelées, expliquent que ce grand classificateur que fut Aristote se soit heurté à un problème. R. Hirzel dans son étude sur les lois non écrites est parti de ce qui est à ses yeux une contradiction : dans la *Rhétorique,* I, 1368 b 7, Aristote déclare, en effet, qu'il entend par loi particulière la loi écrite qui régit chaque cité, et par lois communes celles qui, sans être écrites, semblent être reconnues par le consentement universel[40] ; or, peu après, à 1373, b 4, il donne une définition différente : « Par loi, j'entends d'une part la loi particulière, d'autre part la loi commune ; par loi particulière, celle qui pour chaque peuple, a été définie relativement à lui : et cette loi est tantôt non écrite, tantôt écrite ; par loi commune, j'entends la loi naturelle[41]. Car il y a une justice et une injustice dont tous les hommes ont comme une divination et dont le sentiment leur est naturel et commun, même quand il n'existe entre eux aucune communauté ni aucun contrat : c'est évidemment là, par exemple, ce dont parle l'Antigone de Sophocle ». Et, bien entendu, Hirzel ne manque pas de trouver d'autres témoignages,

40. Παρὰ πᾶσιν ὁμολογεῖσθαι δοκεῖ. C'est la classification que Diogène Laerce, III, 86, attribue à Platon.

41. κοινὸν δὲ τὸν κατὰ φύσιν, cf. plus loin pour Antigone : ὡς φύσει ὂν τοῦτο δίκαιον.

confirmant, pour les uns, le premier classement, pour les autres, le second [42].

En réalité, pour qui a suivi dans le temps les avatars de la loi non écrite, le flottement d'Aristote se comprend fort bien et ne suppose, de sa part, aucune contradiction réelle.

Si on laisse de côté les *patria,* comme il est très naturel de le faire et comme les Grecs l'ont fait lorsqu'ils ont découvert le problème des lois non écrites, l'opposition qui se dégage est claire et ferme : elle ne comporte que deux termes et ne met en regard des lois de la cité, ou lois écrites, que la loi non écrite d'Antigone ou la loi commune des Grecs. Cherchant seulement à préciser les buts des coupables, Aristote part de cette distinction.

Mais bientôt, voulant être à la fois plus clair et plus exhaustif, il reprend sa distinction en y insérant — comme on l'a fait dans ce chapitre, les *patria.* Seulement, du coup, il est amené à présenter un classement plus subtil : car les *patria,* de toute évidence, ne sont ni des lois universelles, ni par conséquent des règles ressortissant au jugement moral.

Si bien que le flottement d'Aristote attire, en définitive, notre attention sur la différence de nature, profonde et riche de sens, qui oppose la loi écrite et les *patria,* dans leur relativité, à la vraie loi non écrite — celle qu'Aristote ramène à une sorte de droit naturel.

De fait, si l'on met à part les *patria,* il est manifeste que les Grecs, après avoir élaboré une théorie des lois de la cité, ont eu tendance à corriger et à compléter cette notion, en y joignant celle d'une loi naturelle, ancrée dans la conscience des hommes et pouvant,

42. Pour le premier, *Éthique à Nicomaque,* VIII, 1162 b 21 sqq. Pour le second, *ibid.* X, 1180 b et *Politique* VI, 5, 1319 b. Cf plus récemment J.W. Jones, *The law and legal theory of the Greeks,* p. 64 : « Aristotle's references to the unwritten law are neither clear nor consistent. At one time, it is the rules universally recognized, as distinguished from the particular law of a state ; at another, it is part of such particular law ».

selon les cas, expliquer ou compléter la loi politique, et même, à l'occasion, prendre le pas sur elle.

C'est très exactement cette loi dont Antigone affirme l'existence. Pourtant, l'on remarquera que Sophocle n'a pas employé l'expression de loi naturelle : cette expression ne se rencontre pas avant le IVe siècle (du moins dans les textes conservés) : on la trouve presque dans un passage de *Sur la Couronne* cité plus haut [43] ; mais il semble que la doctrine n'apparaisse avec précision que chez Aristote. Chez lui, l'existence d'une loi naturelle est clairement affirmée. On a cité plus haut un passage de la *Rhétorique* qui distingue les lois particulières, propres à chaque peuple, des lois communes, qu'il appelle « naturelles : « par loi commune, j'entends la loi naturelle ». De même, dans l'*Éthique à Nicomaque,* V, 10 (1134 b), Aristote oppose la justice « naturelle » à la justice « légale » : « Est naturelle celle qui a partout la même force et ne dépend pas de telle ou telle opinion ».

Le fait que l'expression de « loi naturelle » ne se soit pas répandue plus tôt n'a, au reste, rien de surprenant : elle ne pouvait surgir que comme une réponse à la fameuse opposition entre la loi et la nature, qui devait prendre à Athènes une importance primordiale à l'époque des sophistes ; elle représente un effort de conciliation après une crise et porte, par conséquent, dans le choix même des mots, la trace de cette crise. Mais, pour le fond, Aristote ne s'y est pas trompé : la loi non écrite représente bien la loi naturelle.

Quoi qu'il en soit, et pour n'envisager le problème que du point de vue qui est le nôtre, c'est-à-dire celui de la loi politique, les divers sens et les divers glissements relevés jusqu'ici témoignent de deux traits assez remarquables.

Tout d'abord des références si fréquentes et si

43. Cf. ci-dessus, pp. 35-36.

diverses marquent bien qu'à divers points de vue, la loi écrite, dont la jeune démocratie athénienne était si fière, ne se suffisait pas à elle-même et n'était pas en mesure de s'identifier avec la justice. Trop relative, trop limitée, trop partielle et parfois partiale, la loi écrite était, en un sens, inférieure à la loi non écrite.

Et d'autre part, s'il est vrai que, par contraste, la loi écrite apparaît relative et limitée, tandis que la loi non écrite apparaît absolue et plus ou moins universelle, les avatars qu'elle subit montrent que, avec l'évolution des esprits, elle devait elle-même subir le contrecoup de la relativité à laquelle elle avait pour fonction d'échapper.

Aussi bien est-il temps d'en venir à ce second problème que devait bientôt soulever la loi écrite — le problème lié à son rapport avec les coutumes et à la découverte du caractère tout relatif présenté par ces coutumes. Ce problème était déjà perçu à l'époque de Sophocle ; et les prises de position qu'il devait entraîner expliquent pour une bonne part l'effort réitéré des Grecs d'alors pour se réfugier à l'abri d'un ordre moins mouvant ; mais elles expliquent aussi que la pensée grecque se soit ainsi trouvée devant une difficulté qu'il fallait résoudre directement.

La loi non écrite fournit un alibi, qui laisse la loi écrite à ses périls.

CHAPITRE III

PRÉMISSES D'UN PROBLÈME

Le problème que devait soulever la loi en Grèce est lié aux conditions dans lesquelles celle-ci était née.

Le mot *nomos,* adopté pour la désigner, ne comportait, on l'a vu, aucune référence à un législateur, humain ou divin : il se fondait sur un état de fait et représentait, par conséquent, un droit tout positif. C'est bien pourquoi la difficulté fut, dès le début, de tracer un trait à la limite inférieure et de chercher en quoi la loi se distinguait de la simple coutume : le mot *nomos,* en grec, s'applique aussi bien à l'une qu'à l'autre. Le *thesmos* avait un garant, incertain, inconnu, mais confusément admis : le *nomos* consacre une façon d'agir et seule la ratification politique pouvait, dans des conditions mal déterminées, sanctionner cette façon d'agir.

Cette absence de garant sera le point faible, par où la critique des sophistes, trop aisément accueillie par une cité déjà moins unie, devait atteindre le *nomos* et risquer de le détruire.

De fait, l'œuvre d'Hérodote constitue un témoignage intéressant sur la façon dont devait s'ouvrir la crise. Elle ne la connaît point encore, cette crise : elle ne connaît que des flottements, des glissements, un malaise de vocabulaire, une amorce d'idées nouvelles. Mais ce malaise de vocabulaire et ces amorces d'idées nouvelles montrent de façon claire comment le progrès intellectuel qui marqua le ve siècle devait, tout naturellement, amener la crise de la loi.

1. Loi et coutume.

Le malaise de vocabulaire est flagrant ; et l'œuvre d'Hérodote porte témoignage de l'ambiguïté qui s'attachait au mot *nomos*.

Le très bon index établi par Powell pour l'œuvre d'Hérodote distingue les deux valeurs principales du mot, qui sont « coutume » et « loi » : il compte 63 exemples du premier sens et 50 du second. Mais, à la vérité, il est souvent difficile d'assigner les emplois à telle catégorie ou à telle autre.

Quand il s'agit de villes grecques, on a tendance à parler de « lois ». Et l'on a raison de le faire quand le texte se rapporte à des structures politiques. Aussi bien certains cas sont-ils indiscutables. Quand Hérodote parle des *nomoi* de Solon (I, 29, 1 et 2), on sait de quoi il s'agit ; et de même, sans doute, lorsqu'il parle du *nomos* fixant la succession royale à Sparte (V, 75, 2). Mais les choses se compliquent dès que l'on quitte le plan politique. Quand il parle des règlements fixant le port des cheveux courts ou longs (I, 82, 7 et 8), on peut admettre que c'est une loi ; même la dimension des agrafes, si elle est liée à un fait politique et à une décision publique, peut être considérée comme une loi (V, 88, 2). Mais, déjà, s'il s'agit d'observances religieuses, l'incertitude est plus grande (ainsi quand on lit que les Spartiates ont pour « règle » de ne point entrer en campagne à certains moments (VI, 106, 2). Et elle est grande aussi lorsqu'il est question d'habitudes dont l'origine n'est point précisée (ainsi pour VI, 111, 1, où il est dit que c'était alors la « règle », chez les Athéniens, que le polémarque occupât l'aile droite).

A plus forte raison hésite-t-on lorsqu'il s'agit de peuples autres que les Grecs, et dont Hérodote décrit les coutumes. Certaines peuvent être des lois : d'autres sont manifestement des coutumes — religieuses[1], sociales, alimentaires, etc... Le mot *nomos* est ici synonyme des mots signifiant habitudes, mœurs[2]. Même s'il s'agit de règles fixant l'attribution de fonctions politiques, on ne parlera évidemment pas de « loi » pour un texte rapportant que, chez les Éthiopiens, « c'est celui de leurs concitoyens qu'ils ont reconnu pour être le plus grand et fort en proportion de sa taille, c'est celui-là qu'ils jugent digne d'être roi » (III, 20).

Dira-t-on, alors, qu'il existe chez les Grecs, côte à côte, des coutumes pures et simples et des coutumes devenues lois, mais que les barbares, en revanche, ne connaissent que la coutume ? La distinction si fièrement établie par Démarate entre Grecs et barbares, et citée au chapitre I[3], pourrait, certes, le suggérer ; et l'opinion a pu se rencontrer en Grèce. Cependant, ici encore, les difficultés surgissent vite. Si, aux yeux d'Hérodote, l'obéissance aux lois, et aux lois seules, est caractéristique de la Grèce, on ne peut guère lui attribuer l'idée que des barbares civilisés et organisés, comme étaient les Perses, n'avaient point de lois[4]. Sans doute leurs *nomoi* apparaissent parfois dans son œuvre comme de simples coutumes (ainsi à I, 137, 1, où il s'agit d'éducation et de châtiments, ou à I, 140, 3, où il s'agit d'habitudes religieuses). Mais d'autres ont proprement une valeur politique (ainsi à VII, 12, 1, où il s'agit du *nomos* voulant que le roi désigne son successeur avant d'entrer lui-même en campagne) ; et un passage au moins montre que la Perse n'avait pas seulement des lois poli-

1. Cf. les « règles » égyptiennes, presque toutes religieuses : ainsi II, 37, 1 ; 39, 4 ; 45, 2 ; 65, 2. Parmi les règles religieuses figurent, naturellement, les rites de sépulture (ainsi IV, 26, 1).

2. Cf. Laroche, *op. cit.*, p. 189.

3. Cf. ci-dessus, p. 19.

4. De même, pour l'Égypte, on trouve à II, 136, 2, deux lois, prises à un moment donné, relativement aux conditions du prêt.

tiques reconnues, mais même des fonctionnaires chargés de les interpréter : c'est le passage du livre III [5], où l'on voit Cambyse consulter les juges royaux qui « interprètent le droit ancestral » *(thesmoi)*, pour savoir s'il peut épouser sa sœur : ceux-ci répondent qu'ils ne trouvent aucune loi le permettant *(nomos)*, mais qu'ils en trouvent une permettant au roi de Perse de faire ce qu'il veut ! (III, 31).

A vrai dire le passage montre assez bien la différence entre la loi grecque et la loi perse. Cette dernière est encore — écrite ou non — le domaine réservé de quelques personnes, spécialement initiées ; d'autre part, les diverses lois ne forment pas un tout rationnel et systématique : il faut rechercher, trouver, concilier ; et, enfin, la seconde « loi » prouve assez que le despote, comme eût dit Euripide, « détient la loi en ses propres mains ». La casuistique juridique des juges royaux justifie assez bien la fierté grecque en matière de loi.

Mais, en même temps, le passage confirme que, dans Hérodote, aucune espèce de distinction n'est faite entre les diverses valeurs de *nomos*. Le mot s'emploie pour toute espèce de règles, chez toute espèce de peuples. Et ces règles, écrites ou non, formulées ou non, étaient, pourvu qu'elles fussent observées, appelées des *nomoi*.

Le fait est de conséquence, car, en découvrant la variété des usages et coutumes, les Grecs devaient devenir plus sensibles que d'autres à la variété de tous les *nomoi*, y compris la loi politique.

En réalité, cette découverte, qui s'exprime dans quantité de textes, constitue le premier pas qui mène à l'idée de la relativité de la loi.

Or, la variété des usages apparaît dans les textes dès l'aube du Vᵉ siècle.

Une génération avant Hérodote, déjà, Hécatée avait

5. Ceci prouve bien qu'il n'y a pas à distinguer (du point de vue soit des réalités évoquées soit des habitudes de l'historien) entre le début de l'œuvre et la fin : cf. Laroche, *op. cit.*, p. 189.

tenté de décrire la terre, que ses voyages lui avaient un peu appris à connaître : il avait été en Égypte et en avait observé les usages. De même Hérodote, né en Asie Mineure, et grand voyageur lui aussi, s'intéresse aux usages des divers peuples. Cet intérêt commande même la structure de son œuvre, car, pour chaque peuple conquis par la Perse, il commence une nouvelle monographie, un nouveau logos : plus soucieux de description sociologique que d'histoire événementielle, il se livre à des analyses, à des descriptions, qui constituent comme un tableau systématique des us et coutumes de ce peuple, montrant en quoi ceux-ci diffèrent des autres. Les guerres Médiques, qui mirent en contact tant de Grecs et tant de barbares, ne pouvaient que stimuler cette curiosité, fondée sur la comparaison. Et des textes de toute nature permettent d'en suivre le développement.

Pour les textes scientifiques, il est un petit traité médical qui mérite d'être évoqué ici, c'est le traité hippocratique *Sur les Airs, eaux et lieux*. Les savants qui ont étudié la notion de loi en Grèce n'ont pas manqué de le citer, car il offre cette particularité d'expliquer la nature physique des peuples par l'influence de leurs usages [6]. Ces savants ne sont pas d'accord entre eux sur l'auteur ni sur la date [7]. Pour l'instant, il peut suffire de rappeler que l'auteur y étudiait l'influence du climat sur la santé, et que cela l'amenait à comparer l'Europe et l'Asie, à évoquer l'Égypte, la Libye, des peuplades comme les Macrocéphales, les habitants du Phase, ou les Scythes : pour chacun de ces peuples, il s'efforçait de préciser un caractère propre et de dire en quoi ils différaient les uns des autres « par la nature ou par la

6. Cf. ci-dessous, p. 70.
7. On se reportera à l'étude détaillée de Heinimann, corrigée par l'article de Pohlenz, Nomos und Physis, *Hermes*, 81, 1953, pp. 418-438 (Pohlenz attribue le traité à Hippocrate et le date des environs de 425).

loi »[8]. Une telle curiosité se situe directement dans la ligne de l'Enquête d'Hérodote.

Quant aux textes littéraires, ils sont moins caractéristiques. Mais on peut rappeler les curiosités géographiques d'Eschyle et l'espèce de complaisance avec laquelle il joue de ses connaissances — qu'il s'agisse des noms iraniens dont retentit la tragédie des *Perses,* ou bien des longues évocations des voyages promis à Io, dans le *Prométhée enchaîné,* ou encore de l'insistance sur le caractère égyptien qui marque, à des degrés divers, les filles de Danaos et les fils d'Égyptos dans les *Suppliantes.* Eschyle tient même, dans cette dernière pièce, à préciser qu'Égyptiens et Argiens n'ont point même *nomos* (387-391)[9]. Une telle insistance n'est pas, elle non plus, sans parenté avec l'enquête d'Hérodote. Plus près des guerres Médiques, qui l'avaient fortement marqué, Eschyle est seulement moins tolérant qu'Hérodote : barbares et Grecs sont pour lui ennemis[10].

Au contraire, si l'on descend un peu plus bas dans le temps, jusqu'après Hérodote, et si l'on considère Euripide[11], on s'aperçoit que l'enquête sociologique, à force d'impartialité, a tourné au scepticisme : Euripide ne croit plus que les Grecs soient nécessairement supérieurs aux barbares. Au gré de l'événement, selon qu'il craint pour sa patrie ou se lasse de la guerre, il présente un aspect des choses ou bien un autre. Mais, dans l'ensemble, il semble avoir plutôt tenu à se montrer un esprit éclairé, en soutenant que les *nomoi*

8. Cf. XIV, début.

9. Il s'agit apparemment de *nomos* politique, cf. ci-dessus, p. 16 ; ailleurs Eschyle insiste sur le fait que les dieux non plus ne sont pas les mêmes (922).

10. Cf. Démosthène, qui, dans les *Symmories,* 32, déclare qu'une guerre contre le barbare se fait « pour défendre son pays, sa vie, ses habitudes, sa liberté, et tout ce genre de choses ».

11. Sophocle ne s'est pas beaucoup occupé des variations d'usage (sur son attitude par rapport au *nomos,* cf. ci-dessus, p. 30). Mais il a, à l'occasion, la tolérance d'Hérodote : le fragment 851 dit qu'il est beau de suivre les *nomoi* du pays).

barbares, s'ils diffèrent des *nomoi* grecs, ne leur sont nullement inférieurs.

Dans *Andromaque,* il est fait allusion, avec mépris, à l'absence de *nomos* des barbares, ou à leurs *nomoi* différents [12], mais ces propos sont mis dans la bouche d'Hermione, la jeune grecque injuste, qui méconnaît la barbare Andromaque. Dans *Hélène,* une « coutume indigène », que Ménélas regarde avec une surprise dédaigneuse, a, en fait, sauvé Hélène (800). Dans les *Bacchantes,* enfin, le grec arrogant et borné qu'est Penthée affirme la supériorité des Grecs sur les barbares qui célèbrent le culte dionysiaque : « C'est qu'ils sont beaucoup moins éclairés que les Grecs » et le dieu répond (484) : « Ils le sont sur ce point davantage. Autre pays, autres *nomoi* » [13].

Il est bien évident que tous ces textes amènent à concevoir la loi comme un usage traditionnel, comme un droit coutumier. Et les *patria,* dont il a été question au chapitre précédent sont une des formes de ce droit coutumier. Mais ils n'épuisent pas le sens du terme. Et il est hors de doute que même la loi écrite, en Grèce, se fonde un peu sur la tradition. Elle ratifie une coutume ancienne ; et elle-même tire une bonne part de son autorité de l'accoutumance qui vient la renforcer : Aristote en a bien conscience lorsque, dans la *Politique,* il montre le danger des lois instables : il dit que la loi ne peut aller « contre la coutume, qui ne se crée qu'avec le temps » (1269 a, 15-18).

Mais, dans la mesure même où, assimilant la loi à la coutume, ils relèvent la diversité qui les marque l'une et l'autre, les textes cités plus haut conduisent à les considérer toutes deux comme relatives : la connaissance des peuples étrangers habitue à considérer que les usages sont divers et à mettre en question leur valeur.

12. 176 et 243.

13. Trad. Delcourt, sauf pour le dernier mot. On pourrait ajouter *Iphigénie en Tauride,* 466.

2) La relativité des *nomoi.*

Du moment que les *nomoi* sont à ce point divers, il est naturel de se demander si les uns valent mieux que les autres. Euripide, dans les textes cités plus haut, se pose la question. Mais déjà Hérodote soulevait le problème. Et il le tranchait résolument dans le sens de la relativité. C'est du moins ce qui apparaît dans un passage remarquable, situé au chapitre 38 du livre III.

Le texte vaut que l'on s'y arrête. Il porte, sans doute, sur les coutumes plus que sur les lois. Il vise même, plus exactement, des coutumes d'ordre religieux, des rites. Mais l'ambiguïté même de la notion de *nomos* fait que l'on ne peut attaquer une des réalités recouvertes par le mot sans que l'attaque s'étende aux autres. De fait, les *nomoi* évoqués un peu partout par Hérodote ou par Euripide concernent les relations humaines les plus sacrées et pourraient être présentées sous forme de principes éthiques. Et, d'autre part, certains des *nomoi* d'Hérodote, ainsi que les *nomoi* contraires des *Suppliantes* d'Eschyle, sont, ou pourraient être, des lois écrites. La validité de la loi politique risque donc d'être ébranlée par le sentiment des variations sociologiques auxquelles tout *nomos* est exposé — variations qui interdisent de leur appliquer le moindre critère de valeur.

Bien qu'il ne l'ait certes pas prévu, Hérodote, en écrivant le chapitre III, 38, préparait donc, de loin, ce qui allait être la crise de la loi.

Le texte a l'air, pourtant, bien innocent. Il est relatif au même Cambyse, dont on a vu précédemment l'enquête auprès des juges royaux. Cette fois, Hérodote rapporte les manifestations de grossiéreté que ce prince se permit à l'égard de peuples étrangers ; et il insiste sur la folie que dénotait cette façon de s'attaquer aux us et coutumes d'autrui.

Pour cela, il emploie successivement un apologue et une anecdote, qui sont tous deux d'égale importance en ce qui concerne l'histoire des idées.

L'apologue est construit sur une hypothèse : « Si, en effet, on proposait à tous les hommes de faire un choix parmi toutes les coutumes et qu'on leur enjoignît de choisir les plus belles, chacun, après mûr examen, choisirait celles de son pays ; tant ils sont convaincus, chacun de son côté, que leurs propres coutumes sont de beaucoup les plus belles. »

L'histoire est belle à plusieurs égards. D'abord elle apporte un correctif éloquent à la notion optimiste — telle qu'on la trouve chez Platon [14] — de l'examen des diverses coutumes permettant le choix des meilleures. Et l'on peut dire qu'elle ouvre d'emblée la porte à toutes les formes de relativisme ou de subjectivisme en matière non seulement de droit, mais d'éthique. Au reste, elle a une histoire et gagne à être située à l'intérieur d'une série.

On retrouve, en effet, au livre VII (152) une formule presque équivalente pour évoquer ce qu'a de subjectif l'appréciation du bonheur et du malheur : « Si tous les hommes apportaient en un même lieu leurs malheurs personnels pour en faire l'échange avec ceux des voisins, chacun, après avoir bien examiné les malheurs d'autrui, remporterait avec joie ce qu'il avait apporté. »

Le sens de cet apologue n'est pas douteux : Hérodote l'introduit pour justifier l'idée qu'il est bien difficile de reconnaître, entre plusieurs versions des faits, laquelle se trouve être vraie. C'est donc un sens, déjà, teinté de scepticisme.

Il n'est pas sûr que tel ait été son sens dès l'origine. En tout cas ce n'est pas le sens que lui attribue ni Plutarque (qui le prête à Socrate et en tire un thème de consolation) ni Valère Maxime (qui le prête à Solon et l'utilise dans le même sens) [15]. Mais, quelle qu'ait été

14. Cf. ci-dessus, p. 10.

15. Plutarque, *Consolatio ad Apollonium*, 106 b-c ; Valère Maxime, VII, 2. L'apologue pourrait aussi évoquer la rectification d'un point de vue tout affectif par une opportune comparaison avec d'autres. D'après Nestle nous aurions ici la forme originelle.

son origine [16], et son sens premier, il est sûr qu'Hérodote lui donne un sens relativiste.

Il devait à cet égard être dépassé : l'apologue en effet, prend une valeur vraiment révolutionnaire entre les mains d'un sophiste, dont le nom est inconnu et qui semble avoir écrit peu après la guerre du Péloponnèse. Il nous reste de lui un petit traité, intitulé les *Dialexeis,* ou *Discours doubles,* qui nous a été transmis avec les œuvres de Sextus Empiricus. A propos du bien et du mal, du beau et du laid, du juste et de l'injuste, du vrai et du faux, l'auteur présente une série de brèves antilogies, montrant à chaque fois comment ou bien les deux notions se confondent et alors tout jugement est relatif, ou bien elles sont vraiment distinctes, ce qui est la condition du discours. Que ce sophiste doive beaucoup à Protagoras ne saurait être nié [17] : il lui est apparenté par sa pratique des discours opposés et apparenté également par la place qu'il fait au relativisme. Mais une chose est certaine : c'est que l'apologue d'Hérodote sert ici la critique des valeurs la plus lucide et la plus résolue que l'on puisse imaginer.

L'auteur l'applique en effet, tel quel, au jugement que portent les hommes sur ce qui est beau ou laid, étant bien admis — et les exemples qu'il donne le prouvent — qu'il s'agit du beau physique et du beau moral tout ensemble. Or il écrit (II, 18) : « Si quelqu'un ordonnait à tous d'apporter en commun ce qu'ils jugent comme laid, puis de reprendre dans la masse ce que chacun tient pour beau, j'imagine qu'il ne resterait

16. On a parlé de la science ionienne : une origine populaire est plus vraisemblable.

17. Cela est vrai même s'il ne se fait pas son disciple, car lui-même aurait tendance à défendre les valeurs précisément contestées ici. Selon Untersteiner, il réfuterait des thèses de Gorgias grâce à la pensée d'Hippias. Et le fait est que l'optimisme de certaines des solutions qu'il propose est bien dans la manière de ce dernier. On a parlé aussi, pour l'apologue en général, de Protagoras lui-même (cf. Heinimann, *op. cit.,* p. 80 sqq., qui présente, sur ce point, une discussion nourrie).

absolument rien : tout serait réparti entre tous ; car ils n'ont pas tous le même jugement. » Sur quoi, notre auteur cite un bref poème disant que seule l'occasion décide de ce qui est beau ou laid (c'est-à-dire noble ou honteux)[18]. Plus loin, voulant présenter l'antithèse, il répète l'apologue en termes presque identiques (II, 26) et répond qu'il serait surpris que ce qu'on a apporté comme laid doive se trouver beau, et non ce que c'était avant. Si l'on a apporté un bœuf ou de l'or, on retrouvera un bœuf ou de l'or.

Quelle que soit l'opinion propre de l'auteur (qu'il défend, d'ailleurs, avec quelque naïveté), on constate que l'apologue est devenu l'arme du relativisme moral. Et cette circonstance nous aide à percevoir comment, sous le sourire tolérant d'Hérodote, se cache le germe d'une critique, qui est déjà relativiste, mais n'a encore rien de destructeur.

Or il est important de bien définir sa position ; car il est le seul à avoir rattaché l'apologue à *nomos*. Ce n'est, bien sûr, que *nomos* au sens de coutume. Mais, si l'on regarde les trois formes de l'apologue citées ici, on peut observer une sorte de progression : à VII, 152, dans un texte qui semble en donner la version la plus célèbre, le relativisme porte sur des jugements d'ordre affectif et parle de peines et de joies ; à III, 38, Hérodote l'applique aux règles et traditions religieuses[19], ce qui touche déjà à un domaine impliquant quelque respect ; et, un tiers de siècle plus tard, l'auteur des *Dialexeis* l'applique aux valeurs morales.

18. La notion de « jugement » est exprimée par νομίζειν qui est de la racine de *nomos* et veut dire « tenir pour établi, avoir pour opinion, ou pour règle » ; de même, le poème cité est destiné à révéler le *nomos* des hommes, qui est à la fois leur « usage » et peut-être en partie leur « loi ». Il est donc incontestable que toute cette argumentation était normalement associée avec la critique de la loi.

19. Selon certains, dont Heinimann (p. 80, n. 54), ce serait un sophiste qui aurait introduit dans l'apologue la notion de « loi ».

La loi de l'État se situe quelque part entre les rites et les valeurs morales. L'apologue de III, 38 porte le premier témoignage des critiques dont la loi politique allait bientôt devenir l'objet.

Mais surtout, la position intermédiaire du texte apparaît bien lorsque l'on oppose la conclusion qu'Hérodote tire de l'apologue à celle que devait en tirer les gens auxquels s'en prend l'auteur des *Dialexeis.* Car toute cette critique, tout ce relativisme, tout ce scepticisme, qui s'annoncent ou s'expriment dans le texte d'Hérodote, aboutissent non pas à un refus d'accepter les règles, mais simplement à une tolérance accrue, qui tend à les respecter toutes, même celles d'autrui. Tel est le sens de l'anecdote, que l'apologue annonce et qui en dégage la leçon.

« Darius » explique Hérodote, « du temps qu'il régnait, appela les Grecs qui étaient près de lui et leur demanda à quel prix ils consentiraient à manger leurs pères morts. » Les Grecs, naturellement, refusent une telle idée. Alors, Darius appelle certains Indiens qui, dit-on, mangeaient leurs parents ; et « en présence des Grecs qui, par le canal d'un interprète, comprenaient ce qui se disait, il leur demanda à quel prix ils accepteraient de brûler leurs pères décédés » : ces Indiens sont, naturellement, horrifiés. Et Hérodote de conclure : « Telle est, dans ces cas, la force de la coutume ; et, à mon avis, Pindare a dit vrai dans ses poèmes, quand il déclare que « la coutume est la reine du monde ».

L'anecdote elle-même illustre bien une orientation relativiste : chacun ses rites, chacun ses valeurs. Elle l'illustre d'autant mieux qu'elle porte précisément sur la question des sépultures et mêmes des sépultures dues aux parents : or c'était là un sujet propre à toucher le cœur des gens, et qui semblait à beaucoup relever des lois divines, non écrites, absolues.

D'autre part, la conclusion qui lui est donnée offre d'un vers de Pindare une interprétation nettement relativiste, en faisant affirmer à celui-ci que « la coutume est la reine du monde ». Or, l'interprétation de ce vers est un témoignage décisif ; car, tout au long de l'histoire de la notion de loi, il n'a cessé d'être cité dans un sens ou un autre. La citation a été altérée, modifiée, retournée, commentée ; et la pensée de chacun se reflète dans la façon dont il la fait.

Le vers de Pindare est connu. Il appartient à un poème perdu, dont le texte a été en partie retrouvé sur papyrus, il y a quelques années [20] ; ce poème évoquait la façon dont Héraclès ravit les bœufs du géant Géryon. Il procéda par la violence, mais cette violence était justifiée par les ordres imposés au fils de Zeus. Et Pindare commence en disant : « Le *nomos,* roi de tous les êtres, mortels et immortels, les mène de son bras souverain et justifie l'extrême violence. J'en juge par les exploits d'Héraclès ; n'a-t-il pas, sans les avoir demandés ni payés, conduit jusqu'au portique cyclopéen d'Eurysthée, les bœufs de Géryon ? » [21].

Très tôt, ce texte dut devenir célèbre : le passage d'Hérodote le cite comme une formule connue. Et il est bien évident aussi qu'il inspire de façon indirecte un autre passage de l'historien — celui dans lequel Démarate explique à Darius que les Grecs ont « un maître, le *nomos* », qu'ils redoutent encore plus que les Perses ne redoutent le leur. Le *nomos despotès* n'est qu'une adaptation du *nomos basileus,* destinée à créer un parallélisme plus étroit (et de ce fait un contraste plus net) entre les deux formes de souveraineté que représentent le despote asiatique et la loi grecque.

Mais la carrière du vers ne devait pas s'arrêter là. On connaît la citation célèbre qu'en fait Calliclès dans le *Gorgias* de Platon. Et on le retrouve, pour Platon,

20. Cf. Pap. Ox., 1961, 26, n° 2450 (qui ne figure pas dans Snell) et cf. Willy Theiler, Νόμος ὁ πάντων βασιλεύς, *Museum Helveticum,* 22, 1965, 69-80. On a retrouvé 52 vers, mais pas le début. Le début, connu indirectement, était le fragment 169 Schroeder, Snell (= 49 Puech).

21. Trad. Puech, revue pour le début.

soit sous forme de citation textuelle, soit sous forme d'allusion précise, dans les *Lois*, à 690 b 8, à 715 a 1, à 890 a 4. De plus, pour compliquer encore les choses, il y a entre ces diverses citations, de légères différences de texte, qui peuvent être dues à quelque accident matériel, mais peuvent aussi, et avec plus de vraisemblance, remonter à des erreurs ou à des déformations délibérées, s'insérant dans les multiples polémiques que suscitait alors la loi [22]. Les divergences de texte refléteraient alors la célébrité du vers et la variété des interprétations offertes. Au reste, ces contestations étaient encore connues beaucoup plus tard : on en trouve un écho dans la *Rhétorique* d'Aelius Aristide, au IIe siècle après J.-C., dans les *Stromates* de Clément d'Alexandrie, et dans l'*Apologie de Socrate* de Libanius, au IVe siècle après J.-C. [23].

Mais en outre, indépendamment de tout débat sur le sens ou le texte du vers, on trouve, dès le Ve siècle et tout au long de l'histoire de la littérature grecque, des allusions ou des citations.

Parfois, les auteurs parlent du *nomos* roi, sans plus. C'est ce que font les défenseurs de la loi. Ainsi le texte sophistique du Ve siècle que l'on appelle l'Anonyme de Jamblique [24] et qui est une défense de l'ordre et de la vertu, déclare, au cours de sa démonstration, que l'impossibilité où est l'homme de se suffire à lui-même dans l'état de nature explique pourquoi le *nomos* et la justice « sont rois chez les hommes » [25]. D'autres retouchent le texte, pour y inscrire une note d'hostilité. Ainsi le sophiste Hippias dit, dans le *Protagoras* de Platon, que

22. Cf. J. Humbert, *Polycratès, l'accusateur de Socrate et le Gorgias*, Paris, 1930.

23. Les références pour ces trois auteurs sont, respectivement, 45, 87 sqq. ; 29, 181 sqq. ; 87.

24. On l'a attribué par conjecture à toute une série d'auteurs : Antiphon le sophiste, Antisthène, Protagoras, Antiphon l'orateur, Théramène, Démocrite, Hippias : cf. ci-dessous, p. 115.

25. 6, 1 : ἐμβασιλεύειν.

le *nomos* s'oppose à la nature ; et pour cela il l'appelle le « tyran des hommes » (337 e) : Hippias, étant un sophiste, ne veut pas plus que Calliclès reconnaître la souveraineté de la loi : aussi remplace-t-il le mot de roi par celui de tyran ; mais la référence à Pindare n'en est pas pour autant moins évidente[26]. Peut-être y a-t-il aussi un écho de la formule pindarique dans un passage un peu obscur de l'*Hécube* d'Euripide, où il est question de la force qui appartient aux dieux et du « *nomos* qui a pouvoir sur eux »[27]. C'est probablement aussi le cas lorsque Lysias, au IVe siècle, évoquant le rôle d'Athènes dans la naissance du droit démocratique, dit que les hommes doivent avoir « le *nomos* pour roi et le *logos* pour guide » (II, 19). De même encore Platon, dans un passage déjà cité de la lettre VIII, dit que, sous un régime sain, « le *nomos* est le souverain qui règne sur les hommes, au lieu que les hommes soient les tyrans des lois » (354 c). On dirait que la formule devient comme une scie, et que chacun l'emploie à tout propos. Platon l'a introduite, sans raison, dans le discours qu'il prête à Agathon (*Banquet*, 196 c) et Aristote se plaint qu'Alcidamas en use inutilement (*Rhétorique*, III, 3). Plus tard, on la retrouve chez Plutarque, chez Dion Chrysostome, chez Jamblique[28].

Le fait qu'une même formule ait connu une telle fortune, et qu'elle ait reflété tant d'opinions successives et diverses montre bien à quel point la réflexion, en Grèce, s'élaborait en commun, dans une sorte de dialogue continu, avec des instruments toujours plus acérés. L'on comprend aussi que, de ce fait, des érudits modernes aient été tentés de donner cette formule pour

26. Hippias dit aussi que le *nomos* « fait violence » à l'encontre de la nature ; or, le mot signifiant « faire violence » rappelle l'expression de Pindare : « justifie l'extrême violence » (cf. Gigante, *op. cit.*, p. 147).

27. 799 : κρατῶν.

28. Les références sont, respectivement : 780 c ; or. 75, 2 ; ap. Stobée, IV, 5, 77.

titre à leurs études sur la loi en Grèce : après différents articles qui s'en réclament, on trouve même, en 1956, un livre entier de M. Gigante, qui est ainsi intitulé [29].

Mais, pour en revenir à Hérodote, l'on voit aussi à quel point il est important de préciser dans quel esprit, lui qui est le premier à s'y référer, il a utilisé Pindare, et si, avant les autres, il n'y a pas apporté une première déformation.

Et tout d'abord, que voulait dire Pindare ? Trois interprétations extrêmes ont été proposées.

Pour Hérodote, il s'agit manifestement de coutumes, de rites ; le texte voudrait dire, à ses yeux, que les différents groupes humains sont soumis à des traditions qui leur sont propres et contre lesquelles on ne saurait aller. Pour des gens comme Calliclès, le texte voudrait dire que la loi (de nature) justifie l'action des plus forts. Enfin, pour des commentateurs assez nombreux, le texte signifierait au contraire que la règle divine peut parfois justifier l'emploi de la violence, au nom d'un principe plus haut. La première interprétation est positiviste ; la seconde brutalement réaliste, la troisième religieuse et idéaliste.

Si l'on met à part le sens de Calliclès qui suppose des idées beaucoup plus avancées sur la loi et la nature que ne pouvait en avoir Pindare, et qui joue un peu sur les mots [30], il reste deux sens parfaitement possibles : *nomos* peut être la coutume, ou bien la loi divine. Et les deux sens sont diamétralement opposés.

Les interprètes modernes se sont partagés. Ceux que l'on pourrait appeler, en gros, rationalistes, se sont ralliés au sens de « coutume » et ont considéré qu'Héro-

29. Cf. O. Schroeder, Νόμος ὁ πάντων βασιλεύς, *Philologus*, 74 1917, p. 195 sqq., H. E. Stier, Nomos Basileus, *Philologus*, 83, 1927-1928, pp. 225-258 ; M. Gigante, *Nomos Basileus*, Naples, 1956, 311 p. Dans ces ouvrages, et surtout dans le dernier, les textes mentionnés ci-dessus sont étudiés en détail.

30. On la trouve cependant, plus ou moins, chez K. Reinhardt, *Parmenides...*, p. 83, n. 1.

dote citait le fragment dans son sens originel[31]. Les autres ont vu dans la formule une référence à l'ordre du monde — que celui-ci implique une inspiration religieuse, voire orphique, ou qu'il s'impose à l'esprit comme une simple constatation de fait[32].

Les deux sens peuvent, en effet, convenir à Pindare. Il connaît la relativité des usages et des opinions. Il l'a exprimée, non pas par le mot *nomos*, mais par un mot plus concret emprunté à la même famille, le mot *nomina* (= usages) ; et il a écrit, dans le fragment 215 Snell (= 92 Puech) : « Les coutumes varient chez les hommes ; chacun loue son propre usage »[33]. C'est là une sentence qui s'harmonise parfaitement avec le chapitre d'Hérodote. Et le fait que Pindare semble ailleurs être gêné par le côté amoral de l'action d'Héraclès et son caractère de « droit du plus fort » (bien qu'il n'emploie pas l'expression) pourrait s'accorder à ce sens[34].

Mais, inversement, Pindare connaît avant tout le respect de Zeus. Il loue volontiers Héraclès, sans la moindre réserve, ainsi dans la 1re *Néméenne* ; et ce chant, où il montre Héraclès uni à tout jamais aux bienheureux, s'achève précisément sur le mot *nomos*, pris au sens d'ordre divin : « Vivant auprès de Zeus le Cronide, il rendra grâce à son auguste loi ». De plus, ce sens s'accorde mieux à la majesté qui marque le début du texte qui nous occupe. On se rappellera, en effet, qu'il commence avec la mention des mortels et des immortels :

31. Ce sont, entre autres, Wilamowitz, Croiset, Nestle, Ehrenberg, Puech, Norwood, Pohlenz, Untersteiner, Ostwald (de ce dernier, cf., outre son libre, p. 37, l'étude intitulée Pindar, *nomos* and Heracles, *H.S.C.P.*, 69, 1965, pp. 109-138). De même Willy Theiler, *Museum Helveticum*, 22, 1965, 69-80.

32. A la première catégorie appartiennent, avec des nuances diverses, Maas, Schroeder, Heinimann et Gigante ; à la seconde, Stier : pour ce dernier, il s'agit d'un « ordre », qui n'est pas subjectif et qui s'étend aux dieux.

33. « Son propre usage » traduit δίκαν : Stier, p. 239, relève cette autre différence de vocabulaire entre Pindare et Hérodote.

34. Il s'agit ici du fragment 81 Snell (= D 11 Puech).

« Le *nomos,* roi de tous les êtres, mortels et immortels... » : régner sur les mortels et sur les immortels est la fonction de Zeus, et seule la loi de Zeus peut usurper ce rôle, sans une impiété dont Pindare n'était pas capable. Au reste, un hymne orphique, dont le sens, cette fois, n'est pas douteux, parle du céleste *Nomos,* « qui règne saintement sur les mortels et sur les immortels [35]. La parenté des deux textes est par là assez évidente. Comme l'hymne orphique, le texte de Pindare doit donc être rangé parmi ceux que l'on a vus au chapitre précédent, et qui louent la loi non écrite des dieux.

Par conséquent, si l'on tient compte du caractère profondément religieux de Pindare et du ton de son début, il semble difficile de ne pas penser que l'inspiration de l'ensemble était la même. Selon M. Gigante, le texte implique une sorte de réconciliation entre le droit et la force, quand c'est Zeus qui dirige la force : on pourrait dire, aussi, que la violence devient alors justice, exactement comme, chez Eschyle, la violence, quand c'est celle des dieux, devient violence bienfaisante [36].

Au reste, Pindare aurait plutôt tendance à reconnaître dans les lois humaines une émanation de l'ordre divin qu'à insister sur leur côté incertain et gratuit. C'est bien ce qui ressort du bel éloge de la treizième *Olympique* où le bon ordre politique (l'*Eunomia*) est, avec Justice et Paix, divinisé, pour devenir, avec elles deux, les « filles précieuses de la sage Thémis ».

Tout cela est si évident que sans doute personne n'en aurait douté, si les modernes n'avaient subi l'influence d'Hérodote et du *Gorgias.* Mais au lieu d'atténuer la différence de sens entre les textes, il convient d'en prendre conscience : dans cette différence se reflète l'histoire des idées ; et c'est elle qui permet de mesurer la portée du chapitre d'Hérodote.

35. Fr. 64 K, cf. ci-dessus, p. 28.

36. *Agamemnon,* 182 : « violence bienfaisante des dieux assis à la barre céleste ».

Il est, en effet, infiniment probable que la formule de Pindare n'a jamais eu le sens facile et aimablement relativiste que celle-ci prend chez Hérodote. Entre les deux auteurs, la notion de *nomos* s'est faite plus humaine, plus familière. Elle est descendue des dieux chez les hommes, de la théologie à la sociologie. Et, du reste, le texte même porte la marque tangible de cette mutation ; car, beaucoup l'ont relevé, le texte de l'historien cite bien les mots « le *nomos*, roi de tous les êtres » ; mais il omet d'ajouter les mots qui suivent : « des mortels et des immortels ».

Ce glissement de sens rend plus sensible encore le côté novateur et relativiste de l'anecdote narrée par Hérodote. Celle-ci, comme l'apologue qui la précède, s'inspire d'une critique rationaliste, constatant la variété des *nomoi* et les plaçant tous à égalité.

Cependant, comme pour l'apologue, il est manifeste que cette critique rationaliste n'est ici qu'amorcée ; et la différence qui sépare Hérodote des auteurs qui l'ont suivi n'est pas moins révélatrice dans ce cas que dans l'autre.

Elle réside, cette fois encore, dans la conclusion que chacun tire de la relativité des *nomoi*. Hérodote, en effet, n'évoque la notion que pour inviter à la tolérance. Si chacun a ses *nomoi* et les préfère aux autres, c'est faire preuve d'une « violente folie » que d'agir comme Cambyse, en insultant aux *nomoi* d'autrui. Mais, après Hérodote, les choses changent. Ces *nomoi* variables paraissent du coup moins justifiés. On les oppose à la nature. On acquiert ainsi le sentiment qu'au lieu de les respecter tous, même ceux d'autrui, il est fort possible de n'en respecter aucun, même les siens propres. Hippias, qui n'a rien d'un révolutionnaire, parle cependant de la « tyrannie » de la loi et de sa « contrainte » [37]. Et dans un texte des *Mémorables* (IV, 4, 14), où il s'agit nettement de la loi politique, il s'avise que les variations

37. Cf. ci-dessus, p. 65.

dans le temps sont plus inquiétantes encore que les variations dans l'espace ; et il demande : « Comment, Socrate, pourrait-on tenir les lois, ou l'obéissance aux lois, comme une chose sérieuse, alors que bien souvent, ceux-là mêmes qui les ont établies changent d'avis et les modifient ? » A l'horizon s'aperçoit déjà la révolte de Calliclès, comptant sur un homme assez fort pour fouler aux pieds ces lois « toutes contraires à la nature ».

La relativité des *nomoi*, chez Hérodote, n'a donc pas encore produit ses fruits. Elle n'a point pris une dimension philosophique. Certes, on s'est demandé si Hérodote avait subi l'influence de la sophistique, et plus particulièrement de Protagoras [38]. S'il l'a subie — ce qui est fort possible — il est en tout cas certain qu'elle ne s'est exercée sur lui que tard et d'un peu loin et qu'elle ne commande pas sa formation intellectuelle, comme elle fera pour la génération suivante. Hérodote prépare ou rencontre Protagoras mais n'est pas conscient des problèmes qu'imposera Protagoras.

De même Hérodote n'a pas absolument ignoré la distinction entre la loi et la nature [39] ; mais il n'en a pas perçu l'importance ; il n'en a pas fait un cadre de sa pensée. A cet égard, il est assez proche du petit traité hippocratique cité au début de ce chapitre, le traité *Sur les Airs, eaux et lieux*. Celui-ci, au lieu d'opposer les deux notions en une distinction de principe, se plaît à étudier comment, en fait, elles se combinent pour expliquer la force ou la faiblesse des peuples. Encore peut-on observer que l'auteur du traité *Sur les Airs, eaux et lieux* emploie parfois la distinction entre la loi et la nature comme système de classement des idées [40]. Héro-

38. Cette influence est acceptée par Nestle, Heinimann et Gigante ; elle est écartée par Pohlenz.

39. Ainsi, II, 45.

40. Le traité a été étudié en détail par Heinimann et Pohlenz. Une de ses thèses est que les usages en vigueur chez chaque peuple finissent par réagir sur sa nature physique : cf.

dote, lui, n'a jamais été si loin. Il s'est contenté de demi-distinctions, d'allusions sans portée. Dans le récit relatif à Démarate, par exemple, il dit que le courage des Grecs est le produit, tout à la fois, « de la tempérance et de lois rigoureuses » ; mais il ne dit pas que cette tempérance soit naturelle ; de même, ce courage ainsi expliqué est, dit-il, « introduit, surajouté »[41] à côté d'une pauvreté, qui a toujours existé ; mais il ne dit pas que ce courage relève du *nomos* et cette pauvreté de la nature. Comme pour la relativité du nomos, il est sur la voie, il fournit les éléments, il prépare ; mais il ne pense pas en ces termes.

Or le vrai problème de la loi allait surgir, précisément, lorsque ces deux idées devinrent prépondérantes : lorsque Protagoras enseigna aux Grecs le vrai relativisme philosophique et que d'autres, en même temps, les habituèrent à opposer, de façon radicale, la loi et la nature. Alors seulement les Athéniens, rompus à la sophistique, purent prendre conscience, dans le dernier quart du ve siècle, de ce que ces deux découvertes signifiaient pour la loi, dont ils avaient jusqu'alors fait la clef de voûte de tout leur édifice moral et politique.

Les prémisses du problème sont chez Hérodote : le problème s'ouvre juste après lui.

entre autres XVI, 2e partie et XXIII, 2e partie (et ci-dessus, p. 55).

41. VII, 102 : ἔπακτος.

CHAPITRE IV

LA CRITIQUE DES SOPHISTES

Les difficultés de la loi naquirent quand l'analyse philosophique s'empara de la notion, pour l'opposer à l'idée de nature.

Sur l'origine de cette opposition, on a beaucoup écrit ; en particulier, le livre assez exhaustif de Felix Heinimann, *Nomos und Physis, Herkunft und Bedeutung einer Antithese*, paru à Bâle en 1945, groupe pratiquement tous les témoignages à considérer ; et bien que ses points de vue aient été souvent critiqués, non sans raison, il met bien en évidence un fait très important : en effet, si l'ethnographie a vu naître une opposition entre la nature d'une part et, de l'autre, les règles ou usages apportés par les hommes, règles ou usages valables seulement dans un cadre limité, le sentiment d'une opposition intrinsèque entre ces deux domaines, ou ces deux notions, n'est apparu qu'une fois clairement posée l'opposition — philosophique — entre l'être et le paraître.

Ici, en effet, un détour est nécessaire. Et il devient utile de rappeler que si *nomos* a bien les divers sens que l'on a vus, il pousse aussi quelques ramifications dans le domaine de la pensée. *Nomos*, étant une coutume, est aussi une manière de voir établie ; et le verbe *nomizein* veut parfois dire « avoir pour usage », mais son sens normal en grec est « penser, tenir pour établi ». L'opinion est, si l'on veut, du domaine des mœurs.

Ainsi est-il advenu que l'opposition entre l'être et le paraître — si importante, en particulier, dans la philosophie éléate et chez Parménide — a fini par s'exprimer sous la forme d'une opposition entre *physis* et *nomos.* On rencontre, ici ou là, *physis* qui s'oppose au nom ou à l'illusion, et *nomos* qui s'oppose à la réalité [1]. Et l'on voit bientôt les deux termes s'opposer entre eux en un couple antinomique. Peut-être est-ce déjà le cas dans le traité hippocratique *Sur la maladie sacrée* : l'opposition entre *nomos* et réalité y est certaine, celle entre *nomos* et nature repose sur un texte incertain [2]. Mais le point de départ le plus intéressant ne peut être que celui dans lequel on voit cette opposition s'appliquer au domaine du droit et de la morale — ce qui est le cas dans un fragment du philosophe Archélaos [3].

Archélaos était le contemporain de Périclès et de Protagoras ; il avait été le disciple d'Anaxagore et fut le maître de Socrate : il joue donc un rôle important à la charnière entre les théories cosmogoniques d'origine ionienne et le souci de l'homme et de l'éthique, qui devait triompher à Athènes dans la seconde moitié du Ve siècle. De plus il aurait, nous dit Diogène Laerce, « philosophé sur les lois ». Or, une de ses propositions les plus remarquables, si nous en croyons la tradition

1. Ainsi Empédocle, fr. 9, 5 ; Hérodote, IV, 39.

2. 20. On a l'opposition entre une opinion en vigueur, désignée par *nomos,* et la réalité, ou la nature ; mais la présence du mot « nature » est contestée. Le traité serait des environs de 430. Cf. à ce sujet Pohlenz, Nomos und Physis, *Hermes,* 81, 1953, pp. 418-438. La distinction est devenue opposition dans le *Sur le régime,* I, 11 ; mais la date de ce traité semble devoir être reportée au milieu du IVe siècle.

3. Sur le rôle d'Archélaos, cf. (outre Heinimann, *op. cit.,* pp. 113-114) Pohlenz, Nomos und Physis, *Hermes,* 81, 1953, aux pp. 432-434, et Gigante, *op. cit.,* p. 14.

indirecte [4], consistait à dire que « le juste et le honteux ne le sont pas par nature, mais d'après le *nomos* ».

On voit par un tel passage combien le lien peut être étroit entre *nomos* signifiant l'opinion et *nomos* signifiant la coutume, puis la loi. De toute manière, le juste et le honteux sont donnés comme appartenant au domaine de l'appréciation humaine — que celle-ci se traduise en jugements, en conduites, ou en lois proprement dites. Et l'on découvre de ce fait que non seulement la relativité des coutumes va s'étendre aux lois écrites, comme le chapitre précédent le laissait prévoir, mais que coutumes et lois écrites vont apparaître comme l'expression de valeurs propres à l'homme en général ou au groupe d'hommes particulier qui les pratique.

Sitôt qu'une telle distinction va se trouver conjuguée avec le relativisme de Protagoras, elle impliquera que l'homme soit mesure de tout, et en particulier du *nomos* : ainsi s'opposeront deux ordres, dont l'un est naturel et indépendant de tout jugement humain, et dont l'autre est artificiel, imposé du dehors, factice.

Dès lors, la notion d'un juste en soi perd toute existence ; et le juste ne peut se définir que par une référence aux conventions particulières d'un groupe déterminé : le juste se ramène au légal, au *nomimon*. Par un effet inverse, alors que Sophocle pouvait appeler *nomina* les préceptes divins ratifiés par un usage universel, Protagoras et la plupart des esprits influencés par la sophistique finissent par ne connaître d'autre critère moral que ceux d'un *nomimon* tout humain [5].

Et l'on arrive à la position que Socrate attribue à Protagoras dans le *Théétète* de Platon : « Donc, en politique aussi, beau et laid, juste et injuste, pie et impie, tout ce que chaque cité croit tel et pose comme *nomimon* pour elle-même, tout cela est tel en vérité pour

4. La formule se retrouve chez Diogène Laerce et dans la Souda ; les termes semblent bien être ceux d'Archélaos (malgré Heinimann, p. 113).

5. Ainsi *Protagoras*, 327 a ; cf. ci-dessous, p. 77.

chacune ; et, dans ce domaine, il n'y a nulle supériorité de sagesse, ni d'individu à individu, ni de cité à cité » (172 a)[6].

Du relativisme tolérant d'Hérodote au relativisme philosophique de Protagoras, la marge est grande ; et entre ces deux hommes, qui étaient contemporains et furent tous deux associés à la fondation de Thourioi, il y a toute la différence de l'expérience à la spéculation abstraite. L'analyse de Protagoras posait pour la première fois, et dans toute sa force, le problème de la loi et de ses fondements ; et elle faisait, du coup, de l'opposition entre la loi et la nature une arme redoutable entre les mains de quelques hommes à la pensée hardie.

***

En fait, nous avons conservé trois témoignages prouvant la vigueur avec laquelle différents sophistes formés à cette école de pensée attaquèrent la loi au nom de la nature.

L'un nous est connu directement : c'est Antiphon le sophiste. Deux autres sont connus surtout par Platon : ce sont Hippias et Thrasymaque. Enfin, il est un personnage un peu mystérieux, qui attaque la loi avec plus de violence que personne, mais qui est totalement inconnu en dehors de Platon : c'est Calliclès, dans le *Gorgias*.

Mais précisément, si l'on veut apprécier à sa juste valeur, l'inspiration de ces sophistes, il importe de mettre à part Calliclès. Car — et c'est là un fait que l'on perd trop facilement de vue —, ce Calliclès, inconnu de tous, n'est en aucune manière un sophiste.

Comme le souligne très justement E. R. Dodds[7], il représente tout autre chose. Ce n'est même pas un

6. Pour le correctif à apporter à cette doctrine, cf. ci-dessous, pp. 84-85.

7. Édition commentée du *Gorgias*, Oxford, 1959, p. 13.

intellectuel, car il méprise les arguties ; et c'est si peu un sophiste que, lorsque Socrate fait allusion à ces maîtres qui se faisaient payer pour enseigner la vertu, Calliclès répond avec mépris que ce sont des « gens de rien » (520 a).

Cette seule circonstance invite à considérer de très près, et avec la plus grande prudence, l'attitude des sophistes envers la loi : elle est, à coup sûr, plus nuancée que celle de Calliclès ; et une étude des témoignages — en excluant Calliclès — peut jeter un jour nouveau sur la nature de leurs doctrines en général.

Cela est vrai en particulier d'Hippias et d'Antiphon.

Hippias, qui était un peu plus jeune que Protagoras, apparaît dans le *Protagoras* de Platon comme un maître réputé. Il n'intervient d'ailleurs que par hasard dans le dialogue, et ses remarques sur la loi n'ont pas grand chose à voir avec le thème en discussion ; mais la présence de ces remarques n'en est que plus caractéristique : elles expriment sans aucun doute des idées auxquelles Hippias tenait fort.

Son intervention a pour but de mettre d'accord Socrate et Protagoras sur le mode de discussion à adopter ; et il trouve moyen d'introduire dans une suggestion d'ordre mondain (disant, tout bonnement, que les grands esprits doivent s'entendre), à la fois l'opposition entre la loi et la nature et une allusion au vers célèbre de Pindare sur le *nomos basileus* ! Il dit en effet : « Vous tous qui êtes ici présents, je vous considère comme étant tous des parents, des proches, des concitoyens selon la nature, sinon selon la loi. Selon la nature, le semblable est parent du semblable, mais la loi, « tyran des hommes », oppose sa contrainte à la nature » (337 c-d).

La loi n'est pas ici la loi écrite, ou du moins ce n'est pas une loi écrite déterminée : c'est plutôt l'ensemble des qualités et relations résultant du cadre politique et légal constitué par la société. Des hommes qui sont de la même famille intellectuelle sont, dans le cadre de la société des étrangers les uns pour les autres : ce cadre est surajouté, surimposé. Il exerce une tyrannie. Il y a là une prise de position nette. Et, en l'occurrence, elle semble bien correspondre à l'attitude d'Hippias. Le témoignage du *Protagoras*, en effet, n'est pas isolé.

L'intérêt d'Hippias pour la loi est confirmé par deux textes : l'un appartient aux *Mémorables* de Xénophon, où l'on trouve (à IV, 4, 5 et suivants) une discussion sur la loi entre Socrate et Hippias ; l'autre est constitué par l'*Hippias Majeur* de Platon, où Socrate feint de critiquer les lois de Sparte, responsables de l'incompréhension de cette ville à l'égard d'Hippias (284 d sqq.) ; et Socrate commence, comme s'il s'agissait d'un débat en forme : « La loi, Hippias, est-elle, selon toi, un bien ou un mal pour les cités ? ». Hippias, donc s'intéressait à la loi.

D'autre part, le texte des *Mémorables* est peu révélateur, car le sophiste ne fait guère qu'approuver Socrate ; mais on voit, dans le début, qu'il était sensible à la relativité de la loi et y voyait une faiblesse, puisqu'il demande, de prime abord : « Comment pourrait-on tenir les lois pour quelque chose de sérieux, alors que souvent ceux-là mêmes qui les ont établies changent d'avis et les modifient ? »

Le témoignage qu'apporte le *Protagoras* doit donc être tenu pour véridique. Mais que signifie-t-il exactement ?

A vrai dire, deux dangers semblent devoir être évités dans son appréciation.

Le premier consiste à forcer l'idéalisme de cette « grande famille des philosophes » fondée sur la nature. C'est là un risque rendu plus sérieux par le fait que, dans les *Mémorables,* Hippias accepte l'existence de lois non écrites dont les garants seraient les dieux. Et c'est pourquoi de bons savants voient en Hippias un homme tout entier passionné de lois divines et naturelles : c'est le cas de Bignone et de Gigante. Ils oublient que rien de cet idéalisme n'apparaît dans le *Protagoras* et que, dans les *Mémorables,* Hippias ne fait qu'acquiescer aux démonstrations de Socrate.

Mais, inversement, l'autre danger consiste à forcer l'aspect révolutionnaire de cette pensée. Car il est bien évident que la remarque d'Hippias ne propose aucune révolte. D'ailleurs, quelle serait cette révolte ? la transformation de toutes les sociétés grecques ? la suppression des cités ? Le bon Hippias n'a manifestement rien de tel à l'esprit. En fait, il ne prêche même pas le mépris des lois. Il se livre à une constatation de pure théorie : il analyse, il distingue. Et le seul prolongement moral que pourrait avoir son analyse serait de prêcher une sorte de concorde entre les êtres, se surajoutant aux liens de la cité et aux devoirs légaux.

Au contraire, chez Antiphon, le problème de la loi repose sur une analyse plus poussée et débouche sur un problème qui engage les conduites humaines.

Ce n'est pas qu'il n'y ait chez lui une page très proche d'Hippias. Dans un passage retrouvé sur papyrus de son traité *Sur la Vérité*, il reprend (sans employer, en fait, le mot *nomos*) l'idée d'Hippias sur la fraternité naturelle ; seulement il ne l'applique plus aux parentés de classe ou d'esprit, il s'en sert pour nier toute distinction entre les hommes, même celles de race. Remontant à une « nature » rigoureusement physique, il atteint d'un coup l'universalité, désormais refusée à la loi. Il écrit en effet qu'il n'y a pas à respecter les grands ni à mépriser les humbles, ce qui serait se comporter en barbares : « Le fait est que, par nature, nous sommes tous et en tout de naissance identique, Grecs et barbares... », et plus loin : « Aucun de nous n'a été distingué à l'origine comme barbare ou comme Grec : tous nous respirons l'air par la bouche et par les narines... [8].

Mais le passage le plus important, en ce qui concerne la loi, appartient à la première partie du même fragment. Comme le titre de l'ouvrage pouvait le laisser prévoir, l'auteur y cherche à déterminer la nature même de la justice et de la loi.

8. 44 b, col. 2. Dans la partie sautée, il est question aussi des « nécessités naturelles communes à tous les hommes ».

Il commence par une définition de la justice, où se reconnaît le relativisme de Protagoras : « La justice consiste à ne transgresser aucune des règles légales *(nomima)* [9] admises par la cité dont on fait partie ».

Cette définition sera reprise par Socrate dans les *Mémorables* ; et il ne faut pas se méprendre sur son sens ; elle ne tend nullement à dire qu'il faut obéir aux lois, parce qu'il est juste de le faire ; elle ne contient pas de « il faut » ; elle pose un critère positif.

Maintenant, Antiphon la fait-il sienne ? Des savants éminents en ont douté : parmi eux Bignone, Pohlenz, Untersteiner. Ils en ont douté parce qu'ils ont trouvé ailleurs, chez Antiphon, le sens d'une justice réelle et morale. Ils en ont douté aussi parce que, dans un autre fragment trouvé après le premier, un fragment du papyrus 1797, Antiphon part d'une définition selon laquelle il est juste de ne pas faire de tort à qui ne vous en fait pas, et qu'il montre les difficultés pratiques qu'implique une telle notion.

Mais le second fragment ne donne pas une vraie définition ; il ne dit pas « la justice est... » : il considère seulement un point précis ; de plus, rien ne dit que, s'il montre les difficultés du principe généralement admis, il en propose lui-même un autre. Et, dans le texte qui nous occupe, absolument rien n'indique ou ne suggère qu'Antiphon ait voulu réfuter par l'absurde une thèse qu'il expose si brillamment. En somme, il semble que ces auteurs aient été à juste titre impressionnés par le fait qu'Antiphon n'affichait aucun mépris de la justice. C'est en effet un trait décisif. Mais il serait de mauvaise méthode de refuser sa définition sans être assuré

9. Le mot *nomina* peut être traduit ainsi, puisque Antiphon vise avant tout la loi écrite : il parle de *nomos* à la ligne suivante et plusieurs fois encore dans la suite du texte ; voir cependant note 1, p. 180. Certains considèrent que le texte tend à montrer l'impossibilité de s'en tenir à cette définition (ainsi Bignone, *Studi sul Pensiero antico*, Naples, 1938), cf. Pohlenz, *op. cit.*, p. 434, n. 1).

qu'elle ne pouvait pas se concilier avec le reste de son œuvre ; car cette conciliation peut très bien constituer l'originalité maîtresse d'Antiphon.

En fait, à partir de cette définition, le texte poursuit l'analyse avec une fermeté éclatante. Antiphon, s'étant résolument placé sur le terrain de la loi positive et variable des hommes, précise sans ambages ce qu'est cette loi, et son opposition avec la nature. Et, en vrai Athénien du ve siècle, il cherche à montrer cette différence du point de vue de l'intérêt et par rapport à l'individu. Une série d'antithèses établissent le contraste : « Ainsi l'observation de la justice est tout à fait conforme à l'intérêt de l'individu, si c'est en présence de témoins qu'il respecte la loi ; mais, s'il est seul et sans témoins, son intérêt est d'obéir à la nature. »

L'opposition loi-nature, ainsi lancée, constitue l'idée maîtresse de toute la suite. Antiphon commence par donner une analyse théorique, où éclatent une rigueur et une vigueur également admirables : « Car ce qui est de la loi est accident, ce qui est de la nature est nécessité ; ce qui est de la loi est établi par convention et ne se produit pas de soi-même ; ce qui est de la nature ne résulte pas d'une convention, mais se produit de soi-même. »

Après ces fortes distinctions, dans lesquelles chaque terme compte et méritera d'être repris par tous les théoriciens postérieurs, Antiphon s'attache à montrer l'opposition de fait sous trois aspects différents.

Il y a d'abord celui des sanctions : celles que comporte la loi supposent la présence de témoins, celles qui relèvent de l'ordre naturel ne sont soumises à aucune condition, car le dommage qu'elles entraînent « ne résulte pas de l'opinion, mais de la réalité » *(alètheia)*.

Puis viennent les fins : les lois font peser une contrainte sur l'exercice naturel des sens : « on a légiféré pour les yeux sur ce qu'ils doivent et ne doivent pas voir ; pour les oreilles sur ce qu'elles doivent ou ne doivent pas entendre... » En cela, elles vont à l'inverse des fins selon la nature : car la nature ne connaît que le vivre et le mourir, le plaisir et la souffrance.

Et enfin — après une lacune — vient une sorte d'additif à propos des effets : Antiphon relève les cas où des gens agissent à l'encontre de leur intérêt [10], donc « en opposition avec la nature » ; or, ils ne peuvent recevoir le soutien de la loi, car elle ne peut secourir aucun homme avant qu'on lui ait fait tort et ne constitue pas un secours efficace [11].

La richesse du texte est si grande qu'elle appellerait de nombreux commentaires ; et sa portée révolutionnaire ne saurait être trop fortement indiquée. Pourtant, du point de vue qui nous occupe, deux remarques doivent être faites, qui peuvent aider à mieux apprécier le sens exact de cette révolution.

Tout d'abord, un trait d'expression : alors qu'Antiphon oppose constamment et sous tous leurs aspects la nature et la loi, il s'est apparemment gardé de parler des lois de la nature. Même lorsqu'il veut parler de violations et de sanctions, il emploie une autre expression : on fait violence à ce qui, dit-il, est « lié par la nature » *(sumphuton)* [12]. L'expression de loi de la nature aurait pourtant pu s'employer. Mais son emploi normal aurait été l'emploi scientifique que nous conservons aujourd'hui en parlant des lois de la nature ; et il serait absurde d'envisager qu'on pût les violer. Le plus que l'on puisse imaginer est que l'on agisse, comme dit Antiphon, « contre le possible » — par exemple, que l'on

10. Il parle de gens qui sont par exemple, bienfaisants envers leurs parents ; il vise donc cette fois, sans le spécifier, des lois non écrites.

11. Ce point est celui sur lequel les analyses des contemporains d'Antiphon ont le mieux répondu : les lois empêchent l'agression par la crainte du châtiment. L'idée figure déjà dans la bouche de Protagoras, chez Platon (*Protagoras*, 324 b) : on punit « en prévision de l'avenir, afin que ni le coupable ni les témoins de sa punition ne soient tentés de recommencer ».

12. Cf. H. Ryffel, *Metabolè Politeion, Der Wandel der Staatsverfassungen*, p. 43.

refuse de nourrir son corps, ou que l'on veuille respirer dans l'eau, ou traverser le feu. En fait, il n'aurait donc pu parler de lois de la nature que par une sorte de figure, en prêtant à l'ordre naturel des événements humains (c'est-à-dire des conduites humaines non régies par la loi) une valeur normative. Certains devaient le faire, et considérer, en particulier, le triomphe des plus forts comme une loi de la nature, ou un droit de la nature. Calliclès, par exemple, devait dire fièrement que les vrais amoralistes, dont il prétendait être, agissent « selon la nature du juste — et, par Zeus, oui, selon une loi : celle de la nature »[13]. Calliclès se plaît au jeu de mots ; il se plaît aussi à ériger l'amoralisme en règle du monde : son audace illustre, par comparaison, l'impartiale et claire rigueur d'Antiphon.

Et ceci suggère déjà la seconde remarque appelée par le texte, qui est aussi la plus importante — à savoir que le texte d'Antiphon, qui est si révolutionnaire sur le plan de l'analyse, n'est pas nécessairement destructeur ni même négateur sur le plan de l'éthique ou de la politique.

Certes, sa définition est révolutionnaire. Mais le texte, tel qu'il est, n'en tire aucune conclusion pratique. Il ne recommande nullement le mépris des lois — pour la bonne raison qu'il ne recommande rien.

Beaucoup, en fait, s'y sont trompés. Dire que l'individu n'a pas intérêt à obéir aux lois s'il n'est pas vu en train de le faire a été pris pour un conseil. On a parlé de « rebellion sans scrupule contre le nomos » (Nestle) ou déclaré qu'Antiphon « ne recommandait l'obéissance aux lois que dans les cas où... (J. W. Jones). Mais Antiphon ne donnait pas de conseils. Et l'erreur, qui a certainement été commise dès l'antiquité, a consisté à ne pas faire la différence entre une dialectique conceptuelle et un plaidoyer pratique.

Sur le plan de la dialectique conceptuelle, l'analyse d'Antiphon est inattaquable.

13. *Gorgias*, 483 c (traduction modifiée).

Lorsqu'il analyse en quoi la loi s'oppose à la nature, pas une de ses observations ne pourrait être contestée — si ce n'est par les défenseurs d'une loi d'ordre religieux, émanant directement de la divinité et directement sanctionnée par elle. Et encore resterait-il une différence radicale entre ce qui est valeur et ce qui est nature [14]. En fait, ce que dit Antiphon ne vaut ni pour la loi ni contre elle et ne tend qu'à analyser, à définir. Quand il dit que la loi est imposée, en plus, non nécessaire, il pourrait en dire autant de la beauté, de la valeur, de l'aspiration au bien ou de la vertu. Et quand il explique que la loi est invention humaine, convention, création surajoutée, il ne dit pas une seule fois qu'il faille pour autant la rejeter on s'y dérober. Or, d'un point de vue de simple bon sens, qui pourrait dire le contraire ? Il faudra les savants raisonnements de Socrate, ses habiletés, sa foi aussi, pour tenter d'établir l'idée que le bien en soi est un avantage. Ce sera, au reste, un paradoxe difficile.

Autrement dit, on voit assez quelles conséquences pratiques pouvaient être tirées des positions prises par Antiphon ; mais rien ne dit qu'il les ait tirées. Et, si l'on considère ce que l'on sait de son œuvre, ce que l'on sait, aussi, de celle des autres sophistes, on peut se demander s'ils n'ont pas été victimes, et de leurs temps et encore aujourd'hui, d'une confusion assez injuste.

Si l'on s'attache aux témoignages anciens, tels qu'ils nous sont parvenus, on s'aperçoit que le cas est le même pour tous.

Le relativisme de Protagoras est connu et ne doit pas être sous-estimé. Mais, dans le domaine moral, ce relativisme est corrigé par l'idée que l'utilité (toujours elle !) impose certaines vertus, en particulier au niveau de la cité. Si l'on en doutait, il suffirait de relire le mythe et

14. La critique de la loi humaine en tant que convention peut très bien, chez un esprit ainsi tourné, servir à rehausser, par contraste, la loi divine : ainsi dans le traité *Du Régime,* I, 11 ; cf. ci-dessus, p. 28.

l'analyse que Platon nous a transmis dans le dialogue intitulé *Protagoras*. On y voit les hommes vivant d'abord d'une façon que l'on pourrait appeler l'état de nature. Or, demeurant isolés, ils sont détruits par les bêtes sauvages qui sont mieux armées ; et s'ils cherchent à se grouper, ils se détruisent les uns les autres, faute de posséder l'art politique. Ils ne sont sauvés que lorsque Zeus leur accorde « la pudeur et la justice, afin qu'il y eût dans les villes l'harmonie et les liens créateurs d'amitié » (322 c). Ainsi, au nom de l'utilité et de la préservation humaine, les vertus propres à maintenir l'ordre de la cité prennent une place essentielle [15].

De plus, Protagoras a réfléchi à ce qui peut les maintenir et les promouvoir. Il a réfléchi à l'enseignement de la vertu et au rôle du châtiment.

Par conséquent, s'il fait table rase des fondements ontologiques de la vertu, Protagoras ne se détourne pas pour autant de la vertu elle-même : il se propose au contraire de construire sur de nouveaux fondements une éthique centrée, précisément, sur les règles présidant à la vie collective, et dont l'expression est, en définitive, la loi.

Peut-on s'en étonner ? Après tout, Protagoras était parti pour Thourioi afin de rédiger les lois de la nouvelle colonie. Cela aurait-il eu un sens, s'il n'avait fait que saper l'autorité même des lois ? [16].

Ainsi, le mythe prêté à Protagoras par Platon a toute chance d'exprimer la philosophie du sophiste [17]. Il correspond aux deux aspects de son enseignement : l'un négatif, l'autre positif ; et il fournit la clef de la conciliation entre eux.

15. On remarquera que lui aussi avait écrit un traité de critique intitulé *La Vérité*, traité ontologique où s'exprimait son relativisme, mais aussi divers traités politiques, dont un *Sur la constitution* et un *Sur les vertus*.

16. On comprend ainsi les rapprochements faits dans l'antiquité entre Protagoras et la *République* de Platon.

17. Malgré Gigante, p. 241.

Cette conciliation se retrouve chez Hippias : on a vu que sa doctrine, insistant sur l'opposition entre *physis* et *nomos,* tendait à démontrer le caractère arbitraire du second. Mais il n'en était pas moins un défenseur de la vertu ; et le seul ouvrage de lui sur lequel nous soyons quelque peu renseignés est son *Troikos,* dans lequel le jeune Néoptolème se faisait donner des conseils sur la meilleure façon de s'illustrer [18] — quelque chose, donc, comme l'apologue de Prodicos (cet autre sophiste), dans lequel Héraclès devait choisir entre le vice et la vertu [19].

Or il semble qu'Antiphon présente exactement le même cas. Car, à côté des fragments critiques du *Sur la Vérité,* nous possédons des fragments d'un autre traité — traité de moraliste, cette fois — intitulé *Sur la Concorde.*

Quand furent découverts les fragments du *Sur la Vérité,* et que l'on vit à quel point ils étaient audacieux, et intellectuellement révolutionnaires, il y eut un malaise, et, profitant de la confusion régnant entre les Antiphon, on voulut couper entre deux auteurs les fragments attribués au sophiste : le *Sur la Vérité* et le *Sur la Concorde* ne seraient pas du même sophiste [20].

En fait, cette attitude méconnaît la liaison étroite qui semble avoir existé, non pas chez Antiphon seul, mais chez tous les sophistes, entre une critique et une reconstruction. Et il est beaucoup plus naturel de penser, avec M. Untersteiner, que le *Sur la Concorde* est la suite du *Sur la Vérité.*

Sans doute n'est-il pas possible de reconstituer avec exactitude le contenu du *Sur la Concorde.* Mais quelques certitudes émergent. D'abord, le mot même de « concorde » n'est pas indifférent. En 411, la concorde allait devenir le grand mot d'ordre politique et le remède aux guerres civiles : elle représentait le lien social, permettant aux cités d'exister ; un homme qui

18. *Hippias Majeur,* 286 a b.
19. *Mémorables* II, 1, 28-34.
20. C'est l'attitude adoptée par Nestle et par Heinimann.

écrit sur la concorde a toutes chances de prôner une vertu de fait, toute pratique, permettant de rendre la vie vivable, et la société viable. La concorde est le moyen par lequel l'individu, s'appuyant sur les autres, découvre une autre utilité, un autre intérêt, qui dépasse le sien propre, et qui peut exiger des conduites autrement peu justifiables.

Ensuite, on a divers témoignages de ce souci qu'avait Antiphon de l'entente entre les hommes. Même dans le traité *Sur la Vérité,* le fragment du papyrus 1797 traduit le souci de ne causer de tort à personne. Et d'autres fragments, transmis sans indication de source, illustrent la même tendance. L'un insiste sur l'importance de l'éducation (60 = 20 Gernet) ; l'autre s'élève contre l'anarchie, en disant que « rien n'est plus mauvais pour les hommes » (61 = 21 Gernet) ; d'autres, enfin, parlent du rôle de l'habitude pour assimiler les gens les uns aux autres ou cimenter les amitiés (62 = 23 Gernet, 64 = 22 Gernet).

Antiphon le sophiste avait aussi écrit un traité intitulé *Le Politique.* Ce n'était donc pas un homme à qui le maintien de l'État fût indifférent. Et, s'il contestait certains principes, il est clair qu'il leur en substituait d'autres, différents, mais également capables de promouvoir la justice, la vertu et les lois.

Au reste, nous avons conservé une démonstration positive, en faveur des lois et de l'ordre public, dans un texte manifestement apparenté à la sophistique (et que M. Untersteiner attribue à Hippias)[21], à savoir l'Anonyme de Jamblique. Or l'Anonyme montre (comme Protagoras) comment les hommes se sont réunis faute de pouvoir vivre en commun : selon lui, l'*anomia* est impossible et le respect des règles rejoint l'intérêt de chacun. Ce dernier texte est comme une confirmation. Et il semble, au total, qu'il ne faille ni atténuer la portée

21. Parmi les autres attributions proposées, on relève : Protagoras, Antiphon le sophiste, Antiphon l'orateur, Critias, Théramène, Antisthène, Démocrite.

révolutionnaire de la critique conceptuelle à laquelle se livraient ces sophistes, ni refuser la partie constructive que présentait leur pensée sur le plan humain : leur force et leur originalité résident précisément dans cette combinaison.

*
**

Il reste cependant un sophiste, chez qui, si nous en croyons Platon, l'attitude de révolte à l'égard de la loi serait beaucoup plus marquée : c'est Thrasymaque.

Antiphon avait dit que ce qui était de la loi était établi par convention ; mais il n'avait pas précisé la raison ou l'origine de cette convention. Or, on pouvait s'interroger, se demander qui avait fait la loi, et sur quelles bases. Si des citoyens s'entendent afin de choisir les principes les meilleurs pour la communauté, la loi peut être belle et précieuse ; mais que dire si elle est imposée par un groupe ou un autre, qui ne vise qu'à son propre intérêt ? De l'idée de convention, on glisse aisément à celle de convention sans valeur. Et c'est ainsi que Thrasymaque, dans le livre I de la *République* de Platon, affirme, avec une arrogance d'esprit-fort, que tout gouvernement établit les lois qu'il juge devoir lui être favorables ; et, par une sorte de télescopage, il arrive ainsi à sa définition audacieuse : « la justice n'est autre chose que l'intérêt du plus fort » (338 c) ; en effet, selon lui, « Tout gouvernement établit toujours les lois dans son propre intérêt, la démocratie des lois démocratiques ; la monarchie des lois monarchiques, et les autres régimes de même ; puis, ces lois faites, ils proclament juste pour les gouvernés ce qui est leur propre intérêt, et, si quelqu'un les transgresse, ils le punissent comme violateur de la loi et de la justice » (338 e).

En fait, sous une forme simple, cette idée que le gouvernement établit des lois conformes à son intérêt n'est pas étrangère à la pensée grecque de l'époque [22]. La

22. On la retrouve, évoquée sans indication de paternité, dans les *Lois* de Platon, 714 b - c.

démocratie était le règne d'un groupe, le *démos*. Et le petit traité qui nous a été transmis parmi les œuvres de Xénophon, *la Constitution d'Athènes*, se propose justement de montrer que les lois athéniennes sont mauvaises en elles-mêmes, mais parfaitement adaptées à leur but, qui est de soutenir les intérêts du *démos*.

C'est même ce en quoi la pensée de Thrasymaque est, si l'on peut dire, plus innocente que celle de Calliclès. Car Calliclès voit lui aussi à l'origine des lois une convention imposée par un groupe cherchant à se protéger lui-même. Seulement le groupe en question n'est plus un groupe de gouvernants dans une cité, et la loi qu'il vise n'est plus une constitution : ce ne sont plus d'ailleurs *les lois* mais *la loi* et la justice tout entière, qui, égale et égalitaire par nature, devient la loi que les faibles imposent aux forts : « La loi, au contraire, est faites par les faibles et par le grand nombre. C'est donc par rapport à eux-mêmes et en vue de leur intérêt personnel qu'ils font la loi et qu'ils décident de l'éloge et du blâme. Pour effrayer les plus forts, les plus capables de l'emporter sur eux, et pour les empêcher de l'emporter en effet, ils racontent que toute supériorité est laide ou injuste... » (483 b).

D'autre part, ce caractère arbitraire de la loi ne s'intègre pas, chez Thrasymaque, dans une opposition systématique de la loi à la nature. Cette opposition — chose remarquable — n'est même pas évoquée. Au contraire, Calliclès se fondera sur elle, comme Antiphon ; et il en dégagera — contrairement à Antiphon — toute une philosophie de la nature, reconnaissant et sanctionnant le droit du plus fort : « Le plus souvent, dit-il, la nature et la loi se contredisent » (482 e) et il y a comme deux morales : « Selon la nature, en effet, ce qui est le plus laid, c'est toujours le plus désavantageux, subir l'injustice ; selon la loi, c'est la commettre ». Il y a donc, à la limite, une justice selon la nature : « La nature elle-même, selon moi, nous prouve qu'en bonne justice, celui qui vaut plus doit l'emporter sur celui qui vaut moins, le capable sur l'incapable ». Tout cela dépasse donc, et de beaucoup, le cadre de pensée de Thrasymaque.

Et pourtant Thrasymaque prépare Calliclès. Et, si celui-ci donne à sa pensée une portée bien plus radicale, il n'en reste pas moins que Thrasymaque est le premier des sophistes que l'on connaisse à s'élever franchement contre la loi. Il le fait de façon un peu courte et sans ampleur, mais enfin il le fait.

Contrairement aux gens comme Protagoras, Hippias ou Antiphon, il recommande l'injustice : il dit, en effet, que, poussée à un degré suffisant, « elle est plus forte, plus digne d'un homme libre, plus royale que la justice » (344 c). Si l'on pouvait la pratiquer sans risque, personne n'hésiterait à le faire.

Certes, on voit ici percer la redoutable influence des analyses des sophistes. Car si la loi est si arbitraire, si le pacte est si peu fondé, pourquoi, en effet, ne le violerait-on pas lorsqu'on peut ?

Dirons-nous donc que le sophiste Thrasymaque poussait l'audace plus loin que les autres et qu'avec lui, l'attaque contre les lois est parachevée ?

On pourrait le dire. Et pourtant, ce verdict a quelque chose de surprenant.

Thrasymaque n'est connu que pour avoir été un maître de rhétorique ; et c'est le seul de tous nos sophistes à qui ne soit attribué aucun traité théorique, aucune œuvre philosophique. Ceci suggère déjà que la doctrine qu'il défend dans la *République* reflète plutôt ce qu'il entendait dire autour de lui qu'une réflexion vraiment personnelle. C'est bien pourquoi certains ont considéré qu'en l'occurrence le témoignage de Platon pouvait avoir forcé et déformé les choses [23].

Au reste, cette hypothèse concorde avec le peu que nous savons de Thrasymaque. Car nous possédons de lui un fragment, emprunté à un écrit politique, qui semble remonter à 411, et qui présente un plaidoyer en

23. Ainsi Nettleship, Taylor, Gomperz.

faveur de la constitution modérée, de la constitution des ancêtres. Or, dans cet écrit, qui n'a été conservé que par une citation de Denys d'Halicarnasse relative à son style, Thrasymaque défend à toute force un seul principe politique — précisément la concorde : il soupire après la paix, et après l'entente. Il défend donc une vertu positive du point de vue de l'État. Et, en cela, il ressemble à Antiphon.

La vérité est que Thrasymaque — et M. Bignone l'a bien marqué dans ses *Studi*[24] — n'est pas vraiment un philosophe. Il ne mentionne pas l'opposition *physis-nomos.* Il constate seulement comment les choses se passent en fait. Dans la *République,* il se fonde sur l'opinion des gens, sur la façon dont ils jugent, sur la façon dont ils agissent. Et à ceci fait admirablement écho la formule que lui prête Hermias, quand il dit (c'est le fragment 8) que les dieux ne se soucient pas des hommes : « autrement, ils ne négligeraient pas le plus grand des biens humains, la justice : nous voyons en effet que les hommes ne la pratiquent pas ». Thrasymaque est réaliste ; Thrasymaque est pessimiste ; mais il ne dit pas ce qu'il croit devoir être : il dit ce qui est, en fait ; et il ne nie même pas que la justice soit « le plus grand des biens humains ».

Aussi peut-on dire qu'il fait en quelque sorte la transition entre les sophistes et les applications courantes répandues dans le public. D'ailleurs, il s'emporte ; il grogne ; il gronde ; mais il ne sait pas discuter. Ce n'est pas un philosophe, mais le porte-parole d'une attitude qui n'est pas philosophique.

Et il ne serait pas surprenant de la part de Platon qu'il ait ici choisi un rhéteur, pour montrer combien la rhétorique risquait d'autoriser un tel amoralisme. La rhétorique — on le sait par le *Gorgias* — ne vise qu'au succès ; et c'est en cela qu'elle est dangereuse.

Dira-t-on que nous édulcorons les choses, que nous

24. P. 7 sqq.

ôtons à Thrasymaque une originalité qui a pu être la sienne ? Relisons le début de la *République*, et nous nous apercevrons que Platon nous prévient clairement : l'amoralisme qui est ici prêté à Thrasymaque n'est en aucune façon le sien : c'est celui de la foule, c'est un amoralisme sans auteur ni répondant philosophique.

Un premier fait le prouve : après le livre I, Thrasymaque renonce. Et, pour développer ses idées de façon plus complète, il faut que Glaucon, puis Adimante, se fassent les avocats du diable et disent ce qu'il aurait pu dire. C'est Glaucon qui introduit dans le débat la distinction entre la loi et la nature, à laquelle Thrasymaque ne s'était pas référé : « On dit que, suivant la nature, commettre l'injustice est un bien, la subir un mal » (358 e). Et Glaucon ne prétend même pas expliciter la pensée de Thrasymaque ; au contraire, le texte est formel : il précise que cette thèse est, non pas celle que Thrasymaque aurait pu soutenir, mais ce qu'aurait pu soutenir n'importe qui, les gens comme lui, le public. Socrate l'indique bien : « Je sais, dit-il, que c'est l'opinion du vulgaire ; et il y a beau temps que Thrasymaque reproche à la justice d'être pénible et réserve ses éloges à l'injustice... » (358 a). Puis la discussion reprend ; mais on ne dit plus « Thrasymaque prétend que... » : on dit : « les gens prétendent que... » (358 e), ou « voilà ce que l'on dit » (359 b), ou encore « Voilà, Socrate, et ce n'est sans doute pas tout, ce que Thrasymaque *ou quelque autre* pourrait dire sur la justice et l'injustice » (367 a).

Autrement dit, tant par le procédé de composition employé (avec ce changement de protagoniste) que par le choix même des mots, Platon montre clairement que la thèse discutée dans la *République* n'est point celle d'une personne déterminée, ni d'un penseur plus audacieux que d'autres. Ce n'est point la thèse de Thrasymaque. Ce n'est point la thèse d'un sophiste. C'est une doctrine qui se rattache, certes, au milieu de la sophistique, mais qui ne prend naissance que chez des non-théoriciens.

La conclusion n'est pas négligeable : elle éclaire, en

effet, d'un jour nouveau et l'enseignement des sophistes et la personne de Calliclès.

En ce qui concerne les sophistes, Thrasymaque sert de contre-épreuve. Les vrais sophistes, comme Protagoras, Hippias et Antiphon, avaient élaboré une analyse rigoureuse, qui déniait à la loi toute valeur absolue ; mais ils avaient reconstruit une morale sur la base du lien social assurant la préservation de tous. Leur attitude n'était ni un refus de la morale ni un refus de la loi : elle tendait seulement à renouveler les bases sur lesquelles celles-ci reposaient. Aussi peut-on dire que l'analyse des idées sur la loi confirme entièrement le jugement de Max Pohlenz, lorsqu'il écrit que l'analyse d'Antiphon « entend démontrer, avec l'aide de *physis*, que le fondement de l'éthique doit être renouvelé » ou que « Il serait injuste de vouloir attribuer pour autant à des hommes comme Antiphon des intentions destructrices : nous devons compter avec la possibilité qu'ils aient désiré, avec l'aide du concept de *physis*, reconstruire l'éthique » [25].

Seulement le risque de malentendu était grand. Les idées les plus audacieuses sont aussi celles qui frappent le plus ; et il s'est ainsi trouvé que les sophistes ont été utilisés dans un sens qui n'était pas vraiment le leur : ils ont ainsi acquis leur part de responsabilité dans une crise d'ordre moral et politique qui avait ailleurs ses vraies sources.

Cela rend compte de l'évolution qui sépare Protagoras, Hippias et Antiphon de Thrasymaque : Thrasymaque n'est déjà plus un penseur ; il reflète une attitude courante, une critique banale, encore qu'éminemment révolutionnaire, contre la loi. Mais cette évolution s'achève en la personne de Calliclès ; et elle peut, semble-t-il, éclairer son mystère.

Car il y a un mystère de Calliclès. Et cet homme qui occupe une place si éminente dans l'histoire de la loi et

25. Article sur la loi et la nature, *Hermes*, 1953, p. 434.

dans celle de l'éthique, cet homme qui est le seul à attaquer Socrate directement et violemment, cet homme qui est, de tous les personnages de Platon, le plus vivant et le mieux caractérisé — cet homme est aussi, de tous les personnages que Platon met en scène, le seul qui soit totalement inconnu de nous.

Le fait est si remarquable que l'on s'est interrogé sur lui et que l'on a supposé qu'il servait de prête-nom à quelque contemporain. Divers noms ont été avancés. Et M. Jean Humbert s'est appuyé sur des ressemblances singulières avec certains traits de Polycratès, auteur d'un pamphlet contre Socrate [26], pour penser que Calliclès représente en grande partie Polycratès : la publication de son pamphlet aurait amené Platon à revenir avec une âpreté accrue sur la question des reproches faits à Socrate, en particulier à propos de son rôle dans la cité [27].

Inversement, certains, comme E. R. Dodds, continuent à penser que l'homme a existé : il aurait une personnalité trop forte pour avoir été inventé ; peut-être, seulement est-il mort trop jeune pour que l'on ait gardé son souvenir.

De toute manière, si Platon a choisi un personnage qui était mort sans avoir rien accompli ni écrit, il est bien évident qu'un tel choix impliquait une certaine liberté, une part d'imagination, le souci de trouver un homme représentatif plutôt qu'un personnage en lui-même important.

Pour ce qui nous occupe, le résultat est donc le même : Calliclès, qu'il ait ou non existé, qu'il ait ou non été formé d'après des traits de Polycratès, représente en

26. Entre autres la déformation apportée au texte même de la citation de Pindare, déformation attribuée par Libanius à Polycratès : le fait avait été mis en lumière par Wilamowitz.

27. J. Humbert. *Le pamphlet de Polycratès et le Gorgias de Platon,* Paris, 1930. Wilamowitz pensait que Libanius avait attribué à Polycratès une erreur de texte remontant, en fait à Platon ; J. Humbert pense, au contraire, que l'erreur est passée de Polycratès à Calliclès.

partie une création de Platon ; et celui-ci en fait le représentant d'idées qu'il ne pouvait attribuer à des hommes plus connus.

De même qu'il a dû remplacer, dans la *République*, Thrasymaque, par des porte-parole chargés de défendre une thèse presque anonyme, de même, lorsqu'il a voulu discuter à fond l'amoralisme de son temps, il n'a plus pu l'attribuer à aucun des sophistes, et il a dû aller chercher un personnage inconnu et fictif, qui puisse incarner la révolte intégrale : il a inventé Calliclès.

Calliclès, qui part de l'opposition entre la loi et la nature, comme les sophistes, mais choisit une vie qui n'obéirait qu'à la nature, comme les immoralistes du temps, est le premier et le seul qui prône ouvertement la révolte contre la loi et qui appelle de ses vœux un homme capable de la rejeter : « Mais qu'il se rencontre un homme assez heureusement doué pour secouer, briser, rejeter toutes ces chaînes, je suis sûr que, foulant aux pieds nos écrits, nos sortilèges, nos incantations, nos lois toutes contraires à la nature, il se révolterait, se dresserait en maître devant nous, lui qui était notre esclave, et qu'alors brillerait de tout son éclat le droit de la nature » (484 a).

Ce Calliclès, qui devait laisser un souvenir impérissable à des quantités de lecteurs et qui présente quelque parenté avec Nietzsche [28] n'est pas — comme Nietzsche le croyait et comme on le croit d'ordinaire — un sophiste : c'est un être qui combine avec une hardiesse intellectuelle que Platon lui prête à dessein, les thèmes lucides des sophistes à la passion ambitieuse du temps.

C'est ce dont doit rendre compte l'étude des auteurs de la fin du ve siècle, chez qui cette crise de la loi transparaît avec évidence.

28. Voir d'ailleurs E. R. Dodds, édition du *Gorgias*, appendice, pp. 387-391.

CHAPITRE V

LA CRISE MORALE

L'opposition de la loi et de la nature, née de la réflexion philosophique et renforcée par l'analyse sophistique, avait, en fait, pénétré de façon rapide le vocabulaire de l'époque ; et elle y avait été exploitée par tous ceux qui, dans un domaine ou un autre, tendaient à s'affranchir des lois.

C'est ce dont on peut se rendre compte en considérant divers textes proprement littéraires contemporains de l'âge des sophistes. Dans des genres différents, tous portent témoignage d'un mépris croissant des lois, qui souvent se réclame de la fameuse opposition entre la loi et la nature.

A vrai dire, il ne faut pas exagérer la portée qu'elle y prend. Souvent, il s'agit d'une distinction de point de vue et non d'une opposition réelle. Et la preuve en est que les auteurs insistent volontiers sur la concordance qui existe entre un aspect et l'autre.

Ainsi l'Ion d'Euripide, vantant l'état heureux dans lequel il vivait comme servant du temple d'Apollon, remarque : « Mais, ce qu'il faut surtout souhaiter aux mortels, même contre leur gré, c'est la vertu : eh bien, la nature et la loi s'associaient pour faire de moi un vertueux serviteur d'Apollon » (*Ion*, 642-644) [1]. De même, les bacchantes recommandent le respect des traditions religieuses et du principe qui « au cours des âges a toujours eu force de loi et tire son origine de la nature » (*Bacchantes*, 895-896) [2]. De telles formulations supposent une distinction à la mode qui n'est ici évoquée que pour être dépassée.

Le rapport des termes est le même dans le traité hippocratique *De la nature de l'homme* ; on lit, en effet, au paragraphe 2, l'indication des éléments qui se retrouvent dans l'homme « selon l'usage et selon la nature » ; et l'on retrouve au paragraphe 5 l'idée que des humeurs diffèrent « selon l'usage », puis « selon la nature ». De même Xénophon, dans l'*Économique*, conseille à sa femme des travaux « dont les dieux t'ont rendue naturellement capable et que la coutume approuve aussi » [3].

Il faut assurément que la distinction ait été fort à la mode puisqu'on la brandit ainsi sans utilité, dans des cas où il s'agit de coïncidence, de concordance entre les deux points de vue. Bien des passages d'auteurs du ve siècle où la pensée paraît de prime abord déroutante doivent peut-être leur confusion à ce jeu sur des notions systématiquement rapprochées [4].

1. Le parallélisme est souligné par l'expression : ὁ νόμος ἡ φύσις θ' ἅμα.

2. Ici, le heurt des mots est aussi remarquable que l'est, ailleurs, leur parallélisme : τὸ νόμιμον ἀεὶ φύσει τε πεφυκός.

3. 7, 16. Ces divers textes (où l'opposition est toujours *physis-nomos*) sont relevés par Heinimann et par d'autres.

4. Ce pourrait être le cas de la formule de l'*Hécube* d'Euripide, dans laquelle la vieille reine fait appel à une loi souveraine qui serait en fait l'ordre de la nature ; elle déclare, en effet : « Pour moi, je suis esclave et sans force peut-être. Mais les dieux sont forts et aussi la Loi qui les domine. Car c'est la loi qui nous fait croire aux dieux et vivre en distinguant le juste de l'injuste ». La loi a un garant dans la force souveraine qui est celle des dieux. Le texte pourrait sembler une mise en question des dieux (cf. Critias B 25) mais semble plutôt impliquer une preuve par l'universel (cf. *Mémorables* IV, 4, 19) ; sur son sens, cf. Heinimann, p. 121, Kirkwood, *op. cit.*, Gigante, p. 220.).

Mais il va de soi que le recours à cette distinction n'était pas toujours si inoffensif et qu'elle constituait une arme admirable pour contester et rejeter tout ce qui, dans le *nomos,* semblait le plus fragile.

Euripide, en particulier, s'en est servi pour contester le sens de nombreuses distinctions sociales [5]. A deux reprises, il insiste ainsi sur le statut des bâtards, que ne marque aucune infériorité de nature, mais seulement l'opprobre d'un nom (fr. 168 et 377) [6]. Une autre fois, il déclare préférer de simples fils d'esclaves à de vaines réputations (fr. 495, 40 et suiv.). Les catégories sociales sont là mises en question, sans scandale, tout naturellement. Et Isocrate, qui n'a rien d'un révolutionnaire, déclarera de même qu'il est choquant de voir, dans certains régimes, des gens avoir le statut de métèques et « alors qu'ils sont citoyens selon la nature, être, de par la loi, écartés des droits politiques » (*Panégyrique,* 105).

Ce n'est là encore qu'un faible mouvement de contestation : l'œuvre d'Euripide en comporte de plus hardis. Et il est au moins une formule qui fait penser à Calliclès : c'est le fragment 920, qui vient de l'*Augè* et qui déclare : « La nature le voulait, elle qui ne se soucie en rien des lois ». Par une rencontre assez remarquable, il semble que le vers ait servi à justifier — comme dans le cas de la citation de Pindare — un acte de violence d'Héraclès. Et l'on voit assez comment une telle justification pouvait permettre toutes les violences, en particulier celles par lesquelles se traduit ce que Calliclès appelle le droit du plus fort.

Au reste, sous une forme moins franche que dans le *Gorgias,* beaucoup de vers d'Euripide évoquent des excuses comparables aux arguments de Calliclès. S'agit-il de la « violence » propre à la nature ? on peut citer

5. On rapprochera l'opposition *logos-ergon* pour distinguer les vrais amis des faux (*Alceste,* 339 ; *Oreste,* 454) ou les citoyens vraiment dévoués de ceux qui ne le sont pas (fr. 360).

6. L'opposition est ici *logos-physis* ou *onoma-physis.*

l'excuse qu'un personnage donnait dans le *Chrysippe* (fragment 840) : « J'ai du jugement, mais la nature me fait violence ». S'agit-il de ces lois de nature devant lesquelles la loi ne compte plus ? on peut citer le conseil du premier *Hippolyte* (fragment 433) : « Pour ma part, je déclare qu'il n'y a pas à respecter la loi dans une situation critique, plutôt que la nécessité »[7]. Toutes ces excuses faciles montrent que le vers de l'*Augè* n'est point un cas isolé ou mal compris : plus ou moins consciemment, plus ou moins ouvertement, le monde d'Euripide connaît le choix de Calliclès, selon lequel la loi doit céder le pas à la nature.

Ce choix se traduit d'ailleurs dans la réalité même de son univers tragique. Et l'on peut dire que tous ces héros qu'emporte leur passion ou leur rancune, leur cupidité ou leur ambition sont, comparés aux héros d'Eschyle ou de Sophocle, des gens qui « suivent leur nature », selon l'expression grecque définissant cet abandon[8].

Mais surtout, dans l'ordre politique, Euripide connaît bien les progrès et les dangers de cette ambition qu'incarne avec tant d'éclat Calliclès. Et Calliclès a même, dans l'œuvre d'Euripide, un émule qui lui ressemble fort : l'Étéocle des *Phéniciennes* a autant de hardiesse et de cynisme que lui. De fait, ce pourrait être Calliclès qui dit ce que dit Étéocle : « Je monterais au ciel jusqu'aux levers des astres, je descendrais sous terre, si j'en étais capable, pour avoir la Souveraineté, de toutes les divinités la plus grande. Ce bien-là, ma mère, je refuse donc de le céder à un autre, au lieu de

7. Euripide n'ignore pas la « nécessité de nature » : il sait que ce peut être un des aspects de Zeus (*Troyennes*, 884 sqq.).

8. Cf. par exemple l'emploi de l'expression dans les *Nuées*, 1078, où elle est précisée par les conseils suivants : « Saute, ris, ne tiens rien pour honteux ». Dans Isocrate, *Sur la Paix*, 38, l'expression est mise en contraste avec le respect des règles : les magistrats accédant à l'Aréopage hésitent à « suivre la nature » et se conforment aux règles de ce corps.

le garder pour moi. Lâche, qui perd le plus pour recevoir le moins ! » (*Phéniciennes,* 504-510). Et l'ambitieux qu'est Étéocle clame aussi son droit de fouler aux pieds la justice : « Car s'il faut violer la justice, c'est pour la souveraineté qu'il est beau de le faire ; la piété doit s'appliquer au reste » (*ibid.*, 524-525).

Aussi est-ce bien à ce désir d'avoir plus que s'en prend, dans la pièce, Jocaste, la mère d'Étéocle, quand elle lui dit : « Mais ce « plus », qu'est-ce donc ? un mot, pas davantage » (553).

Étéocle ne parle pas de loi ou de nature ; inversement, le fragment de l'*Augè* ne suppose pas une évolution des mœurs ; autrement dit, il n'y a, chez Euripide, rien de systématique en ce qui concerne la critique des lois. Mais les divers éléments sont là ; et leur rencontre est symptomatique.

Il faudrait ajouter d'ailleurs que ce désir « d'avoir plus » qui, avec des termes similaires, définit le désir de Calliclès et d'Étéocle, semble bien, à en juger par l'œuvre d'Euripide, s'être, au cours des dernières années du siècle, développé et renforcé. *Iphigénie à Aulis,* pièce posthume, arrive à présenter le roi Agamemnon lui-même comme un intrigant qui ne songe qu'au pouvoir [9].

Tout suggère donc qu'une crise s'était ouverte dans la cité et qu'elle prenait le caractère d'une crise de la loi. Et c'est ce que confirme l'œuvre de Thucydide.

Dans l'œuvre de Thucydide on voit en effet s'affirmer clairement le règne de la force dans les rapports entre cités et celui de l'ambition dans les rapports entre individus.

Si l'on mentionne ici le domaine de la politique extérieure en premier lieu, c'est parce qu'il se révèle privilégié. En principe, il ne devrait pas intéresser direc-

9. La pièce compte quatre attestations du mot « ambitieux » (φιλότιμος) sur six au total et une de « ambition » sur deux au total ; le mot « désir d'avoir plus » (πλεονεξία) ne se rencontre, pour toute l'œuvre, que dans *Iphigénie à Aulis.*

tement le problème de la loi, puisqu'aucune loi ne régit les rapports entre cités, mais seulement quelques principes de loyauté et quelques « lois communes des Grecs ». Toutefois, précisément parce qu'il n'existait en ce domaine aucun code, les conduites y affectaient plus facilement un tour libre, qui ne se réclamait que de relations naturelles ; et elles illustraient sans difficulté l'exemple de la force triomphant du droit : l'impérialisme athénien fit au moins autant pour amener la crise de la loi que toutes les analyses des sophistes. Et, par une sorte d'échange, l'exemple de l'impérialisme sert de confirmation à ces analyses, tandis qu'elles-mêmes servent d'excuse pour justifier l'impérialisme.

De fait, pour analyser cet impérialisme, Thucydide use, à diverses reprises, de formules très proches de celles de Calliclès.

Dès le livre I, les Athéniens se réclament de cette espèce de règle qui veut que les plus forts l'emportent : « Il a toujours été chose établie que le plus fort soit tenu en respect par le plus faible » (76, 2) ; ils se font même un mérite de n'avoir pas poussé ce principe jusqu'à ses conséquences dernières et ils le disent en parlant de la « nature humaine » : « Ajoutez qu'on mérite des louanges, quand, tout en suivant la nature humaine qui vous fait dominer autrui, on s'est montré plus juste que ne le comportait la puissance dont on disposait » (*ibid.*, 3) ; s'ils avaient suivi ce principe jusqu'au bout, la nature aurait écarté toute loi et les gens l'auraient admis : « Ils supportent plus mal cette différence que si, dès l'origine, nous avions mis la loi de côté et poursuivi ouvertement nos avantages : dans ce cas-là, eux-mêmes n'auraient pas protesté et nié que le plus faible doive céder à qui l'emporte » (77, 3).

Cette notion d'un rapport reposant seulement sur la force explique d'ailleurs ce mot de tyrannie que l'on trouve dans la bouche de Périclès ou de Cléon et qui devait être courant à Athènes pour désigner l'empire, si l'on en croit le témoignage d'Aristophane (*Cavaliers*, 1114).

D'autre part, si l'empire était déjà vu sous ce jour, à l'époque de Périclès, il s'enrobait pourtant encore d'un certain idéalisme, fondé sur les idées de gloire et de générosité. Au contraire, dans la suite de la guerre, les choses se durcirent. Sparte se mit à encourager les défections : celles-ci, en se multipliant, amenèrent des répressions plus violentes ; et toute la politique athénienne devint une lutte assez âpre pour la survie de cet empire que seule la force justifiait. Thucydide a choisi l'épisode de Mélos (une petite île qu'Athènes soumit, de façon arbitraire et cruelle) pour analyser cet aspect de la politique athénienne. Et aucun texte grec n'est aussi proche des formules de Calliclès que celles qu'il prête à ses Athéniens.

Ils décrivent d'abord ce monde où le droit n'est qu'une convention de peu de portée, et où seule règne la force : « Vous le savez comme nous : si le droit intervient dans les appréciations humaines pour inspirer un jugement lorsque les pressions s'équivalent, le possible règle, en revanche, l'action des plus forts et l'acceptation des faibles » (V, 89). Suit une discussion où interviennent le juste et l'utile, et l'utilité de la justice : cette discussion pousse très loin l'analyse sans modifier les positions des interlocuteurs. Et les Athéniens, pour ôter aux Méliens des espérances illusoires leur rappellent, avec plus de netteté encore qu'au début, le fait que l'ordre de la politique est celui de la force ; cette fois, ils se réfèrent ouvertement, sinon à une loi de nature, du moins à ce qu'ils appellent une nature contraignante, ou nécessaire : « Nous estimons, en effet, que du côté divin comme aussi du côté humain (pour le premier, c'est une opinion, pour le second une certitude), une loi de nature fait que toujours, si l'on est le plus fort, on commande ; ce n'est pas nous qui avons posé ce principe ou qui avons été les premiers à appliquer ce qu'il énonçait : il existait avant nous et existera pour toujours après nous... » (V, 105).

Ce monde de la force, dont les Athéniens posent ainsi l'existence n'était pas reconnu que par eux. Le

Syracusain Hermocrate, parlant de l'empire athénien, se place sur le même terrain lorsqu'il dit (à IV, 61, 5) : « Au reste, chez les Athéniens, ces ambitions et ces calculs sont bien excusables, et je ne blâme point ceux qui désirent dominer, mais ceux qui sont trop disposés à obéir ; car telle est la nature de l'homme que toujours il domine lorsqu'on cède et se garde lorsqu'on attaque. »

Il y a donc dans toute l'œuvre de Thucydide une description franche du règne de la force. Et il n'est pas douteux qu'elle a pu inspirer Hobbes, qui avait traduit Thucydide, dans la description qu'il donne de l'état de nature. Mais, bien avant Hobbes, les faits décrits par Thucydide, et le type d'arguments qu'ils devaient suggérer à beaucoup, constituaient, de toute évidence, une incitation constante à envisager un monde où régnerait le droit du plus fort. Au reste, Calliclès lui-même, dans son attaque contre la loi, utilise, dès le début, l'argument que lui fournissait le comportement des États. Il dit, en effet, que la nature montre partout le triomphe de la force (« chez les animaux et chez l'homme, dans les cités et les familles ») ; mais le premier exemple qu'il donne est celui des conquérants : « De quel droit, en effet, Xerxès vint-il porter la guerre dans la Grèce ou son père chez les Scythes ? » (*Gorgias*, 483 e)[10]. On comprend donc aisément que les réalités analysées par Thucydide aient exercé une influence profonde sur l'attitude des contemporains.

Mais, inversement, on constate que, dans la formulation, les arguments des orateurs mis en scène sont nourris des distinctions qu'avaient répandues les sophistes. Et ces Athéniens ne parleraient pas tant de nature, de droit et de nécessité, si ces termes n'avaient alors été dans l'air — et dangereusement dans l'air.

10. L'exemple des conquêtes est de même évoqué par Euripide (*Bellérophon*, fr. 288, 10 et Xénophon (*Mémorables*, II, 1, 13) : cf. notre *Thucydide et l'impérialisme athénien*, p. 255 et n. 1.

C'est d'ailleurs ce que confirment les analyses de Thucydide relatives aux individus. Car celles-ci montrent avec insistance le progrès qui se faisait dans le mépris des lois.

Ce mépris semble, en fait, avoir revêtu deux aspects différents : l'un est collectif, anonyme : il est lié aux épreuves de la guerre ; l'autre est plus individualiste : il est le fait des hommes bien doués qui pratiquent la politique en élèves des sophistes. Après la mort de Périclès, on voit ces deux aspects surgir l'un à la suite de l'autre, se succéder, se combiner, se renforcer.

Le premier coup est porté par la peste, dont les conséquences morales sont longuement analysées par l'historien : il explique en particulier, à II, 52, 3-4, que « les hommes, ne sachant que devenir, cessèrent de rien respecter, soit de divin, soit d'humain. C'est ainsi que furent bouleversés tous les usages observés auparavant pour les sépultures... » *(nomoi)*. Et il conclut, plus loin, à II, 53, 4 : « Crainte des dieux ou loi des hommes, rien ne les arrêtait » : les risques physiques créés par l'imminence de la mort font sauter le respect des lois.

Cependant, dès cette époque, l'autre aspect du mépris des lois se décèle, lui aussi : Cléon, dans un grand morceau de bravoure, condamne les orateurs trop brillants, et évoque ce danger, auquel le peuple devait être sensible. Il s'en prend à eux dans le débat sur Mytilène et déclare leur préférer les gens plus simples et plus frustes, qui, eux, ont le respect des lois : Les premiers « veulent à la fois paraître en savoir plus que les lois et triompher de tous les arguments présentés au public... et ils finissent d'ordinaire par perdre ainsi leur cité ; les autres, au contraire, qui ne se fient pas à leur propre esprit, consentent à en savoir moins que les lois comme à être moins capables de critiquer le discours d'un orateur brillant... ils réussissent le plus souvent » (III, 37, 4). On croirait entendre un Spartiate ; car Archidamos disait, à la veille de la guerre, à propos de la formation lacédémonienne : « celle-ci ne nous donne pas tant de finesse que nous méprisions les lois, et la rigueur dont elle s'entoure nous rend trop raisonnables pour leur désobéir » (I, 84, 3). Entre le livre I et le livre III les excès du libre examen et des prouesses dialectiques ont dû augmenter à Athènes : politiquement, Périclès n'est plus là ; intellectuellement, l'art des sophistes s'est répandu. Les ambitieux commencent à se montrer.

Mais la situation va bientôt s'aggraver. Sur le plan général, on voit apparaître les maux de la guerre civile ; et la guerre, on le sait, est un « maître de violence ». Aussi Thucydide intervient-il en une longue analyse, très célèbre, qui se trouve au livre III (82 et suivants). Là, il constate ce mépris des lois : « ces réunions-là, au lieu de respecter les lois existantes en visant à l'utilité, violaient l'ordre établi, au gré de l'ambition »[11]. Il précise même que le meilleur lien est l'illégalité accomplie en commun. Et bientôt l'on trouve une formule qui confirme la vogue de l'opposition entre *physis* et *nomos* en consacrant le triomphe de la *physis*. On lit en effet, en III, 84, 2 : « La vie de la cité fut bouleversée en cette crise, et la nature humaine, victorieuse des lois, elle qui a coutume de les violer pour commettre l'injustice, prit plaisir à montrer qu'elle ne domine pas sa colère, l'emporte sur la justice et fait la guerre à toute supériorité... Méprisant ainsi les lois partout valables à cet égard et sur quoi chacun fonde son espoir d'en réchapper lui-même en cas d'échec, les hommes se permettent... de les abolir d'avance... » « La nature humaine victorieuse des lois » est une formule si proche des théories de Calliclès que l'on aimerait être sûr qu'elle est bien de Thucydide. Malheureusement, des doutes assez sérieux planent sur l'authenticité de III, 84. Du moins faut-il constater que le faussaire, si

11. Nous modifions le dernier mot de la traduction de R. Weil : le mot employé est *pleonexia*, le même qu'emploie Jocaste à propos d'Étéocle dans les *Phéniciennes*. Thucydide redit plus loin que la cause de tout vient de l'ambition (82, 8 : *pleonexia* et *philotimia*).

faussaire il y a, s'est inspiré directement de la pensée de Thucydide, de son ton, de son style — et que le résultat a été cette formule digne du *Gorgias*.

D'ailleurs, elle n'est pas indigne de Thucydide lui-même, puisque dans l'analyse générale qu'il prête à Diodote, dans ce même livre III, celui-ci n'hésite pas à constater l'échec de *nomos* par rapport à *physis* : « La nature veut que tous, particuliers et États, commettent des fautes, et il n'est pas de loi qui l'empêchera... » (III, 45, 3). Et il conclut : « Bref, il est impossible — et bien naïf qui se l'imagine — que la nature humaine, quand elle tend ardemment vers une action, en soit détournée par la force des lois ou par quelque autre menace » (III, 45, 7). Sous le mot de nature, il s'agit, bien entendu, de la nature humaine, des passions, des désirs.

D'autre part, après Cléon, dans le domaine de l'ambition, on est de mieux en mieux servi : on a Alcibiade. Alcibiade, l'homme dont l'ambition et le mépris des lois devaient être si fort reprochés à Socrate. Alcibiade, qui a la morgue et la bouillante ardeur de Calliclès, et qui ne veut pas plus que lui de l'égalité. Thucydide parle bien de sa *paranomia*, mais il n'emploie pas de formule rappelant de très près Calliclès. En revanche, dans le jugement de II, 65, le facteur qu'il isole comme la cause de tout le mal est la lutte des ambitions privées et des gains privés — Alcibiade est le jumeau d'Étéocle et le jumeau de Calliclès.

Par conséquent la crise politique est nettement dénoncée ; et le vocabulaire même, qui sert à la dénoncer, reflète le chemin que faisaient les distinctions alors à la mode. Celles-ci fournissaient des armes à une attitude d'amoralisme, qui avait ses racines dans l'expérience impérialiste et dans la désagrégation progressive du lien civique lui-même.

Y avait-il, entre les deux, un rapport de cause à effet ? L'enseignement des sophistes était-il responsable ? Une chose est certaine : les contemporains, à tort ou à raison, le pensaient. Et le témoignage de la comédie en apporte le témoignage.

Naturellement, c'est un témoignage sujet à caution. Mais il n'en est que plus révélateur.

En tout cas, Aristophane dénonce sans ambages la désaffection croissante à l'égard des lois ; et il lie cette désaffection aux leçons des philosophes. Il fait même de cette idée la donnée de toute une scène.

Cette scène appartient aux *Nuées* — ce qui déjà fournit la preuve que la critique des lois est considérée comme se rattachant à l'enseignement de la philosophie contemporaine : Aristophane parle de Socrate, mais de Socrate considéré, on le sait, comme l'un des sophistes. Seulement, ici, cet enseignement des sophistes est poussé dans ses conséquences dernières et tant soit peu absurdes. Le jeune Pheidippidès, en effet, après un premier contact avec Socrate, engage une querelle avec son père et se met à le rouer de coups. Sur quoi, il entreprend de démontrer qu'il est juste de battre son père. Et il est tout fier de savoir trouver des raisons pour défendre une telle thèse. Il s'écrie, plein de joie : « Qu'il est doux de vivre dans le commerce de choses nouvelles et ingénieuses, et de pouvoir mépriser les lois établies ! » (1399-1400).

Qu'une telle attitude ait pu être attribuée à Socrate est un fait confirmé par la teneur même des accusaions proférées plus tard contre lui : selon Xénophon (dans les *Mémorables*, I, 2, 9), Socrate amenait ses disciples, « à mépriser les lois établies ». Il y aura lieu, dans un autre chapitre, de voir à quel point une telle accusation était contraire aux faits : l'important est, ici, qu'une opinion mal renseignée ait pu attribuer ce genre d'influence à un homme hâtivement confondu avec les sophistes qu'il fréquentait. Et les arguments employés par Pheidippidès ne sont pas moins révélateurs.

Ces arguments sont, naturellement, sophistiques. Mais ils impliquent aussi une critique de la loi qui devait faire écho à ce qui se disait alors à Athènes.

Strepsiade, le père, se réclame d'un usage partout reconnu : « Mais nulle part la loi ne permet de traiter ainsi son père » (1420) : Pheidippidès répond en rappelant que la loi émane d'une décision humaine et peut de ce fait être changée par un autre homme : « N'était-il pas un homme, celui qui le premier établit cette loi, un homme comme toi et moi, et n'est-ce pas par la parole qu'il persuadait les anciens ? Serait-il donc moins permis à moi d'établir également pour l'avenir une loi nouvelle, d'après laquelle les fils pourront battre leur père à leur tour ? » Ce Pheidippidès-là est l'héritier du relativisme d'Hérodote ; et il explique l'origine des lois de façon aussi positive qu'Antiphon, Calliclès ou Thrasymaque, dont il se contente d'utiliser l'enseignement au profit de sa fantaisie [12]. Il ne fait pas de différence entre la loi écrite et la coutume et prête à l'une la fragilité de l'autre. Mais, il s'autorise de cette confusion pour traiter l'une et l'autre avec la même désinvolture.

En revanche, ce qu'il prône est une imitation de la nature. Et il ne manque pas de se référer au monde animal : « Observe les coqs et les autres bêtes que tu sais, comme ils rendent les coups à leurs pères ; et pourtant en quoi diffèrent-ils de nous, si ce n'est qu'ils ne rédigent pas de décrets ? » Or, on se souviendra que Calliclès, pour prôner la loi de nature, fait appel, précisément, à l'exemple des animaux : « La nature elle-même, selon moi, nous prouve qu'en bonne justice celui qui vaut le plus doit l'emporter sur celui qui vaut le moins, le capable sur l'incapable. Elle nous montre partout, chez les animaux et chez l'homme, dans les cités et les familles, qu'il en est bien ainsi... » (483 d).

C'était là une référence toute indiquée pour les partisans de la loi de nature. Il se peut qu'elle ait été sou-

12. Il l'avait d'ailleurs laissé paraître un peu avant en donnant une explication burlesque d'une expression remontant à une loi de Solon. Cette loi aurait été faite par Solon pour faciliter la vie des débiteurs.

vent utilisée. En tout cas on la trouve, bien à sa place, dans un passage des *Oiseaux* ; et elle fournit un argument pour inviter les hommes à partager la vie des oiseaux : « Car tout ce qui est honteux ici, et réprimé par la loi, tout cela chez nous les oiseaux est beau. S'il est honteux ici aux yeux de la loi de battre son père, cela est beau chez nous, comme de courir sus à son père et de le frapper en disant : « Lève l'ergot si tu veux combattre »... » (755-759). L'idée sert même de thème à une des scènes de la fin, dans laquelle un parricide vient demander à vivre chez les oiseaux, précisément pour leur façon de faire à cet égard [13].

Par la manière de parler des lois, comme par l'utilisation de l'exemple fourni par les animaux, Aristophane marque donc bien que l'immoralisme croissant relevait de l'influence exercée alors par un enseignement de type sophistique, permettant à l'égard des lois une critique rationaliste et systématique.

On ne saurait s'en étonner quand on pense que, dans la même comédie, il avait inséré, un peu avant, un dialogue entre les deux éducations, l'ancienne et la nouvelle, l'ancienne étant défendue par le raisonnement juste et la nouvelle par le raisonnement injuste — raisonnement qui, cependant, est capable de triompher, depuis que Protagoras enseigne l'art de rendre fort un discours normalement faible. Or, ce raisonnement injuste, ainsi capable de triompher, se vante d'avoir engagé une action ouverte contre les lois : « le tout premier, j'eus l'idée de contredire les lois et la justice » (1040). D'autre part, il donne des conseils pour permettre de satisfaire sans être puni aux « nécessités de nature » (1075) et de « suivre la nature » (1078) : on ne peut marquer plus nettement que l'opposition entre la loi et la nature, propre aux idées nouvelles, était consi-

13. Cf. encore 1346 sqq. : « J'ai envie de vos lois. — De quelles lois ? Elles sont nombreuses, les lois des oiseaux. — De toutes. Mais ce qui me va surtout, c'est qu'on regarde comme beau chez les oiseaux d'étrangler son père et de le mordre. »

dérée comme un des arguments majeurs de ceux qui entendaient ne plus tenir compte des lois. Or ces hommes-là étaient chaque jour plus nombreux.

Les *Nuées* sont de 423, les *Oiseaux* de 414 ; dans les pièces contemporaines de la fin de la guerre, Aristophane ne met plus en cause la nature et la loi ; mais l'effort qu'il fait pour tenter de restituer un certain sens civique, le souci qu'il a, dans *Lysistrata,* de refondre en un tout la cité, le blâme qu'il exprime, dans les *Grenouilles,* à propos d'Alcibiade (« plein de ressources pour lui-même, mais à court de moyens pour servir sa patrie »), tout cela suggère avec force que le mal gagnait d'année en année.

La conclusion est évidente : tous les auteurs du temps confirment qu'il existait une crise et que celle-ci pouvait être considérée comme la suite naturelle de l'enseignement des sophistes.

Qu'Aristophane en ait attribué la responsabilité à Socrate prouve que le lien établi l'était souvent à mauvais escient. Pour Socrate, l'injustice est criante. Mais il se peut qu'elle ne soit pas moins grande dans le cas des sophistes. Ou plutôt leur responsabilité en l'affaire ne saurait être qu'indirecte. Ils n'avaient voulu prêcher ni le désordre ni l'amoralisme ; mais leurs arguments pouvaient aisément être employés au bénéfice de l'un et de l'autre. L'exemple de l'impérialisme athénien avait joué ; les atrocités de la guerre également ; le lien civique lui-même s'était affaibli : les sophistes fournirent aux tendances ainsi éveillées leur langage et leurs arguments.

L'injustice, au reste, demeura. On la retrouve chez Alcidamas, au IVᵉ siècle, quand il déclare que la philosophie est « un poste avancé contre les lois » (Aristote, *Rhétorique,* 1406 b 11). On la retrouve encore de nos jours quand les idées des sophistes sont ramenées à leur aspect le plus négatif. Mais Platon était plus honnête, et il n'a pas fait de son Calliclès un sophiste.

Cependant la crise était assez grave et les idées ainsi libérées étaient assez dangereuses pour réclamer une réponse. Au reste, avant Platon, quelqu'un s'en était soucié : c'est l'auteur inconnu appelé l'Anonyme de Jamblique [14]. Cet auteur, qui tente de défendre la vertu et la loi au nom de critères pratiques, s'en prend, de façon délibérée, à ceux qui entendaient, comme Calliclès, trouver dans l'analyse sophistique une justification à leur ambition et à leur mépris des lois. Il dit, en effet, à 6, 1 (p. 100, 5) : « ajoutons qu'il ne faut pas se lancer dans le sens de l'ambition *(pleonexia)* ni considérer que la supériorité mise au service de l'ambition est une marque de valeur, tandis que l'obéissance aux lois est un signe de lâcheté. C'est là une pensée très mauvaise et il n'en naît que le contraire du bien, à savoir mauvaises attitudes et dommages ». Tous les mots s'adaptent à la crise qui vient d'être définie ; et déjà ils évoquent le ton de Calliclès, lorsque celui-ci reproche à Socrate sa lâcheté indigne d'un homme. Et l'Anonyme de Jamblique ajoute même une hypothèse : « S'il existait un jour un homme, qui possède à l'origine une nature telle que son corps soit invulnérable, qu'il résiste aux maladies et aux mauvais traitements, qu'il dépasse tout le monde et soit d'acier, physiquement et moralement, peut-être pour un homme de ce genre pourrait-on penser que la supériorité, mise au service de l'ambition, serait soutenable... » Comment cette hypothèse ne ferait-elle pas penser à celle de Calliclès : « Mais qu'il se rencontre un homme assez heureusement doué pour secouer, briser, rejeter toutes ces chaînes, je suis sûr que, foulant aux pieds nos écrits, nos sortilèges, nos incantations, nos lois toutes contraires à la nature, il se révolterait, se dresserait en maître devant nous, lui qui était notre esclave, et qu'alors brillerait de tout son éclat le droit de la nature » (484 a).

Calliclès s'imagine qu'un surhomme de ce genre

14. Cf. chapitre précédent, p. 87.

pourrait effectivement exister ; et c'est contre cette idée que s'élève l'Anonyme, en montrant qu'une telle hypothèse est irréalisable et que la masse des hommes est, en définitive, plus forte que le surhomme ; car, dit-il, « la force qui est véritablement telle n'est préservée que grâce à la loi et par l'effet de la justice » (6, 5). Mais l'hypothèse est bien la même. Et la rencontre prouve, tout à la fois, qu'elle n'était pas toujours acceptée dans les milieux de la sophistique, mais qu'elle avait assez de corps pour préoccuper désormais tout le monde.

On comprend donc que Platon s'il voulait attaquer le mal — ce mal si grave dans ses conséquences, si général dans ses symptômes, ait dû avoir recours à un personnage qui ne soit pas un sophiste, mais qui regroupe, en une image vivante, les éléments épars de cette grande révolte contre la loi. Le décalage qui existe entre les vraies doctrines des sophistes et les attitudes de fait décrites dans les auteurs du temps lui faisait une obligation d'inventer Calliclès, ou de lui prêter une importance symbolique passant très largement la personnalité qu'il pouvait avoir eue. Il fallait que ce personnage fût rompu à l'emploi de la fameuse distinction entre la loi et la nature, qu'il subordonnât sans scrupule la première et la seconde, qu'il fût ambitieux comme Alcibiade ou Étéocle, lucide comme Antiphon, insolent comme Pheidippidès, sans illusion comme Thrasymaque, sûr de lui comme les Athéniens de Thucydide. Il fallait qu'il fût ce qu'il est.

En lui se vérifie un trait propre à la pensée grecque, qui est de n'être pas l'affaire des seuls philosophes : la pensée grecque, en effet, avance à coup d'expériences, dans le dialogue, dans la mise au point commune de découvertes collectives. La pensée grecque croît et mûrit dans un constant échange entre des textes littéraires, politiques, philosophiques.

C'est ainsi que Calliclès s'apparente à tous les auteurs du ve siècle et à la vie même de ce siècle. Situé au confluent de l'enseignement sophistique et de l'expérience courante, il résume en sa personne le procès de la loi. Avec lui, pour la première fois, l'idée d'une loi de nature sanctionnant la victoire du plus fort s'oppose à la loi écrite des hommes. Ce « droit selon la nature », cette « loi de nature » représentent, en fait, l'inverse de ce qu'Aristote (dans les textes cités à la fin de notre chapitre II) devait entendre sous les termes voisins, ou même identiques, de « juste selon la nature » ou de « loi naturelle » [15]. Ici, aucune prétention à la moralité. La « loi de nature », pour Calliclès, définit ce qui règne dans ce que Hobbes appellera l'état de nature ; et son droit se ramène à la force. En se réclamant d'une telle notion, Calliclès prépare la pensée de Hobbes, puis celle de Nietzsche ; et il faut ajouter que les immoralistes de tous les temps (ne serait-ce que Gide) ne sont pas sans lui devoir quelque chose. Mais, avant cette lointaine descendance, il prépare la grande réflexion sur la loi qu'allait connaître le IVe siècle Athénien.

En effet, en cette fin du Ve siècle, la loi dont les Grecs s'étaient d'abord réclamés avec tant de fierté, semblait brusquement devenue caduque. Ne se couvrant d'aucun absolu divin, elle n'avait résisté ni à la crise politique ni à la crise intellectuelle, ni surtout à la combinaison des deux. Après l'âge des fiertés candides devait venir celui des justifications rationnelles.

Ces justifications, comme l'attaque, se rencontrent dans toute une série de textes du IVe siècle, dont certains ne sont nullement philosophiques. Platon n'est donc pas isolé, et il faut le considérer avec beaucoup d'autres, souvent plus préoccupés que lui du problème de la loi écrite. — Le premier de tous est précisément celui qui, en plein Ve siècle, discutait avec les sophistes et connaissait leurs arguments, mais cherchait de toutes ses forces à restaurer ce que ceux-ci risquaient d'ébranler ; c'est le maître de Platon ; c'est Socrate.

15. Sur les deux valeurs que peut prendre la référence à la « nature », cf. ci-dessous, p. 163.

CHAPITRE VI

LA DÉFENSE DE SOCRATE : LE CONTRAT SOCIAL

La ferveur naturelle que les Grecs éprouvaient pour la loi avait été ébranlée, dans le public, par la critique des sophistes : ceux chez qui elle vivait encore devaient donc partir des termes de leur analyse pour justifier le respect des lois à partir d'une définition nouvelle. Et le premier à le faire semble bien avoir été Socrate.

Ou, plus exactement, nous avons, sur cette attitude de Socrate, des renseignements détaillés, que nous devons tout à la fois à Platon et à Xénophon. Mais ce serait une erreur de penser que Socrate fût seul à défendre la loi contre les attaques des sophistes ou contre les professions de foi amoralistes de ceux qui tiraient argument de leurs analyses.

Sans parler des allusions ou des remarques qui paraissent, ici ou là, dans la tragédie ou la comédie [1], il faut rappeler le texte de l'Anonyme de Jamblique, qui — cela a été montré plus haut — s'en prend très exac-

1. Ainsi Euripide, *Suppliantes*, 312-313 : « Car ce qui maintient les cités humaines n'est autre que la préservation que l'on assure aux lois ainsi qu'il sied ».

tement aux thèses de gens comme Calliclès. Contre eux, il dresse l'éloge de ce qu'il appelle le bon ordre, ou *eunomia*. Mais en homme qui connaît le courant des idées nouvelles et s'y adapte, il défend le bon ordre non pas au nom de la morale ou de quelque idéal absolu, mais au nom de l'intérêt — d'un intérêt bien entendu. Il explique que les hommes se sont réunis sous la pression de la nécessité et qu'il leur était impossible de vivre entre eux sans lois. Autrement dit, la loi est une convention utile. Et il précise, reprenant après d'autres la fameuse citation de Pindare, que ces nécessités expliquent la souveraineté de la loi et du juste — le *nomos basileus* : il ne saurait y avoir de changement ; car ces nécessités sont solidement assujetties par la nature » (6, 1)[2]. Après ce départ si réaliste et cette reconnaissance de la nature, il entreprend une défense de la loi fondée, de façon non moins positive, sur l'avantage, Et il énumère les avantages de l'*eunomia,* les désavantages de l'*anomia*. Les uns et les autres sont pratiques, concrets : avec l'*eunomia* l'argent sert en commun à tous, la confiance règne et facilite les problèmes pratiques ; on évite de perdre son temps en querelles, de se faire du souci, etc... Le bon ordre et la loi sont donc de l'intérêt de tous. Aussi bien, comme il le dit un peu plus haut, les lois et le juste sont ce qui fonde et qui maintient les cités et les hommes[3].

La défense de l'Anonyme consiste donc à se placer sur le terrain de la *physis* pour démontrer le rôle des lois.

On pourrait en rapprocher une autre défense qui doit appartenir à peu près à la même époque : celle dont on trouve l'écho dans les fragments de Démocrite. Et, en fait, les similitudes de pensée entre l'Anonyme et

2. Le verbe employé (ἐνδεδέσθαι) rappelle, en lui répondant, l'expression d'Antiphon, appelant les lois les « liens » (δεσμά) qui assujettissent la nature.

3. Le verbe employé (συνέχω) est le même que dans le vers des *Suppliantes* cité à la note de la page précédente.

Démocrite sont assez nettes pour qu'un érudit italien ait entrepris d'établir que l'un et l'autre ne faisaient qu'un [4].

A la vérité, il n'est déjà pas certain que ces deux textes soient contemporains. La date de l'un est ignorée : celle de l'autre est controversée. Pourtant Démocrite semble bien de la génération pour qui se pose le problème de la loi. S'il est né vers 460, comme on l'admet généralement [5], et même s'il a vécu environ cent ans et que certains écrits soient, par conséquent, tardifs, sa génération était celle de Thucydide et de Socrate. Or, l'on retrouve chez lui la connaissance des thèmes sophistiques, jointe au désir de s'y opposer.

On peut le constater à propos d'un des arguments d'Antiphon.

Antiphon, dans le fragment du *Sur la Vérité,* insiste sur la question des témoins : on a avantage à obéir aux lois seulement quand on agit en présence de témoins ; autrement, c'est l'inverse. Le problème soulevé ne manquait pas de gravité : il est repris dans le début de la *République,* lorsque Glaucon évoque l'anneau de Gygès, c'est-à-dire le cas de l'homme dont les actions ne sont point vues et restent par conséquent impunies. Glaucon décrit même l'art qui consiste à ne pas se laisser prendre ; Adimante renchérit, considérant comment on peut ne pas être vu ni dévoilé ; et il ajoute : « Mais il est impossible, direz-vous, d'échapper aux yeux des dieux et de leur faire violence ? » — vain recours, puisque l'on peut se concilier les dieux par des offrandes et des arrangements.

Il y a donc là un thème qui faisait partie de l'argu-

4. G. Cataudella, L'anonymus Iamblichi e Democrito, *Studi Italiani di Filologia Classica,* X, 1932, pp. 5-22.

5. Cf. I. Lana, Le dottrine di Protagora e Democrito intorno alle origine dello Stato, *Atti dell'Acc. dei Lincei,* ser. 8, 5, 1950, pp. 184-211, L. Stella, *Riv. Fil.* 20, 1942, 21 sqq. Certains proposent même une date un peu antérieure (475-470 selon Luria et Cataudella).

mentation des sophistes, qui était exploité par les immoralistes, et contre lequel Platon établira qu'être injuste est un mal en soi. Or, parmi les fragments de Démocrite, il en est trois qui portent exactement sur cette idée : le fragment 84 déclare que c'est devant lui-même que l'auteur d'actions honteuses doit d'abord avoir honte ; le fragment 244 déclare qu'il ne faut rien dire ni faire qui soit bas, même lorsque l'on est seul, et qu'il faut apprendre à avoir honte beaucoup plus devant soi-même que devant les autres ; enfin, le fragment 264 précise : « les hommes ne doivent rien considérer plus qu'eux-mêmes et ils ne doivent pas être plus prêts à mal agir, qu'il y ait, pour le savoir, ou bien personne ou bien le monde entier : ils doivent se considérer avant tout eux-mêmes et se fixer cette loi en leur âme, de ne rien faire d'inapproprié. »[6]

Par un tour remarquable la loi a donc ici besoin d'une autre loi, toute morale : la distinction positive des sophistes amène, par réaction, une intériorisation plus marquée.

Mais, si ces fragments révèlent le retentissement qu'eurent sur Démocrite les arguments comme ceux que présente Antiphon[7], ils ne portent pas de façon directe sur la loi ni sur la cité.

En revanche, il est des fragments qui vibrent de ferveur civique, et expriment un respect des lois plus chaleureux, moins utilitaire, que celui qui apparaissait dans l'Anonyme de Jamblique. Il y a d'abord le fragment 252, qui affirme la primauté de la cité en des termes qui font penser au dernier discours prêté par Thucydide à Périclès (II, 60, 2-3) ou aux déclarations de

6. Il semble bien que le témoignage de A 166 selon lequel Démocrite aurait critiqué la loi comme une invention mauvaise et défini l'injuste comme ce qui s'oppose à la nature, implique un malentendu du même genre que ceux qui pèsent sur l'interprétation des sophistes.

7. Démocrite connaissait également les arguments sur la loi de nature assurant le succès du plus fort : cf. fragment 267.

Créon dans *Antigone* (189-191). Démocrite déclare en effet : « Il faut considérer que ce qui touche à la cité et à sa bonne administration compte plus que tout le reste : il ne faut ni se montrer déraisonnablement ambitieux ni développer sa propre force aux dépens du bien commun. Car une cité bien administrée, est le meilleur soutien ; tout en dépend : si elle est préservée, tout est préservé, si elle est ruinée, tout est ruiné [8] ». La mention de l'ambition excessive des individus est déjà un premier pas sur la voie du respect des lois. De fait, Démocrite pense que les lois sont une convention nécessaire mais que leurs bienfaits supposent, pour être effectifs, qu'elles soient elles-mêmes respectées ; il le précise dans deux fragments ; le premier est le fragment 245, qui dit : « les lois n'empêcheraient pas chacun de vivre personnellement de façon libre, si l'un ne lésait pas l'autre : en fait, l'envie forme le point de départ de la guerre civile. » L'autre est le fragment 248, qui dit : « la loi veut apporter ses bienfaits à la vie humaine ; et elle le peut lorsque les hommes veulent être objet de bienfaits ; c'est à ceux qui lui obéissent que la loi révèle sa vertu propre. »

On peut donc retenir que Démocrite, sur ce point, allait plus loin que l'Anonyme. Leurs deux réhabilitations relèvent bien d'une inspiration commune ; mais l'une est plus axée sur l'intérêt pratique, l'autre sur la conscience morale et le civisme. Or, par une rencontre assez remarquable, cette différence n'est pas sans rappeler celle qui existe entre les deux réhabilitations prêtées à Socrate, l'une par Xénophon et l'autre par Platon.

Tous deux ont insisté sur l'attitude de Socrate en ce qui concerne la loi. Et cette insistance s'explique en fonction de la crise décrite au chapitre précédent.

8. L'opposition à l'ambition est un point commun avec l'Anonyme de Jamblique ; mais le ton est ici plus chaleureux. Démocrite évoque aussi, dans le fragment 250, le rôle de la concorde : cf. ci-dessous, p. 123.

En fait, parmi les disciples de Socrate, il y avait eu un certain nombre de ces jeunes ambitieux qui se plaçaient assez volontiers au-dessus des lois, entre autres Alcibiade et Critias. Et le pamphlet de Polycratès contre Socrate semble avoir insisté sur ce grief. Sans doute l'accusation qui fut développée lors du procès de Socrate en parlait-elle déjà : Eschine, dans le *Contre Timarque* (173) déclare en effet : « Vous avez mis à mort Socrate le sophiste, parce qu'il était établi que c'était lui qui avait instruit Critias, l'un des trente tyrans qui ont renversé la démocratie » ; et Xénophon, dans les *Mémorables* (I, 2, 12) précise comme un fait retenu par « l'accusateur » que Socrate avait eu pour élèves Critias et Alcibiade qui firent à la cité le plus de tort.

De tels reproches appelaient une mise au point et ils expliquent que les deux disciples de Socrate dont nous possédons l'œuvre aient tenu à préciser la position du maître sur ce point. Xénophon l'a fait à deux reprises : d'abord dans un plaidoyer direct (*Mémorables*, I, 1 et 2), ensuite dans un éloge que prolonge un dialogue de Socrate avec Hippias à propos de la loi (*ibid.*, IV, 4). Platon l'a fait également deux fois, d'abord dans un plaidoyer direct, l'*Apologie*, ensuite en rapportant un dialogue de Socrate avec Criton à propos des lois : le *Criton*.

Les diverses justifications directes font appel à la vie même de Socrate et rappellent qu'il poussa le respect des lois jusqu'à l'héroïsme [9].

D'abord, comme prytane, il s'opposa à tout le monde lors du procès des stratèges après la bataille des Arginuses ; on voulait les juger tous ensemble, ce qui était illégal : malgré les cris et les menaces, Socrate seul s'y refusa. L'épisode est rappelé dans l'*Apologie* de Platon,

9. De même, dans les *Mémorables*, IV, 4, 10, Socrate entend montrer *en acte* ce qu'il appelle juste, et qui est l'obéissance aux lois.

32 b et dans les *Mémorables* I, 1, 18 et IV, 4, 2 [10]. Puis, les Trente ordonnèrent à Socrate de procéder à l'arrestation de Léon de Salamine : seul de ceux à qui cet ordre était donné, Socrate refusa et rentra chez lui ; l'épisode est rappelé dans l'*Apologie* de Platon, 32 c-d ; il l'est aussi dans les *Mémorables*, IV, 4, 3.

Lors de son procès, de même, il s'abstint de rien demander qui put être contraire aux lois : Platon le dit dans l'*Apologie*, 34 c et Xénophon dans les *Mémorables*, IV, 4, 4 [11].

Enfin on peut ajouter que, dans sa prison, Socrate choisit de ne pas s'enfuir pour ne pas se dérober au châtiment prévu par la loi : c'est le sujet du *Criton* de Platon et Xénophon le rappelle dans son *Apologie de Socrate*, 23.

Le dossier des faits est donc clair et éloquent : Socrate respectait les lois et il les respectait jusqu'à accepter la mort pour leur obéir. Mais pourquoi les acceptait-il et comment justifiait-il cette obéissance ? Les deux auteurs, ici, offrent des analyses, qui ne sont pas concordantes en tout, mais qui présentent assez de points communs pour permettre de reconstituer quelque chose d'assez précis que l'on peut attribuer à Socrate.

La justification donnée dans les *Mémorables* est — on pouvait s'y attendre — la plus simple et la plus naïve.

Le dialogue avec Hippias (à IV, 4, 12 et suiv.) part d'une définition selon laquelle le juste s'identifie avec l'usage légal, ou *nomimon*. Socrate n'entend donc pas défendre un principe de justice, mais une législation d'ordre pratique, quelles qu'en soient l'origine et la valeur : invité à préciser sa pensée, il déclare en effet

10. Platon dit παρανόμως — παρὰ τοὺς νόμους — μετὰ τοῦ νόμου, Xénophon κατὰ τοὺς νόμους — παρὰ τοὺς νόμους, puis παρὰ τόὺς νόμους — σὺν τοῖς νόμοις.

11. Xénophon parle à ce sujet des lois ; mais Platon ne les mentionne pas.

que ce juste, ou cet usage légal, se ramène aux « lois de la cité » (13) : et ces lois de la cité sont des règles écrites, représentant ce que les citoyens ont convenu d'observer, par un accord *(sunthemenoi)*. Il y a même une longue insistance, à la manière socratique, pour écarter toute autre définition : la loi que défendra Socrate est donc la loi considérée de façon toute positive et, par suite, toute relative. C'est la loi de Protagoras et d'Antiphon.

De là naît la première objection d'Hippias : comment attacher une valeur réelle à ces lois, puisque souvent ceux-là mêmes qui les ont établies reviennent sur leur décision première et y font des changements ? A cette critique, Socrate répond par une comparaison : le respect des consignes et de la discipline militaires ne saurait être battu en brèche par le fait qu'elles ne valent pas toujours et que l'on passe souvent de la guerre à la paix. Socrate défend donc la loi en ce qu'elle a de plus relatif et sans être arrêté en rien par ce caractère relatif.

Son argumentation consiste en effet à défendre l'obéissance aux lois — quelles que soient ces lois — au nom de l'intérêt, aussi bien celui des cités que celui des individus.

A vrai dire, l'analyse sophistique ne laissait point d'autre issue. Protagoras introduisait la justice parmi les hommes, parce que, sans elle, les hommes se lésaient réciproquement, et se révélaient incapables de se défendre contre les animaux. L'*Hippias Majeur* (284 d) et l'Anonyme de Jamblique adoptaient le même cadre de pensée [12].

Xénophon développe d'abord les avantages relatifs aux cités : pour cela il rappelle, avec une pointe de sympathie pour Sparte qui ne saurait surprendre, que

12. L'on ne sera donc pas surpris que certains savants voient dans l'un et l'autre texte le reflet d'une même pensée — qui serait celle d'Hippias, d'après M. Untersteiner.

le respect des lois constitue le mérite majeur de la constitution de Lycurgue ; puis il fait appel à l'expérience, selon laquelle les cités où l'on respecte les lois sont les plus heureuses, dans la paix ou dans la guerre ; enfin, il célèbre la concorde, vertu à la mode chez les modérés [13], en indiquant que tout son sens est de créer le respect des lois, permettant aux cités d'être fortes et heureuses (IV, 4, 15-16). Tout cela est assez sommaire et ne peut guère être, sous cette forme, attribué à Socrate lui-même ; mais le principe d'une justification toute positive, fondée sur l'intérêt pratique, mérite au moins d'être retenu.

Il continue à animer le plaidoyer en ce qui concerne les individus, qui commence au paragraphe 17. On y lit que le respect des lois permet de vivre avec moins de dommages et plus d'honneurs : on n'est pas traîné en justice, on obtient la confiance des gens dans la cité et celle des étrangers, alliés ou bien ennemis ; on obtient les bons offices de tous ; on a plus d'amis et d'alliés que personne.

La liste de ces avantages n'est pas tout à fait celle de l'Anonyme de Jamblique — qui, pourtant, commence lui aussi par la confiance et termine, lui aussi, par la guerre. Mais l'esprit est bien le même. Il rappelle d'ailleurs un peu l'attitude constante d'Isocrate, s'attachant à répéter que la vertu est profitable, parce qu'elle nous vaut la bonne volonté de tous. Sans aucun doute, ce type de justification du bien relève, dans une certaine mesure, de l'enseignement de Socrate.

13. La concorde était une vertu spartiate (cf. d'ailleurs III, 5, 14, à compléter par divers textes, dont Isocrate, *Panathénaïque* (217 sqq.) ; mais c'est aussi une vertu prônée à Athènes par les modérés et les gens du parti de Théramène ou d'Archinos. On trouve dans les *Mémorables* d'autres éloges de la concorde, l'un, très développé, à III, 5, 13-18, l'autre, plus rapide, à VI, 6, 14. Dans les deux cas, le texte insiste sur les avantages pratiques de cette vertu. Dans le premier, l'éloge de la concorde amène un éloge de l'Aréopage, qui est à rapprocher de l'*Aréopagitique* d'Isocrate.

Xénophon ajoute d'ailleurs à cette justification toute utilitaire une considération d'ordre religieux que l'on ne saurait ignorer. En effet, à peine achevé le développement sur les avantages pratiques de la loi, son Socrate introduit un nouveau thème, relatif aux lois non écrites (IV, 4, 19 : « Et tu connais, Hippias, dit-il, certaines lois qui ne sont pas écrites ? »). Ces lois non écrites ne sauraient avoir été édictées que par les dieux, puisqu'elles sont les mêmes en tous pays et qu'aucun accord n'aurait pu se faire entre les hommes qui les reconnaissent. D'autre part les dieux se chargent eux-mêmes de punir ceux qui y désobéissent. C'est donc qu'aux yeux des dieux aussi la justice se confond avec le respect des règles.

D'après cette argumentation, il n'y a donc aucune solution de continuité entre le respect des règles humaines, si arbitraires soient-elles, et celui des règles divines, valables pour tous les hommes. Cela ne saurait surprendre dans l'œuvre de Xénophon, qui, on le sait, était fort pieux. Et le fait qu'il cite à deux reprises, dans les *Mémorables,* l'avis de la Pythie, conseillant, pour tous les problèmes d'ordre moral et religieux, de se conformer à « la règle de la cité » *(nomôi poleôs)* témoigne assez du prix qu'il attachait à cette conciliation : le précepte est cité dans les *Mémorables,* I, 3, 1 et IV, 3, 16. Les dieux eux-mêmes se satisfont de ces règles tout humaines, dans leur variété même : elles acquièrent ainsi, malgré leur relativité, comme une consécration absolue.

Cette consécration se retrouve dans le *Criton,* lorsque, tout à la fin de leur prosopée, les lois de la cité évoquent leurs sœurs, les lois divines. Les lois disent, en effet, que, si Socrate s'évade, elles s'irriteront contre lui dès cette vie ; « et chez Hadès, nos sœurs, les lois de là-bas, ne te feront pas bon accueil, sachant que tu as voulu nous détruire autant que cela dépendait de toi » (54 c). Cela est assez pour suggérer que, dans l'enseignement de Socrate, si les lois étaient relatives et criticables, le respect des lois en tant que tel avait, lui, valeur absolue [14].

Mais il est évident que, chez Xénophon, l'argument ne vient qu'en second et que, chez Platon, il se ramène à une brève indication. L'essentiel est donc ailleurs. Et le pont qui s'établit ainsi entre les règles divines et humaines ne saurait tenir, si ces règles humaines n'avaient en elles-mêmes une justification.

Or, sur ce point, la comparaison montre bien combien Platon a su donner de force à ce qui, chez Xénophon, restait, il faut l'avouer, un peu simplet.

De fait, il y a un point commun, qui est essentiel : le Socrate de Platon se place sur le même terrain que Xénophon — c'est-à-dire qu'il accepte, résolument, la définition positive des sophistes.

Quand le Socrate de Xénophon définissait le juste comme l'usage légal, ou *nomimon* [15], il reproduisait presque mot pour mot la définition par laquelle s'ouvre le fragment du traité d'Antiphon *Sur la Vérité* : « La justice consiste à ne transgresser aucune des règles légales *(nomina)* admises par la cité dont on fait partie ». Le *Criton*, lui, est entièrement centré sur l'autre notion qu'Antiphon joignait aussitôt à celle-là, à savoir la notion de convention : « ce qui est de la loi est établi par convention et ne se produit pas de soi-même ; ce qui est de la nature ne résulte pas d'une convention, mais se produit de soi-même » *(homologèthenta, homologèta)*. Or, le Socrate de Platon emploie d'un bout à l'autre cette notion de convention. C'est dire que la défense se place, ici aussi, sur le terrain choisi et défini par l'adversaire.

Cette définition, qui est plus résolue que celle des

14. Le texte de Xénophon attribue nettement l'idée à Socrate : Hippias ne fait qu'approuver ; et lui prêter à cause de ce texte un respect particulier pour les lois non écrites est, à coup sûr, abusif (c'est pourtant ce que font, entre autres, Bignone et Gigante).

15. Définition reprise dans la *Cyropédie*, I, 3, 17.

Mémorables, touche à quelque chose d'essentiel pour les Grecs, en ce qu'elle rejoint leur sentiment démocratique. Nées avec la démocratie, les lois étaient, en effet, le symbole de la souveraineté populaire. L'idée que leur autorité reposait sur un accord et émanait de la communauté des citoyens était naturelle à ce peuple jaloux de ses prérogatives. Et le fait est que la crise de la loi devait se confondre, à la fin du siècle, avec celle de la démocratie [16]. Pour ces raisons, les analyses des sophistes trouvaient facilement un écho dans l'esprit des gens habitués à ces réalités politiques. Et il ne faut pas s'étonner que la définition de la loi comme convention, si fortement posée par les sophistes, ait été, en fait, très largement acceptée dans les textes que nous possédons [17].

Au Livre I des *Lois* (644 d), Platon déclare en passant qu'une appréciation « devenue décision commune de la cité » *(dogma)* reçoit le nom de loi. Et l'on retrouve des formules équivalentes dans certains écrits apocryphes transmis sous le nom de Platon ; dans les *Définitions,* la loi est donnée comme « décision politique de la foule *(dogma)* non limitée dans le temps » (415 b) ; dans *Minos,* 314 c, elle est de même une décision de la cité *(dogma)* — encore que la définition soulève, en l'occurrence, des objections et rectifications. D'autre part, la *Rhétorique à Alexandre* (ouvrage antérieur à la *Rhétorique* d'Aristote et transmise parmi ses œuvres) donne successivement les deux définitions suivantes : d'abord, à 1420 a (25 sqq.) : « La loi est en somme un ordre *(logos)* déterminé par un accord commun de la cité » *(homologian)* puis, à 1421 b (37 sqq.) : « La loi est un accord commun de la cité *(homologèma),*

16. Cf. ci-dessous, pp. 148-150.

17. Dans les textes déjà cités, on a trouvé l'idée dans Antiphon, dans le *Gorgias,* 492 c *(sunthèmata)* et dans les *Mémorables* IV, 4, 13 *(sunthémenoi) ;* mais il faudrait citer encore, pour Platon, la *République,* 359 a *(sunthèkas),* et pour Xénophon, la *Cyropédie,* VIII, 5, 25.

fixant par écrit la façon dont on doit faire chaque chose ». De même Aristote dit, dans la *Rhétorique* (I, 1376 b) : « En général, la loi est elle-même une convention », et, dans la *Politique* (III, 1280 a) : « La loi est une convention *(sunthèkè)* qui, comme le dit le sophiste Lycophron, est garante des droits qu'ont les uns envers les autres » [18].

Il est donc bien clair que la définition toute positive des sophistes rejoignait une notion très chère à la pensée grecque.

Mais aucun texte ne pousse aussi loin que le *Criton* l'insistance sur cette idée de convention : Le substantif *homologia* ou le verbe *homologein* reviennent dix fois en quelques pages [19] ; et le mot *sunthèkè* s'y joint à diverses reprises [20]. Seulement, le coup de génie, de la part de Socrate, est d'avoir donné à ces termes une signification normative. Les sophistes disaient : la loi n'est qu'une convention ; Socrate répond : la loi est convention, contrat ; et c'est précisément en quoi elle nous oblige. Tout le sens du *Criton* est dans ce glissement, dans cette rétorsion.

Le *Criton*, en fait, est un dialogue souvent mal compris, et qui soulève de nombreux désaccords. Pour les uns, il ne fait que réclamer une obéissance aveugle, qui cadre mal avec l'esprit d'examen cher à Socrate, et qui reste sans valeur sur le plan philosophique [21]. Certains, même, pensent qu'il est sans portée générale et ne vise qu'à exposer une attitude toute personnelle [22]. D'autres

18. J. W. Jones (*op. cit.*, p. 72) cite aussi une formule de la loi papinienne ; mais précisément, le terme employé (*communis rei publicae sponsio*) est moins net. La notion de « convention » est affaiblie.

19. 49 e ; 50 a ; 50 c ; 51 e (bis) ; 52 d (bis), 52 e (ter) ; 53 a.

20. 52 d (bis) ; 54 c.

21. Cf. Alfred Croiset, *Xénophon*, p. 76 ; Luccioni, *Xénophon et le Socratisme*, 1953, p. 72.

22. Maurice Croiset, introd. à l'édition des Belles-Lettres, p. 210 : « Il est important, pour bien apprécier ce dialogue, de

au contraire voient dans le principe même que Socrate doive examiner les arguments présentés par les lois [23] une confirmation de la liberté intérieure du sage. Certains insistent sur la foi ancienne qui anime Socrate [24], d'autres voient en lui presque un sophiste [25]. Ces désaccords à eux seuls suffiraient à indiquer que Socrate soutient une thèse qui utilise des arguments de divers bords. Et seule la connaissance de la crise qui se présentait alors dans la notion de loi peut rendre compte de ce malaise et permettre de s'en affranchir.

De fait, le *Criton* pose le problème de la loi en termes remarquables ; car Platon a choisi un cas limite. Que Socrate ait pris des risques pour obéir à une loi juste et bienfaisante pour l'État constituait une action méritoire, peut-être, mais facile à justifier. Et les arguments des *Mémorables* pouvaient facilement y suffire. Mais le problème posé par Platon est plus subtil et plus délicat. Car il suppose une loi injuste, ou plutôt une situation légale injuste : cette injustice est la pire de toutes à ses yeux, puisqu'elle consiste en une condamnation à mort imméritée, atteignant Socrate lui-même. D'autre part, Socrate pourrait s'y dérober, sans aucun dommage pour lui-même, et sans dommage apparent pour personne. Au nom de quoi ne le fait-il pas ? Au nom de quoi obéit-il à une situation légale injuste et sans profit ?

Avec une fermeté parfaite, Socrate commence par balayer tous les arguments fondés sur l'opinion des gens : il entend examiner directement la question et décider par l'examen s'il est juste qu'il se dérobe à ce châtiment injuste.

ne pas méconnaître ce qu'il y a de particulier et même de personnel dans cette conception ».

23. M. Alexandre, *Lecture de Platon*, 1968, pp. 33-38. Cet aspect reste privilégié dans l'analyse, cependant mesurée, de P. Piovani, *Per Una Interpretazione Unitaria del Critone*, 1947, pp. 10-51.

24. Jaeger, *Paideia*, II, p. 117 sqq.

25. B. Croce, cité dans M. Gigante, *op. cit.*, p. 164, n. 4.

Pour cela, il pose d'abord un premier principe : on ne doit jamais répondre à une injustice par une autre : « il ne faut ni répondre à l'injustice par l'injustice ni faire du mal à personne, pas même à qui vous en aurait fait » (49 c) : on aimerait s'arrêter sur l'énoncé de ce principe, qui constitue, en fait, une petite révolution morale ; la vieille loi du talion marque un des extrêmes de la chaîne au bout de laquelle on trouve la règle énoncée par Socrate et qui, il le reconnaît lui-même, est peu admise en général (« Je sais que peu d'hommes en conviennent, que peu en conviendront ») [26]. Mais ce principe ne concerne pas la loi.

En revanche, ce que Socrate ajoute alors introduit aussitôt le lecteur au centre du débat, puisqu'il lance soudain le mot de convention : « Lorsqu'on est convenu avec quelqu'un d'une chose juste, faut-il la faire ou lui manquer de parole ? » Socrate estime que son départ violerait une convention ; et, Criton ne comprenant pas, il poursuit par la fameuse prosopopée des lois dans laquelle les lois rapellent à Socrate qu'il est lié à elles par contrat.

Deux aspects peuvent surprendre, dans leur argumentation ; et tous deux correspondent à une différence de civilisation entre la cité antique et le monde moderne, puisque tous deux ont pour effet de mettre en lumière la responsabilité du citoyen par rapport à la cité.

Le premier est l'importance attribuée à toute désobéissance aux lois. Les lois prétendent en effet que Socrate, en s'enfuyant, les « détruirait ». Elles le disent dès le début : « Ce que tu tentes, qu'est-ce autre chose que de vouloir nous détruire, nous les lois, et tout l'État, autant qu'il est en ton pouvoir ? » (50 a). Ce qu'elles veulent dire par là est rendu plus clair lorsqu'elles ajoutent : « Crois-tu vraiment qu'un État puisse

26. Ce problème perce déjà dans le fragment du papyrus 1797 d'Antiphon, qui indique les difficultés soulevées par la règle consistant seulement à ne pas faire de tort si l'on n'en subit pas.

subsister, qu'il ne soit pas renversé, lorsque les jugements rendus y sont sans force, lorsque les particuliers peuvent en supprimer l'effet et les détruire ? » En effet, on découvre là un trait propre à tout système de lois : son existence même repose sur une admission inconditionnelle. Une loi à laquelle on n'obéit pas *toujours* n'est plus une loi. Une cité où l'on n'obéit pas *toujours* aux lois va à sa perte. En cela, il est bien vrai que Socrate réclame une obéissance aveugle ; mais il s'agit, si l'on peut dire, d'une cécité lucide et délibérée, fondée sur l'analyse. A partir du moment où l'on a accepté un système de lois, il faut les accepter toutes et accepter les situations qui en résultent, sous peine de saper ce sur quoi repose la cité.

On ne le sape, évidemment, qu' « autant qu'il est en son pouvoir » ; mais, par une sorte de kantisme avant l'heure, il semble bien que Socrate ait eu une claire conscience de l'impossibilité où l'on était d'admettre une exception ou une restriction. La loi ne pouvait vivre que sous la forme d'impératif absolu. Et Socrate l'a sans doute d'autant plus vivement senti que, vers la fin de sa vie, il voyait le mépris des lois se généraliser dans Athènes.

Il n'y a donc pas d'exception possible. Le citoyen qui désobéit détruit la base même de la cité.

Or — et c'est le deuxième point qui peut surprendre un lecteur moderne — le citoyen doit d'autant moins risquer d'agir ainsi que, s'il est responsable de la cité dans son ensemble, il lui est aussi redevable de tout ce qu'il est ; il lui doit tout ; il ne vit que par elle et en elle.

Cela nous étonne. Mais il faut bien se rappeler que le *Criton* ne fait ici que donner une forme plus vive et plus frappante à un ordre de pensées qui était familier aux Grecs de l'époque classique.

La patrie est une mère ; on lui doit le jour. De telles idées se rencontrent volontiers dans la tragédie et dans la littérature grecque en général. Eschyle parle, à propos d'un personnage, de « la terre qui lui a donné le jour »[27] ; Pindare appelle Thèbes « ma mère, Thèbes »[28] ; Isocrate dit des Athéniens que seuls ils peuvent appeler leur terre à la fois « nourricière, patrie et mère »[29]. Et il est fréquent que les Grecs insistent sur le fait que les individus sont liés à la patrie plus qu'à leurs proches : dans l'*Érechthée* d'Euripide, une mère acceptait le sacrifice de sa fille « qui ne lui appartenait que selon la nature » ; et elle précisait qu'en acceptant, « chose qui importe le plus à la collectivité », on ne verrait pas chasser « les antiques règles des ancêtres » (fr. 362, vers 38-39 et 43-45).

Non seulement la patrie donne le jour aux citoyens, mais elle les élève. C'est ce que disait Isocrate dans l'exemple cité ci-dessus. Et c'est aussi ce qu'explique Protagoras dans le dialogue qui porte son nom : il parle du rôle de la famille, de l'école, du maître de musique, de gymnastique, et passe enfin à l'éducation que dispense la cité elle-même : « Quand ils sont libérés de l'école, la cité à son tour les forces à apprendre les lois et à y conformer leur vie. Elle ne leur permet pas d'agir librement à leur fantaisie ; mais, de même que le maître d'écriture, pour les enfants qui ne savent pas encore lire, trace d'abord les lettres avec son stylet et leur remet ensuite la page où ils devront suivre docilement l'esquisse des lettres, ainsi la cité, traçant à l'avance le texte des lois, œuvre des bons et anciens législateurs, oblige ceux qui commandent et ceux qui obéissent à s'y conformer » (326 c-d)[30].

Ce lien direct entre l'individu et la cité existait donc.

27. *Sept*, 416.
28. 1re *Isthmique*, 1.
29. *Panégyrique* 25, cf. *Panathénaïque* 125.
30. Cf. ci-dessous, p. 234. On pourrait citer également des passages de la *République*, où les deux aspects du lien avec la cité sont évoqués côte à côte : à 414 d, les hommes doivent regarder la terre qu'ils habitent comme « leur mère et leur nourrice » ; à 470 d, de façon plus sincère et sérieuse, la discorde est déclarée terrible parce qu'elle pousse les gens à « déchirer ainsi leur nourrice et leur mère ».

Mais on a vu qu'en cette fin du ve siècle, il s'était gravement relâché. Le mépris des lois allait en cela avec les ambitions rivales et les guerres civiles. Thucydide rend ce rapport bien sensible. Il y avait, bel et bien, une crise de la cité. Et c'est sans doute ce qui explique, par réaction, l'insistance même de Socrate à rappeler les principes d'antan.

De fait, s'il insiste tant sur les dettes ainsi contractées envers la cité, c'est qu'à ses yeux elles lient le citoyen ; elles l'engagent, en vertu d'un contrat tacite.

Il se peut, ici encore, que cette notion de pacte conclu ait été plus naturelle pour les Grecs d'alors que pour nous. Sans pouvoir soulever ici le problème du serment des éphèbes, il semble bien que les jeunes gens, au moment où ils devenaient citoyens, aient juré d'obéir aux magistrats et aux lois [31] : c'est en tout cas ce qu'indiquent nos documents pour le IVe siècle.

Cependant Socrate ne s'appuie pas sur un moment unique de sa vie de citoyen. Et il ne parle pas d'un engagement donné par la parole mais par l'action. Vivre à Athènes, en citoyen d'Athènes, c'est s'engager.

Car chaque individu, du fait qu'il reçoit tant de bienfaits, et qu'il reste, se lie à la cité et à ses lois : « Mais si quelqu'un de vous reste ici, où il peut voir comment nous administrons l'État, alors nous prétendons que celui-ci a pris en fait l'engagement d'obéir à nos commandements » (51 e). Autrement dit la cité repose sur un pacte tacite de chaque individu avec l'ensemble, pacte que chaque jour qui passe ne fait que renforcer.

31. Cf. l'inscription d'Acharnes publiée par L. Robert, *Études épigraphiques et philologiques*, Bibliothèque de l'École pratique des Hautes Études, 272, 1938, pp. 296-307, confirmant des documents littéraires. Le fait qu'à deux reprises (d'après le texte gravé et Pollux) le texte ait ajouté à la mention que l'on obéirait à ce qu'ordonneraient les magistrats et les lois l'adverbe « raisonnablement », ou « avec sens » (ἐμφρόνως) ne constitue peut-être pas vraiment une restriction ; pourtant Socrate va plus loin en réclamant l'obéissance à un ordre, de toute évidence, déraisonnable.

Dans le cas de Socrate, ce lien peut avoir été plus étroit que pour d'autres : les lois rappellent qu'il restait presque toujours à Athènes, ne s'éloignait pas, ne voyageait pas. Elles rappellent aussi — ce qui est plus répandu — qu'il a choisi de faire naître ses enfants à Athènes. Et elles rappellent enfin qu'il aurait pu, lors du procès, se faire condamner à l'exil. Chacun des actes passés, chacun de ses gestes, chacun de ses choix, le lie plus complètement à cette cité dont il a accepté les règles : « Que fais-tu donc que de violer nos accords et tes engagements, conclus par toi sans qu'on t'ait ni contraint ni trompé, sans qu'on t'ait forcé à te décider rapidement, puisque tu as eu soixante-dix ans pour réfléchir, pendant lesquels tu pouvais aller ailleurs, si nous ne te convenions pas, si nos accords ne te paraissaient pas justes. » (52 e).

Le contrat est donc passé du fait que quelqu'un reste dans une cité d'où il pourrait s'en aller [32]. Rester, c'est accepter un pacte.

Voilà donc la grande découverte du *Criton* [33]. Et elle n'est pas sans avoir joué un rôle considérable dans l'histoire des doctrines politiques, puisque c'est la première apparition de ce qui devait devenir le Contrat social.

La découverte est même si importante qu'il importe de prendre clairement conscience des différences. La notion de contrat social, telle qu'elle apparut plus tard dans la philosophie politique, devait représenter une

32. La cité grecque permettait aisément que l'on s'en allât : c'est ainsi que l'on pouvait, au cours d'un procès, s'en aller et choisir l'exil, si l'on était inquiet des suites. Ce fait a pu contribuer à renforcer la notion de contrat. Mais Socrate omet de dire que l'on ne recevait pas ailleurs les droits de citoyenneté. Ou du moins il ne le dit qu'à la fin, quand il montre la vie déshonorante qui l'attendrait en Thessalie (53 e - 54 a).

33. Au IVe siècle, on trouve bien chez Aristote un rapprochement entre loi et convention, toutes deux exigeant même respect ; mais l'argument est destiné à défendre les conventions, pas les lois.

notion beaucoup plus calculée du point de vue théorique et baucoup moins vivante du point de vue concret.

D'abord, le contrat social de la philosophie postérieure est toujours un contrat de fondation. Il se place à l'origine de la société organisée. Et il n'est pas constaté, mais simplement déduit de l'existence même de cette société. C'est sous cette forme que l'on connu tous ceux qui en ont discuté — qu'ils s'y soient ou non ralliés — depuis St Thomas et Ockham jusqu'aux doctrines de Hobbes, puis de Hume, sans parler de Rousseau.

D'autre part, ce contrat est alors conçu, non plus en termes simples, comme exigeant l'abandon de tout à une patrie à qui l'on doit tout, mais en termes juridiques et politiques, comme l'abandon de certains pouvoirs en vue de certaines garanties ; ceux qui s'en réclament discutent donc de problèmes précis touchant la souveraineté ou le gouvernement.

Le contrat de Socrate, lui, ne fonde pas la société : il fait vivre, chaque jour, la cité ; et c'est chaque jour aussi que le citoyen y souscrit. Cela se comprend si l'on pense que la cité grecque constituait, dans son principe, une collectivité où la participation était plus totale et plus vivante que nous ne pouvons l'imaginer dans un État moderne. Le contrat pouvait y être une acceptation en acte, consciemment sentie comme présente. Et en pleine crise de la cité, on conçoit que Socrate ait voulu, de toute sa force, rappeler l'existence de ce lien afin de la raffermir.

Du reste, le fait seul que les lois prennent ici la parole, comme des personnes vivantes, est en soi caractéristique : le lien civique est encore un lien personnel et direct [34].

Cette notion, qui est éminemment originale, est

34. La personnification des lois se retrouvera chez Démosthène (cf. ci-dessous, p. 145), qui, précisément, s'efforce de faire revivre cette unité civique.

donc, de toute évidence, liée à un moment de l'histoire. Il faut cependant ajouter que le développement de l'histoire grecque devait bientôt donner naissance à une nouvelle forme du contrat, plus proche, à certains égards, de l'analyse moderne. En effet, le lien civique une fois défait, les cités perdirent leur unité vivante ; et bientôt elles perdirent leur indépendance de fait. Pour compenser, elles entrèrent dans des fédérations, plus ou moins étendues, à l'origine desquelles se trouvaient des accords, avec des clauses, acceptées et ratifiés sous serment. Et Aristote, dans sa *Politique*, s'attache à distinguer entre le lien qui fait une cité et les autres formes d'alliance. Le soin de la vertu lui semble caractéristique d'une cité ; et il se traduit dans l'existence de magistratures communes : autrement, « les habitants de la Tyrrhénie et ceux de Carthage, qui sont unis entre eux par des traités, seraient, pour ainsi dire, citoyens d'une même cité, puisqu'ils sont liés par des conventions réciproques *(sunthèkai)* au sujet des importations, par des traités qui les garantissent des violences injustes, et par des alliances dont les conditions ont été stipulées par écrit » (III, 1280 a). Un pas de plus et les cités ainsi unies constituent un État, qui, cette fois, reposerait sur un contrat de fondation, analogue à celui que présupposent Hobbes ou Rousseau.

En attendant, le contrat de Socrate est différent dans sa nature. Et c'est sans doute ce qui lui donne une autorité encore plus absolue que ceux des philosophes postérieurs : le *covenant* de Hobbes ne peut être rompu par un citoyen que si la vie de ce dernier se trouve menacée par l'accomplissement du contrat : l'*homologia* de Socrate exige que l'on sacrifie jusqu'à sa vie.

Ces différences n'ôtent rien à la portée de l'idée que Socrate livrait ainsi à la réflexion des siècles à venir : elles permettent seulement de mieux mesurer la chaleur de sa tentative, et de la mieux replacer dans l'aventure de la loi.

Le fait est que Socrate, en ce moment de crise de la loi et de crise de la cité, a trouvé le moyen, en reprenant aux sophistes les termes de leur définition, d'élaborer une doctrine du contrat qui lie l'individu aux lois — doctrine plus impérieuse, plus chaleureuse, plus vivante et plus absolue que l'on n'en avait rencontré jusqu'alors ou que l'on ne devait en rencontrer ensuite.

C'est bien ce qui explique les divers désaccords auxquels le *Criton* a donné lieu : les uns y voient une pensée presque sophistique, d'autres un retour à la foi du passé : cela est normal, puisque Socrate entend ranimer cette foi en se fondant sur les notions nouvelles. De même, les uns voient dans le dialogue une défense de l'obéissance aveugle et d'autres une affirmation du droit à un jugement libre : cela est normal, puisque Socrate entend justifier par des arguments positifs et rationnels le principe d'un engagement en effet inconditionnel.

Il ne reste, en somme, qu'un désaccord : beaucoup de critiques du dialogue se refusent à lui prêter la moindre portée générale ou philosophique alors que, selon les analyses qui précèdent, il ouvrirait sur certaines des idées les plus riches dans le domaine de la philosophie politique. Mais ce désaccord-là, lui aussi, s'explique.

Le mépris où certains ont tenu les thèses du *Criton* tient, en effet, à deux raisons. La première est que nous avons, nous autres modernes, perdu le sens d'un État vivant et directement collectif comme celui qu'évoque Socrate ; la seconde est que nous avons, pour faire écran entre Socrate et nous, Platon.

Socrate vivait à la fin du ve siècle, dans un monde où la cité conservait encore une certaine vitalité et une force réelle. A l'orée du IVe siècle, le *Criton* est une défense héroïque de cette cité qui pourtant tue Socrate. Platon devait à la défense de son maître cet exposé d'une pensée généreuse et hardie. Mais on sent à travers tout le dialogue qu'il ne s'y associait certainement pas sans réserve : car il ne devait jamais pardonner à

Athènes cette mort de Socrate ; et il se fit une sorte de rupture entre lui et la cité ; il le dit lui-même dans la lettre VII : « je fus indigné et me détournai des misères de cette époque » (325 a).

Il est donc compréhensible qu'il n'ait pu se contenter de l'argumentation du *Criton.* La cité capable de tuer Socrate n'était pas la cité à laquelle on devait tout. Dans la *République,* il affirme que, dans les cités imparfaites, il est naturel que les philosophes se détournent de l'État : car ils naissent d'eux-mêmes et ne sont formés ou nourris par personne, ce qui les dégage de toute obligation (520 b : « or, quand on se forme de soi-même et que l'on ne doit sa nourriture à personne, il est juste qu'on ne veuille pas non plus la rembourser à qui que ce soit »[35]. Il faut donc reconstruire une cité juste, avec des lois justes. Si bien que, dans le *Gorgias* et dans la *République,* les adversaires de Socrate s'en prennent non seulement aux lois mais à la justice, et c'est sur la justice que porte la réponse de Platon. C'est un long détour, comme Platon les exige souvent, mais un détour rendu nécessaire par la crise de la cité. Peut-être Platon a-t-il écrit le *Criton* avec l'idée de montrer jusqu'où allait le dévouement de Socrate pour une cité et pour des lois qui ne le méritaient pas. Et c'est ce qui donne parfois le sentiment d'une argumentation en porte-à-faux. Mais c'est aussi ce qui fait l'originalité et la noblesse du dialogue : car, à une crise de la cité, il répond par une théorie de la cité, applicable dans la pratique, valable pour la réalité du moment. Le *Criton* tire sa force de ce que, malgré tout, il exprime une philosophie qui est, au sens le plus strict du terme, philosophie de l'engagement.

Tentative héroïque, tentative hors de proportion

35. Il n'y a pas de contradiction avec le *Criton,* car il s'agit ici du philosophe, non du citoyen, et de la participation à l'activité politique, non de la simple obéissance aux lois ; mais le rapprochement des deux textes témoigne du changement de perspective.

avec le monde dans lequel elle se situe, le *Criton* se veut encore inséré dans une cité qui pourtant n'a que la mort à offrir au philosophe. Aussi reste-t-il isolé. Les diverses justifications de la loi au IVe siècle ne connaîtront plus cette combinaison privilégiée : ou bien elles resteront liées à la vie de la cité et, dans ce cas, ne seront pas philosophiques ; ou bien elles prendront valeur philosophique, mais auront perdu le contact avec la vie même de la cité.

CHAPITRE VII

LA JUSTIFICATION POLITIQUE : LES LOIS DÉMOCRATIQUES

La réaction qui s'était amorcée à la fin du Vᵉ siècle devait cependant se prolonger pendant tout le IVᵉ siècle. Et la crise ne servit, en fin de compte, qu'à faire prendre aux Grecs une conscience plus lucide des mérites et du sens de cette loi, désormais clairement sentie comme une invention humaine. Certaines justifications se fondèrent surtout sur son utilité pratique, en particulier pour le maintien des institutions démocratiques. D'autres se fondèrent surtout sur le principe auquel son invention répondait, qui était un principe d'ordre et de raison. Ces dernières, étant plus générales, étaient appelées à revêtir une importance plus grande dans le domaine de l'histoire des idées ; mais ce ne sont pas toujours les plus directement vivantes dans les plaidoyers du temps.

Le sens de l'utilité des lois était particulièrement vif chez Démosthène et l'idée s'inscrit dans son œuvre avec une force remarquable : entre autres, l'attachement aux lois fournit la trame essentielle du plaidoyer *Contre Midias* (discours XXI).

Ce plaidoyer, qui date de 348, traite d'une affaire, en

principe, personnelle : le riche Midias avait giflé le jeune Démosthène, alors que celui-ci était chorège. Mais Démosthène, s'autorisant de ce titre de chorège, choisit de donner à l'affaire une portée générale : il intenta contre Midias une action publique ; et il entreprit d'attaquer son adversaire en tant qu'homme riche voulant se mettre au-dessus des lois.

En un sens, le Midias qu'il évoque est un peu une réplique de Calliclès — un ambitieux qui méprise le peuple et refuse l'égalité. Le mépris des lois apparaît donc chez lui dans sa réalité quotidienne ; et il ressemble fort à ce qu'il était du temps d'Euripide, d'Aristophane ou de Thucydide. Or, à ce mépris, Démosthène oppose l'idée de ce que chacun doit aux lois. En cela, son argumentation rappelle donc le *Criton* ; mais elle s'en distingue cependant ; car, si Socrate évoque un contrat individuel perpétuellement renouvelé et prévoyant la compensation à donner pour des dons qui n'ont cessé de s'accumuler, le *Contre Midias* évoque un contrat collectif, assurant un certain nombre de garanties politiques, précises et indispensables : ces garanties assurent aux citoyens leur sécurité et aux magistrats leur autorité.

Il y a, dans son attitude, comme un retournement des thèses de Calliclès. Calliclès, en effet, se posait, chez Platon, comme un homme méprisant le peuple et ceux qu'il appelait les faibles : Démosthène, lui, fait résolument appel à cette solidarité des faibles, qui porte le nom de démocratie. Et il invite chacun à se représenter, de façon concrète, ce qu'il doit aux lois en tant que faible menacé par de plus forts. Tout citoyen leur doit, en effet, d'éviter les violences dont il serait victime dans l'état de nature (Démosthène n'encombre pas son plaidoyer de ce terme philosophique, mais on peut aisément le suppléer). Et il s'écrie, aux paragraphes 221 et 222 : « Ah ne me livrez pas, moi non plus, à cet homme-là, Athéniens ! Voyez plutôt : tout à l'heure, quand le tribunal aura levé séance, chacun de vous rentrera chez lui — l'un d'un pas vif peut-être, l'autre plus lentement — sans s'inquiéter, sans se retourner, sans avoir peur, sans se demander si l'homme qu'il va rencontrer est un ami pour lui ou ne l'est pas, s'il est grand ou petit, s'il est vigoureux ou chétif, sans se poser aucune de ces questions. Pourquoi donc ? Parce qu'il sait au fond de lui-même, dans la ferme confiance qu'il a pour le régime, que personne ne viendra l'enlever, ni le frapper, ni lui faire violence. Alors, cette sécurité qui accompagne vos pas, pourriez-vous partir d'ici sans me l'avoir garantie ? Qu'est-ce qui prouve que je résisterai, si vous vous désintéressez de mon sort ? « Par Zeus, rassure-toi, dira-t-on ; tu ne seras plus outragé du tout par lui ». Mais si je suis outragé, vous vous indignerez à ce moment-là, alors que vous le relâcheriez aujourd'hui ? Ah ! n'en faites rien, juges ! Ne trahissez pas ma cause, ni la vôtre, ni celle des lois ! ».

Un tel texte tire sa force du caractère direct et vivant qu'y revêt l'expression. Il s'agit d'individus ; on les voit ; on reconnaît, à leur allure, leur confiance ou leur inquiétude. Mais l'idée, elle, est toute simple : les lois procurent aux citoyens l'*adeia,* la possibilité de vivre sans crainte. Et le respect des lois garantit, par conséquent, la liberté des citoyens. Il y a donc bien, ici encore, une forme de contrat ; mais, contrairement à celui du *Criton,* ce contrat-là est d'ordre pratique et intéressé ; il implique une contrepartie à venir ; il est, comme le contrat social des penseurs postérieurs, une mesure de sauvegarde.

Or il ne s'agit-là ni d'un thème adventice ni d'une idée d'emprunt. Car l'identification entre le respect des lois et la sauvegarde commune, qui éclate avec tant de force dans cette apostrophe finale, forme, en réalité, la trame même du plaidoyer ; et l'idée en est préparée, annoncée, suggérée, tout au long de l'argumentation. On la trouve dès le paragraphe 7, quand Démosthène déclare : « Les outrages de ce Midias ne m'atteignent pas seulement, mais vous menacent aussi, ainsi que nos lois et tous nos concitoyens » ou bien quand il explique, dans le même paragraphe, le sens du débat en cours :

les débats diront, selon lui, « si l'on peut commettre ou non de tels actes et outrager impunément n'importe qui d'entre vous ». Et, peu avant le grand texte cité au début de ce chapitre, il dit, avec plus de force encore : « Ces gens-là ont beaucoup d'avantages, que personne ne les empêche de posséder ; mais qu'ils ne nous empêchent pas de jouir de la sécurité, que les lois nous garantissent comme un patrimoine commun » (210 : le terme employé est déjà *adeia*). Enfin, plus près encore du passage cité, il explique, sans ambiguïté : « Si vous n'avez pas tous été frappés, si vous n'avez pas été tous en butte à ses vexations au cours d'une chorégie, c'est parce que, comme vous savez, vous ne pouvez pas être tous chorèges à la fois, et qu'un seul homme, rien qu'avec son bras, n'arriverait pas à vous couvrir tous d'opprobres... Sans doute c'est moi que Midias déteste, mais ce peut être un autre parmi vous... » (219-220). Le grand passage sur les lois et la sécurité des gens, qui constitue presque la fin du discours, est donc comme l'aboutissement dernier d'une pensée qui, aux yeux de Démosthène, se présentait comme essentielle et décisive.

D'autre part, il est bien net que l'orateur n'hésite pas à présenter cette sauvegarde comme celle des faibles menacés par ceux qui possèdent de trop grands moyens. A cet égard, il est intéressant de voir comment il explique, au paragraphe 45, ce qu'est une action publique (c'est-à-dire une action intentée au nom de l'État) : « Dans la pensée du législateur, tout acte de violence porte atteinte à la société et lèse même ceux qui ne sont pas intéressés dans l'affaire ; la force, s'est-il dit, est le privilège d'une minorité, tandis que la loi est pour tout le monde ». Ce débat entre la force et la loi, entre la minorité et la masse, est bien celui que présentait Calliclès ; mais son sens est retourné ; et, de même que Socrate acceptait l'idée que la loi fût une convention, mais en tirait l'idée des obligations qui en résultaient, de même Démosthène accepte la pensée que les lois soient faites pour interdire à ceux qui le pourraient de s'élever au-dessus des autres, mais en tire argument pour les défendre et les exalter.

De fait, un des arguments majeurs est précisément celui de l'union des faibles qui, unis, dominent les forts.

Cet argument, en réalité, a toute une histoire.

Il apparaît, d'abord, dans le domaine où s'était d'abord affirmé le droit du plus fort — c'est-à-dire celui des conquêtes extérieures. Dans Thucydide, en effet, lorsque les Athéniens affirment hautement le droit du plus fort à commander, les Méliens suggèrent que les conquérants risquent ainsi de se heurter tôt ou tard à une coalition : « Prenez les peuples actuellement sans alliance d'un côté ni de l'autre : comment n'en ferez-vous pas des ennemis, lorsque, considérant ce qui se passe ici, ils se diront qu'un jour vous irez les attaquer à leur tour ? Et par là que faites-vous, sinon renforcer vos ennemis actuels et pousser ceux qui n'y songeaient même pas à le devenir malgré eux ? » (V, 98). Et Isocrate, renchérissant sur cette idée, la présente bientôt comme la condamnation même de tout impérialisme. Dans le *Sur la Paix*, en effet, il conseille à ses concitoyens de traiter leurs alliés en amis et de se rendre compte que « si nous sommes plus forts que chaque État pris séparément, nous sommes plus faibles que tous ensemble » (134). Mais, de ce domaine politique, l'argument était, depuis un certain temps sans doute, passé à celui de la cité et des individus. L'Anonyme de Jamblique montrait qu'aucun individu, si extraordinairement doué soit-il, ne pouvait tenir contre la masse des hommes, liée et soutenue par le bon ordre (6, 3-4). Et Socrate, de son côté, esquisse lui aussi une défense de ce genre, quand il demande à Calliclès (*Gorgias*, 488 d) : « N'est-il pas conforme à la nature que le grand nombre soit plus puissant que l'homme isolé ? » Un bref échange de répliques s'engage alors, désastreux pour Calliclès ; car Socrate poursuit : « Le fait est que c'est le nombre qui impose les lois à l'individu. comme tu le disais tout à l'heure. — Évidemment. — Ainsi, les lois du plus grand nombre sont les lois des plus puissants ? — Sans doute. — Donc aussi des meilleurs ? car les plus puissants sont, n'est-ce pas, d'après toi, les meilleurs ? — Oui. — Et leurs lois sont belles selon la nature, puisqu'elles sont les lois des plus puissants ? — Oui. ». Or, c'est exactement au sens de ce pacte initial que se réfère Démosthène, lorsqu'il dit, au paragraphe 140 de la *Midienne* : « Si vous vous réunissez, c'est afin d'être, réunis (alors que chacun est individuellement en infériorité pour les relations, la fortune, ou tout autre avantage) plus forts que ces gens-là, et afin de mettre un terme à leurs violences ». Cette impossibilité de subsister individuellement *(kath'hena)* est l'argument que donnait l'anonyme de Jamblique pour expliquer la formation des États : c'est maintenant celui qu'emploie Démosthène pour demander le respect des lois. Le pacte initial vaut toujours et reste à chaque instant aussi nécessaire. Sa valeur est continue, comme celle de l'engagement que se représentait Socrate.

Mais ce pacte par lequel chacun assure sa sécurité n'est pas le seul que connaisse Démosthène. Car, après le grand mouvement d'éloquence par lequel il évoque les juges rentrant chacun chez eux, il s'arrête et demande une analyse plus poussée. Les juges ne doivent pas seulement aux lois leur sécurité, mais leur souveraineté même : « D'ailleurs, si vous voulez bien considérer les faits eux-mêmes et chercher ce qui donne aux juges qui se suivent un pouvoir souverain sur toutes les choses de la cité — qu'ils soient deux cents, mille, ou n'importe quel nombre arrêté par la loi — vous trouverez que ce n'est pas pour être, seuls parmi les citoyens, groupés en bataillons, ni pour être en meilleure condition physique, ou les plus jeunes en âge, mais parce que les lois sont fortes » (223). Les hypothèses burlesques de Démosthène sur la force physique des juges montrent bien que le débat est toujours entre la loi et la nature. Toutes les fonctions de la cité ne sont exercées que grâce à l'autorité de la loi. Au reste, ici encore, c'est une pensée qui semble avoir fortement frappé Demosthène ; car déjà il disait, au paragraphe 188 :

« N'est-ce pas grâce aux lois que vous avez une part égale aux autres et tous ces avantages qu'elles vous donnent, elles et non Midias ou les enfants de Midias ? »

Mais, naturellement, ici aussi, il y a pacte ; et les lois ne peuvent assurer ces bienfaits qui si elles sont elles-mêmes respectées. En cela, Démosthène est en accord avec la pensée de Démocrite disant que les lois réservent leurs avantages à ceux qui leur obéissent. Mais son accent est plus pressant ; et il parle comme quelqu'un qui exprimerait un sentiment très profondément ressenti. Il dit que les privilèges des juges viennent de la force des lois : « Or, cette force des lois, en quoi consiste-t-elle ? Est-ce à dire qu'elles accourront pour assister celui d'entre vous qui, victime d'une injustice, criera à l'aide ? » (on se souviendra que c'est précisément ce dont Antiphon avait, sans plus, reconnu l'impossibilité) : « Non : elles ne sont qu'un texte écrit, qui ne saurait posséder un tel pouvoir. Alors, qu'est-ce qui fait leur force ? Vous-mêmes, à condition de les fortifier et de mettre, en toute occasion, leur puissance souveraine au service de l'homme qui la réclame : voilà comment vous faites la force des lois de même qu'elles font la vôtre. Il faut donc les assister comme on s'assisterait soi-même si on était offensé ». (224-225).

Le mot de pacte n'y est pas ; mais la réciprocité impliquée dans ce texte en est l'équivalent. Et l'on peut constater qu'une telle justification de la loi repose entièrement sur l'acceptation de la notion de convention : les lois ne sont que ce que nous en faisons et n'ont d'existence que celle que nous voulons bien leur donner.

Cela, d'ailleurs, ne diminue en rien leur portée morale ni leur dignité ; car elles remplacent la vengeance humaine et ses petitesses par une action que dictent des principes généraux et impersonnels : « De fait, vous ne livrez jamais un coupable à qui l'accuse ; lorsque quelqu'un a été victime d'une injustice, vous ne suivez pas davantage ses suggestions pour châtier le coupable. Au contraire, vous avez établi les lois antérieurement aux délits, sans savoir qui commettra l'injustice et qui en sera la victime » (30). La loi, même reconnue comme convention garde donc la majesté qu'elle avait dans les premiers textes grecs. Elle vise à substituer une autorité abstraite et établie d'un commun accord à la souveraineé de fait du plus fort. Et, à ce titre, elle reste caractéristique de la Grèce : tout comme Hérodote faisait dire à Démarate que la loi était le maître des Grecs et leur tenait lieu du souverain individuel régnant sur les barbares, Démosthène voit dans le respect des lois la marque propre de la Grèce ; et il s'écrie avec mépris : « S'il est vrai qu'un citoyen doive se résigner à un sort semblable quand, outragé par Midias, il essaie de s'assister lui-même, il vaut mieux faire comme les barbares, se prosterner devant qui vous fait outrage, mais non se défendre » (106).

Autrement dit, la pensée de Démosthène est lucide et cohérente. Il voit la garantie des libertés individuelles dans une loi qu'il appartient aux citoyens de respecter, et qui les dispense d'obéir à l'arbitraire des puissants. Pour un peu, il aurait pu formuler cette pensée en disant, selon une formule célèbre « La liberté, c'est l'obéissance aux lois » ; car les Grecs sont à l'origine de cette notion, tout comme de beaucoup d'autres [1].

Il se trouve cependant que l'analyse de Démosthène est tout à la fois plus précise et plus engagée.

Les avantages énumérés par Socrate dans le *Criton* étaient généraux et pouvaient valoir pour toute espèce de cité. Ils consistaient en la naissance, l'éducation et les autres grands moments de la vie humaine, pour lesquels le rôle des lois n'est pas immédiatement évi-

1. L'idée que l'obéissance aux lois est la condition de la liberté apparaît dans de nombreux textes classiques avant Montesquieu : ainsi Cicéron, *Pro Cluentio,* 146 : « legum idcirco omnes servi sumus ut liberi esse possimus ». Bossuet, reprenant l'idée, l'attribue aux Grecs et aux Romains (*Hist. Univ.*, III, 6).

dent ; au contraire, Démosthène considère la liberté des personnes et l'exercice des droits politiques ; il se place donc sur un terrain privilégié ; et, d'autre part, les lois qu'il évoque sont celles qui assurent à tous le droit de vivre librement et de participer à la gestion de l'État, c'est-à-dire des lois essentiellement démocratiques.

Le premier des textes cités disaient que les gens rentraient chez eux tranquillement parce qu'ils avaient confiance dans le « régime ». En fait, le mot employé (*politeia*) peut désigner le régime politique en général ; mais il peut désigner aussi un régime policé, ordonné, par opposition aux régimes tyranniques ou arbitraires ; et il peut désigner la démocratie, par opposition à tous les autres régimes. C'est le mot qui était déjà employé lorsque, après avoir montré les riches amis de Midias se groupant en une sorte d'association (à laquelle il donne le nom de ces associations d'ennemis du régime qu'étaient les « hétairies »), Démosthène demande qu'il soit châtié « comme un ennemi commun de notre régime » (142 : *politeias*).

De fait, les lois se confondent, pour Démosthène, avec la démocratie. Au paragraphe 124, il donne comme étant menacées par Midias certaines des valeurs essentielles et traditionnelles de la démocratie athénienne : le droit à la parole (*isègoria*) et la liberté. Au paragraphe 188, il en cite une autre, qui est, à dire le vrai, la définition même de la démocratie, à savoir la participation à tout de façon égale (*tôn isôn metesti*).

Aussi comprend-on qu'il puisse considérer Athènes, la ville démocratique par excellence, comme la ville des lois : déniant que Midias soit un vrai Athénien, il explique par là son attitude si peu démocratique et si peu respectueuse des lois : « doté par le hasard d'une patrie qui, plus que toute autre cité, passe pour être régie par des lois, il ne peut pas, je pense, endurer ces lois ni les supporter... » (150).

Cette doctrine, au reste, ne nous est pas inconnue. On a pu constater, dans les témoignages relatifs à la découverte de la loi, que celle-ci était née avec la démocratie, et que ce jumelage restait sensible dans de nombreux textes littéraires, en particulier tragiques. Or, le rapport de ces textes avec celui de Démosthène est d'une précision révélatrice.

Thésée, dans les *Suppliantes* d'Euripide, avait parlé d'égalité, disant que, sous un régime tyrannique, le souverain tient le droit à sa discrétion « et cela n'est plus égal » (432 : *ison*) : au contraire, avec des lois écrites, le pauvre et le riche ont un droit égal (434 : *isèn*) ; enfin, demander à chacun son avis en matière de politique, « qu'y a-t-il de plus égal pour une ville ? » (441 : *isaiteron*). Cette répétition du mot *isos* prépare le paragraphe 188 du *Contre Midias,* où il est dit que la loi permet la participation à tout de façon égale *(isôn).*

De même, Thésée avait dit qu'en consultant le peuple dans son ensemble, la démocratie assurait la liberté (436). Cette idée est celle qu'exprime Démosthène au paragraphe 124, quand il parle, ensemble, du droit à la parole et de la liberté ; et elle se trouve dans son éloge des franchises individuelles et de la souveraineté populaire.

Enfin, le privilège d'Athènes, qui, « plus que toute autre, passe pour être régie par la loi (*Contre Midias,* 150) n'est pas sans rappeler la formule de Sophocle, appelant Athènes la ville où rien ne se fait « sans la loi » (*Oedipe à Colone,* 924).

Autrement dit, Démosthène rejoint ici une tradition précise et vivace, à laquelle il donne seulement plus d'ampleur et de précision.

Mais cette ampleur accrue n'est pas un hasard. Et il est bien certain que l'alliance entre la démocratie et la loi ne pouvait qu'être renforcée, à Athènes, après la fin du ve siècle.

Dans les discussions en cours, les attaques contre la loi n'avaient pu venir que d'ambitieux bien doués désirant s'affranchir de sa tutelle : les ennemis des lois étaient aussi les ennemis de ce régime égalitaire.

Alcibiade et Critias, les deux brebis noires du cercle

socratique, en sont bien la preuve. Alcibiade fut, à Athènes, soupçonné de complot « oligarchique et tyrannique » (Thucydide, VI, 60, 1) ; et Thucydide dit expressément que ce qui autorisa ces soupçons était son peu de respect des règles dans sa vie privée (VI, 28, 2 : *paranomian*). Il confirme du reste l'importance de ces soupçons en choisissant cet endroit de son œuvre pour faire un long retour en arrière sur les conditions dans lesquelles la tyrannie prit fin à Athènes (VI, 54-60). Enfin, il prête à Alcibiade, dans son discours de Sparte, des propos fort sévères contre la démocratie, cette « folie universellement reconnue pour telle » (VI, 94, 6) ; et les tergiversations du livre VIII montrent qu'Alcibiade se rapprochait de n'importe quel parti, pourvu qu'il servît son ambition. Quant à Critias, qui exprime dans son *Sisyphe* des vues fort peu idéalistes sur les dieux et sur la loi, sa participation au gouvernement oligarchique des Trente montre assez que son mépris des lois se confondait avec l'hostilité au régime. Et le geste célèbre, par lequel il s'en prend au droit des gens en effaçant Théramène de la liste des citoyens à plein droit, pour pouvoir, sans jugement, l'envoyer à la mort, est le symbole parfait de ce double arbitraire.

De fait, les deux régimes non démocratiques qui s'installèrent un temps à Athènes servirent tous deux de contre-épreuve. Lorsque s'institua, en 411, l'oligarchie des Quatre Cents, Thucydide remarque qu'il fallut bien de l'adresse politique pour priver Athènes de sa démocratie cent ans après la chute des tyrans — ce qui rapproche déjà les deux régimes mentionnés. Et cette nouvelle « tyrannie », qui toujours promettait une constitution plus libérale sans jamais la mettre en pratique, se révéla par là aussi méprisante des lois qu'hostile à la démocratie. Enfin, les oligarques qui constituèrent, en 404, le gouvernement des Trente ne furent pas sans raison appelés « les trente tyrans ». Eux non plus ne réalisèrent jamais les institutions promises. Ils vécurent d'arbitraire. Xénophon le dit bien : « Nommés avec mission de rédiger la constitution d'après laquelle ils allaient gouverner, ils retardaient de jour en jour le moment de la rédiger et de la publier : en attendant, pour le Conseil et les autres magistratures, ils les recrutèrent selon leur bon plaisir » (*Helléniques,* II, 3, 11). Suit une période sombre, où aucune liberté n'est plus assurée. Aristote le dit en une phrase ; « Ils mettaient à mort ceux qui se distinguaient par leur fortune, leur naissance ou leur réputation, afin de supprimer leurs sujets de crainte et par désir de piller les fortunes ; et, en peu de temps, ils n'avaient pas tué moins de quinze cents personnes » (*Constitution d'Athènes,* 35, 4).

Au contraire, la démocratie une fois rétablie, les Athéniens tinrent à marquer que son triomphe était aussi celui de la légalité. D'une part, ils entreprirent alors une codification des lois existantes ; d'autre part, ils conclurent avec leurs adversaires des accords de réconciliation et les observèrent de façon scrupuleuse. Comme le dit Isocrate, qui n'est pas suspect en la matière, « les démocrates vainqueurs, rentrés en armes, quand ils eurent fait disparaître les seuls plus grands responsables de leurs malheurs, mirent tant de noblesse et de respect des lois dans leur rapport avec les autres que les auteurs de l'exil ne furent en rien défavorisés par rapport aux exilés revenus » (*Aréopagitique,* 67).

Le mépris des lois allait donc de pair avec l'hostilité à la démocratie. Cela peut surprendre à certains égards ; car les oligarques n'étaient pas, sur le plan des doctrines, hostiles à la loi, bien au contraire ; et Sparte, qu'ils admiraient tant, était la ville de l'*eunomia,* ou du bon ordre. Mais, à Athènes, l'oligarchie ne pouvait que passer par la révolution ; et la révolution ouvrait la porte aux ambitions. Quant à l'*eunomia* des oligarques, qui devait être reprise par divers théoriciens, elle tenait plus aux mœurs qu'aux lois. Si bien que ces théoriciens ne cherchèrent pas à disputer à la démocratie le privilège de la loi écrite.

Toutefois, cette réserve explique que l'accent soit mis, dans les contrastes du temps, non pas sur l'opposition oligarchie-tyrannie, pour dégager les différences propres à ces régimes, mais sur l'opposition démocratie-tyrannie, dans laquelle les oligarques, lorsqu'ils agissent arbitrairement (et ils l'avaient fait à Athènes), sont appelés tyrans.

Cette polarité se manifeste dans tous les textes contemporains relatifs à la loi. Ceux qui l'attaquent ont tous quelque chose à voir avec l'hostilité au régime, et quelque chose à voir avec la tyrannie[2]. Thrasymaque appartenait à des cercles favorables à une certaine oligarchie ; et, dans la *République*, on le voit bientôt faire l'éloge de celui qui pratique l'injustice la plus élevée, « celle qui met l'homme injuste au comble du bonheur, et au comble du malheur celui qui est la victime de l'injustice et qui ne saurait consentir à la pratiquer, — je parle de la tyrannie, qui ne s'empare pas en détail du bien d'autrui, mais qui l'envahit d'un seul coup par la fraude et par la violence... » (344 a). Et le Calliclès que nous propose Platon, s'il est épris du *démos*, ne cherche cependant qu'à l'écraser autant qu'il le peut. Les lois qu'il critique sont celles que « se donnent » les faibles (le verbe est à la voie moyenne) ; c'est bien pourquoi elles prônent l'égalité : « pour effrayer les plus forts, les plus capables de l'emporter sur eux, et pour les empêcher de l'emporter en effet, ils racontent que toute supériorité est laide et injuste, et que l'injustice consiste essentiellement à vouloir s'élever au-dessus des autres ; quant à eux, il leur suffit, j'imagine, d'être au niveau des autres sans les valoir » (483 c). Si bien qu'allant chercher ce que cache ce mépris des lois, Platon achève la discussion en évoquant les châtiments

2. Un théoricien comme Antiphon ne saurait passer, comme le suggère Bignone, pour un démocrate : même si l'on n'admet pas l'identification entre l'orateur et le sophiste, le seul fait d'être le théoricien de la « concorde » suffit à ranger le sophiste d'un certain côté : la concorde est la vertu pronée par les théraménistes. Enfin, l'égalité physique de tous les hommes, affirmée par Antiphon, n'a rien d'un programme politique : l'éducation suffit à justifier les différences.

qui attendent aux enfers des gens comme le tyran Archélaos, « et de même tout autre tyran pareil à lui » (525 d). Inversement, l'Anonyme de Jamblique, quand il veut énumérer les avantages du bon ordre, en met un en dernier et à part de tous les autres, pour le développer plus largement : il montre en effet que le mépris des lois produit ordinairement la tyrannie — ce mal si grand et si terrible. Il s'élève contre l'idée que la tyrannie est imposée aux hommes du dehors et malgré eux : en fait, elle est le résultat du mépris des règles et de l'ambition ; quand tous se tournent vers le mal, on voit arriver la tyrannie : « car il n'est pas possible aux hommes de vivre sans loi et sans justice ; aussi, quand ces deux éléments — loi et justice — ne se trouvent plus dans le peuple, leur maintien et leur sauvegarde reviennent alors à un seul homme... » (ces lois étaient, dit-il, « ce qui est utile à la masse ») (7, 12-16). Des politiciens modernes, craignant que l'abus des grèves ne finisse par un régime fasciste ou un gouvernement « de colonels » ne s'exprimeraient pas autrement. Mais ils ne sauraient pas que cette alliance de la loi et de la démocratie a, en fait, été perçue pour la première fois dans toute sa clarté par les Grecs de la fin du ve siècle [3].

Elle devait reparaître au cours du IVe siècle comme un thème désormais établi. Aussi bien, l'adversaire traditionnel de Démosthène, Eschine, est-il, sur ce point, en accord avec lui : il suffit pour s'en assurer de rappeler la phrase de lui qui a été citée dans le premier chapitre et que lui-même répète deux fois, disant que la monarchie et l'oligarchie sont régies par le bon plaisir

3. L'opposition entre la loi et la tyrannie apparaît aussi dans le débat que présente Xénophon entre Périclès et Alcibiade (*Mémorables*, I, 2, 40) : on y voit que la tyrannie rend difficile la définition de la loi ; car si la tyrannie a des lois, celles-ci sont imposées et non acceptées ; or ce qui est imposé est du domaine de la violence. Voir aussi, outre les textes cités, pp. 20-23, Aristote, *Éthique à Nicomaque*, V, 1134 b.

des chefs, mais que « les États démocratiques le sont au contraire par les lois établies »[4].

Une fois de plus, par conséquent, il apparaît que les notions ne se dégagent, en Grèce, qu'au ras de l'expérience vécue et dans un contact étroit avec l'aventure collective de l'État. Les idées dont Démosthène fait la charpente de son *Contre Midias* s'étaient, en effet, élaborées dans les débats de la fin du ve siècle et la réflexion sur la loi avait progressé à coup de craintes politiques.

Mais, si cette expérience nationale justifie et explique l'attitude prise, un demi-siècle plus tard, par Démosthène, la différence de ton entre ce qu'il dit et les brèves formules de ses contemporains correspond à la différence qui peut exister entre quelque chose de vivant et des remarques conventionnelles : Démosthène, en effet, a donné à l'alliance entre la démocratie et la loi le caractère d'une expérience immédiate et évidente. Et cela n'est pas pour surprendre. Démosthène, il faut le dire, semble avoir été comme hanté, dans le début de sa carrière, par l'importance, la beauté, l'utilité des lois. Dans le *Contre Leptine,* 49-50, il insiste sur le risque que constituent les mauvaises lois. Dans le même discours, aux paragraphes 91-92, il se plaint que l'on en fasse de contradictoires et rappelle avec force la différence qui doit exister entre des décrets et des lois. Il revient sur cette distinction, un an après, dans le *Contre Timocrate,* 30. Il y revient encore, un an plus tard, dans le *Contre Aristocrate,* 86-87. Tout cela implique un sens très élevé du rôle de la loi dans la vie politique athénienne. Et il faut ajouter que, dans le *Contre Timocrate,* ce rôle est exalté grâce à deux belles comparaisons. La première apparaît lorsque Démosthène commente la formule selon laquelle « les lois sont les mœurs de la cité » et en tire la conclusion que ces lois doivent être parfaites pour conserver à Athènes son renom (210). Puis il cite une comparaison de Solon, disant que les

4. Cf. ci-dessus, p. 22.

lois sont la monnaie de l'État, et que la fabrication de mauvaises lois est un crime qui vaut celui des faux-monnayeurs. C'est même, selon lui, un crime pire : « Pour prouver que la falsification des lois est un crime autrement grave que celle de l'argent, Solon ajouta que plus d'un État, dont la monnaie, au su de tous, est fourrée de cuivre et de plomb, dure cependant et ne s'en porte pas plus mal, tandis qu'un État qui obéit à de mauvaises lois ou qui tolère l'altération des lois existantes, n'a jamais duré » (214)[5].

Ce sentiment puissant qu'avait Démosthène de l'importance des lois peut expliquer que l'on rencontre dans son œuvre deux discours, qui ne sont peut-être pas de lui, mais qui présentent avec une force rare deux justifications de la loi comme principe d'ordre.

Lui qui s'était fait le chantre de la loi comme opposée à l'arbitraire et qui en avait donné la plus éclatante des justifications politiques est aussi celui qui, entre tous, se serait élevé au-dessus de ce niveau, pour affirmer l'utilité des lois en tant que manifestation tangible de la raison humaine, opposée au désordre de la nature.

5. De plus, dans le *Contre Timocrate*, on retrouve l'alliance entre loi et démocratie, glissée comme une évidence, au paragraphe 162.

CHAPITRE VIII

LA JUSTIFICATION PHILOSOPHIQUE : LOI ET RAISON AU IVe SIÈCLE

On trouve dans l'œuvre de Démosthène deux discours *Contre Aristogiton* ; et l'on aimerait penser qu'ils sont de lui ; car tous deux parlent avec insistance de la loi ; et, dans certains cas au moins, ils en parlent d'une façon qui rappelle de très près la *Midienne*. Par exemple, les paragraphes 20 et suivants du premier discours sont très proches des réflexions citées au chapitre précédent ; l'auteur déclare, en effet, au paragraphe 20 : « Si l'un de vous en effet veut examiner quelle cause fait que le Conseil se réunit, que le peuple monte à l'Assemblée, que les tribunaux sont constitués au complet, que les magistrats sortants cèdent de bon gré la place aux nouveaux et qu'on voit se produire tout ce qui permet l'administration et le salut de l'État, il trouvera que la cause de tout cela, ce sont les lois et le fait que tout le monde leur obéit ». Même ressemblance un peu plus loin, lorsque l'auteur évoque les fonctions du Conseil des Cinq Cents, de l'Aréopage, des magistrats, et qu'il rappelle que « de par la loi ils ont pouvoir sur les affaires pour lesquelles ils ont reçu leur mission, et même les plus insolents renoncent à la violence »

(23). Il dit même comme le faisait le *Contre Midias* que, si les lois sont abolies, le « régime » disparaît *(politeia)*.

Pourtant, les choses ne sont pas si simples. D'une part, en effet, la réflexion sur les lois prend, dans les deux *Contre Aristogiton*, un tour beaucoup plus abstrait et philosophique [1] ; et le ton de l'exposé n'est pas toujours conforme aux doctrines du *Contre Midias* [2]. D'autre part, les doctrines sur la loi ne concordent même pas d'un discours à l'autre. Enfin, dès l'antiquité, pour des raisons n'ayant rien à voir avec la loi, l'authenticité de ces deux discours avait été contestée ; et la critique moderne n'a fait que renchérir sur ces doutes.

Denys d'Halicarnasse considérait que le style et le vocabulaire du premier discours ne ressemblaient pas à du Démosthène. Toutefois, même en tenant compte de ces réserves, on pouvait du moins admettre que ce discours, sans être de Démosthène, gardait valeur de témoignage pour l'époque considérée : ce pouvait être, par exemple, l'œuvre très réelle d'un accusateur autre que Démosthène, ou encore un discours fictif écrit par Démosthène dans un dessein d'enseignement rhétorique.

Mais cet espoir lui-même fut bientôt ébranlé, lorsque Max Pohlenz publia, en 1924, une étude sur le premier *Contre Aristogiton*, parue dans les *Nachrichten* de Göttingen, pages 19 et suivantes. D'après le savant allemand, le discours n'aurait fait qu'adapter ou copier des passages d'un traité perdu — un traité *Sur les Lois* ; et les principaux développements relatifs à la loi devraient

1. Cette abstraction se marque dans les mots : le texte parle de « la vie des hommes en général » (I, 15) et cesse bientôt de dire « les lois » pour dire « la loi » (16).

2. Le texte de ce premier discours n'affirme nullement un idéal démocratique : il défend le bon ordre, ou *eunomia*, comme l'Anonyme de Jamblique (11) et associe aussitôt à la mention de l'*eunomia* les noms d'Orphée et de Zeus — ce qui implique un ton plus religieux que celui dont use Démosthène : cf. ci-dessous, p. 168.

lui être rapportés, c'est-à-dire, en pratique, les paragraphes 15-35, 85-91, 93-96.

En un sens, on pourrait encore s'arranger de cette interprétation ; on pourrait dire qu'elle attire justement l'attention sur la portée abstraite du texte, et n'empêche pas de le considérer comme un témoignage caractéristique des doctrines alors professées en ce qui concerne la loi.

Mais que veut dire « alors » ? Dès l'instant que le noyau intellectuel de l'œuvre était détachable du contexte, la date devenait des plus incertaines. Si bien que l'on vit certains savants faire remonter le fameux traité à la fin du ve siècle [3] et M. Untersteiner alla même jusqu'à insérer le texte du discours parmi les fragments des sophistes ; tandis que d'autres déplaçaient le tout vers une époque tardive, et M. Gigante y releva bientôt la trace d'influences stoïciennes et néo-pythagoriciennes, impossibles avant le IIIe siècle [4].

Devant de tels doutes, il est, à coup sûr, prudent d'admettre l'incertitude, et de ne pas rattacher l'analyse à la personne de Démosthène [5]. Mais faut-il vraiment, pour autant, renoncer à utiliser le texte comme un témoignage sur ce qui s'écrivait sur la loi au IVe siècle ? Cela n'est pas si évident.

En effet, il n'est pas possible d'admettre, dans sa forme rigoureuse et quasiment mécanique, l'interprétation de Pohlenz : c'est ce qu'a bien montré M. Gigante. Relevant, dans le premier *Contre Aristogiton,* des passages qui préparent ou reprennent le texte emprunté au traité imaginaire, M. Gigante a prouvé que les liens étaient plus subtils qu'il ne semblait de prime abord [6]. S'il y a eu un traité *Sur les Lois,* utilisé par l'auteur du

3. C'est le cas de W. Nestle.
4. *Nomos Basileus,* 1956, pp. 268-292.
5. L'authenticité était admise par des savants comme Weil et Blass — mais avant que fût soulevé le problème du traité perdu.
6. Cf. en particulier Gigante, p. 273.

discours, on ne peut dire où commence et finit l'utilisation ou l'imitation. Par conséquent, on ne peut ni reconstituer le traité, ni, à plus forte raison, lui attribuer une date. Et force est bien de prendre le texte du discours, tel qu'il est, comme un tout.

Or, ce tout n'a aucune raison d'être placé à une date tardive, comme le suppose M. Gigante ; et il ne paraît pas exact de dire que l'éclectisme un peu livresque de certains passages soit impossible au IVe siècle : les discussions sur la loi étaient alors déjà anciennes ; et beaucoup de notions avaient été pleinement élaborées dès avant Platon : la littérature du temps suffit à le prouver [7]. Il peut donc y avoir (et nous serions portés à l'admettre) une sorte de contamination intellectuelle dans les analyses du *Contre Aristogiton,* sans qu'une telle contamination indique en rien une date tardive.

Le texte peut, en somme, être considéré comme une composition oratoire reflétant des discussions diverses. Et cette interprétation est d'autant plus satisfaisante que les deux *Contre Aristogiton,* utilisant des arguments divers et parfois contradictoires, fournissent comme un raccourci des différentes façons possibles de justifier la loi dans son rapport avec la nature.

Dans le second *Contre Aristogiton,* qui est plus bref et plus modeste, la loi tire sa justification du fait qu'elle correspond à l'ordre même de la nature. Dans le premier *Contre Aristogiton,* elle est, au contraire, donnée comme un ordre humain, supérieur et préférable au désordre de la nature.

7. Ainsi, pour répondre à deux des arguments de M. Gigante, p. 272, on peut rappeler que la condamnation de la nature considérée comme lieu de l'ambition est une idée très nette chez Thucydide ; et Thucydide témoigne aussi du caractère familier de la distinction entre fautes volontaires et involontaires (cf. IV, 98, 6).

I. *La loi et l'ordre de la nature.*

La justification du second discours est la plus naturelle par rapport à la pensée grecque en général. Le texte défend l'ordre, la sagesse, la justice, contre la folie, l'ambition, le dérèglement ; et il se réfère pour cela à l'ordre de l'univers. Il dit, en effet : « Vous trouverez que celle-ci (l'illégalité) produit les actes de la folie, du dérèglement et de la tyrannie, tandis que l'autre produit ceux de la réflexion, de la modération et de la justice. Voici qui le prouve clairement : parmi les cités, nous pouvons voir que celles-là sont les mieux administrées dans lesquelles ont existé les meilleurs législateurs ; car si les infirmités des corps sont supprimées par les découvertes des médecins, la sauvagerie des âmes est expulsée par la pensée des législateurs. En résumé, nous ne trouverons rien de respectable ni de sérieux qui ne participe à une loi. Car l'univers entier, les choses divines et ce qu'on appelle les saisons sont bien évidemment réglés, si l'on doit se fier à ce qu'on voit, par une loi et une discipline » (25-27).

Rien, dans ce texte, ne s'écarte de la saine tradition grecque. La comparaison du législateur avec le médecin est fréquente dans tous les premiers dialogues de Platon ; et les fonctions de ces deux sortes d'hommes sont mises en parallèle de façon riguoureuse dans le *Gorgias* (463 e sqq.). D'autre part l'idée de l'ordre de l'univers[8] était, dès cette époque, un vieil argument pour inviter au respect des lois. Déjà Anaximandre, à propos de l'univers, parlait de justice ; « les êtres », disait-il, « se paient les uns aux autres la peine et la réparation de leur injustice, selon l'ordre du temps » (fr. A,

8. De cet ordre, peu de Grecs ont douté. Selon une tradition rapportée par Hérodote, II, 52, l'origine du nom des dieux *(theoi)* viendrait de ce que « c'est pour avoir établi *(théntes)* l'ordre dans l'univers que les dieux président à la répartition de toutes choses ». Cf. les textes réunis par Hirzel, *Themis...*, pp. 220-230 *(Dikè und Natur)*.

9). Et Héraclite disait, avec plus de précision encore : « Le soleil ne franchira pas ses limites ; ou bien les Érinyes, qui sont les auxiliaires de la Justice, le découvriront » (fr. 94). De même le fragment 3 de Diogène d'Apollonie évoque la mesure, qui fait alterner l'hiver et l'été, le jour et la nuit, le vent et l'accalmie. Or c'était là un argument rêvé à opposer aux critiques de la loi [9], et la tragédie porte de façon éclatante témoignage de son emploi. Dans l'*Ajax* de Sophocle, l'ordre de l'univers est déjà évoqué pour justifier la soumission aux normes communes. Ajax cite l'alternance et le partage qui s'établissent entre l'hiver et l'été, entre le jour et la nuit, entre la tempête et le calme, entre le sommeil et la veille, et il conclut : « Et nous ne saurions pas, nous, être raisonnables ? » (669-677). De même Euripide parle de l'ordre du *cosmos*, et, poussant plus loin la précision, il en parle en termes de justice et d'injustice, de tyrannie et de droits égaux : on a alors la réponse de Jocaste à Étéocle, dans les *Phéniciennes*. A ce Calliclès avant la lettre, qui vient de dire que, pour le pouvoir, il faut oser se montrer injuste, sa mère réplique en critiquant la souveraineté, « cette injustice heureuse » ; et elle défend l'égalité au nom de l'ordre cosmique : « C'est l'égalité qui a fixé aux humains les mesures et les divisions des poids ; c'est elle qui a défini le nombre ; la nuit à la paupière obscure et la clarté du soleil suivent d'un pas égal le cercle de l'année, sans qu'aucun des deux en veuille à l'autre de sa victoire. Et, quand le soleil et la nuit sont asservis à la mesure, ne supporteras-tu pas, toi, d'accorder à ton frère une part d'héritage égale à la tienne ? » (541-548). Aussi bien, pour répondre au vrai Calliclès, le Socrate du *Gorgias* ne manque-t-il pas, lui non plus, d'évoquer cet argument, auquel il semble attribuer une origine pythagoricienne : « Les savants, Calliclès, affirment que le ciel et la terre, les dieux et les

9. Selon Bignone, *op. cit.*, pp. 138-139, c'est ainsi que se justifieraient les considérations « météorologiques » qui ont retenu l'attention d'Antiphon.

hommes, sont liés ensemble par l'amitié, le respect de l'ordre, la modération et la justice, et pour cette raison ils appellent l'univers l'ordre des choses, non le désordre ni le dérèglement » (507 e-508 a) ; à quoi il ajoute que « l'égalité géométrique est toute puissante parmi les dieux comme parmi les hommes ». On retrouve, par ces derniers mots, « l'égalité » des *Phéniciennes*, prudemment rectifiée. Mais, ce qui est plus important encore, on voit que les termes mêmes annoncent ceux du second *Contre Aristogiton*, puisque le *cosmos* constitué par l'ensemble y est désigné de la même façon [10]. On peut donc dire que la justification de la loi donnée dans le discours, quel que soit son auteur, sort tout droit des débats de la fin du siècle précédent.

Il s'en distingue seulement par son caractère dogmatique et général, et par l'étroitesse du lien établi ici entre la loi humaine et le *cosmos*. Cette nouveauté est, du reste, importante. Car l'idée que les lois — les lois écrites, les lois des cités, les lois de tous les jours — pouvaient ainsi être rapprochées d'un ordre stable et universel changeait leur caractère et leur assurait enfin un fondement. Les arrachant au domaine mouvant et variable de la coutume, cette idée leur donnait un modèle un, commun à tous. Et elle devait devenir, jusque dans la pratique, un facteur d'unification : la loi écrite devenait le reflet d'un ordre naturel.

Par un trait apparemment paradoxal, la doctrine dont le second *Contre Aristogiton* nous garde le reflet se conjugua, pour exercer cette influence, avec une autre, dont l'orientation semble à certains égards toute

10. Il n'est d'ailleurs pas douteux qu'une idée de ce genre se trouve sous-jacente dans tous les passages où l'ordre créé par les lois est appelé *cosmos* (ainsi *Contre Aristogiton* I, 19 : « l'ordre de la cité et des lois » ; voir toutefois ci-dessous, p. 163). Démocrite disait aussi qu'il était *cosmion* d'obéir à la loi et au gouvernement et au plus sage (fr. 47) ; et divers auteurs appellent le respect des lois *eucosmia* (Eschine, *Contre Timarque*, I, 22 ; Platon, *Protagoras*, 325 d, etc...).

contraire, et qui trouve son expression dans le premier *Contre Aristogiton.*

II. *La loi et le désordre de la nature.*

Aussi universelle, aussi abstraite que la précédente, la théorie de ce discours adopte un point de vue qui paraît d'abord l'inverse de l'autre ; en effet, cette théorie repose principalement sur l'opposition entre la loi et la nature, dont l'auteur fait, en quelque sorte, la clef de toute la vie humaine.

Cette fois, la nature n'est plus ordonnée : au contraire, elle n'est que désordre ; et c'est la loi humaine — une loi qui, comme dans le *Criton* ou le *Contre Midias,* est franchement donnée pour une convention — qui représente à elle seule l'ordre. Si bien que l'on a une fois encore le même type d'argumentation, consistant à accepter le point de vue de la sophistique pour le retourner et en tirer parti. Car la loi s'oppose bien à la nature, mais l'auteur affirme fièrement qu'elle est bien supérieure à la nature : là où régnait le désordre de la nature, la loi humaine apporte l'ordre et la raison.

Le passage le plus important commence au paragraphe 15 : « Toute la vie des hommes, Athéniens, que la cité qu'ils habitent soit grande ou petite, est réglée par la nature et par les lois. De ces deux éléments, l'un, la nature, est irrégulier et, pour chaque individu, particulier à son possesseur ; les lois sont un élément commun, réglé, identique pour tous. Ainsi donc la nature, si elle ne vaut rien, veut souvent le mal ; c'est pourquoi vous verrez les gens de cette espèce commettre des fautes. Les lois veulent le juste, le beau, l'utile ; c'est ce qu'elles recherchent ; quand elles l'ont trouvé, c'est là un ordre général, proclamé pour tous, égal et identique pour tous ; c'est la loi, à laquelle tout le monde doit obéir, pour bien des raisons et principalement parce que toute loi est une invention et un don des dieux, une décision des hommes sages, un correctif apporté aux erreurs volontaires ou involontaires, un contrat commun selon lequel doivent vivre tous les citoyens ».

Quelle est donc cette nature à ce point irrégulière ? Certes, on peut penser d'abord à une opposition entre deux façons de se représenter l'univers : l'une aboutirait à l'univers ordonné des stoïciens, l'autre à l'univers sans ordre des épicuriens. Mais les termes employés dans le texte cité révèlent qu'il s'agit d'une opposition à la fois plus proche et plus profonde. Car il est dit que la nature est, « pour chaque individu », particulière à « son possesseur ». Il s'agit donc de la nature de l'homme. Dans des doctrines comme celle du second *Contre Aristogiton*, la « nature » envisagée est bien la nature de l'univers : celle-ci obéit à un ordre divin, à une raison divine, et la loi, œuvre de la raison humaine ne fait alors qu'imiter cette raison divine. Au contraire, dans des doctrines comme celle qui est exposée ici, la « nature » envisagée est la nature de l'homme, ou, si l'on veut, la façon de vivre des hommes quand ils se laissent aller, sans frein, à leurs instincts et à leurs passions. En effet, la notion de nature de l'homme ne constitue pas, pour les Grecs, une définition de l'homme en général : elle désigne ce qu'il aurait tendance à faire si la raison ne s'y opposait. C'est bien pourquoi cette nature peut ici être présentée comme variant avec les individus et comme visant à des fins égoïstes. Selon la nature, chacun agit selon ses désirs. Alors, les hommes se battent. Alors, le plus fort triomphe du plus faible et le brime : c'est le monde que souhaitait Calliclès et dont il voulait ériger en normes les habitudes. Et alors aussi se manifeste ce que le second discours appelle « la sauvagerie des âmes » et à quoi il oppose l'ordre des législateurs.

Par conséquent, les deux textes ne sont pas entre eux aussi contraires qu'ils le paraissent au premier regard : ils sont simplement orientés de façon différente. Et leurs juxtaposition présente l'avantage d'attirer ainsi l'attention sur l'ambivalence fondamentale attachée au mot de « nature ».

Cette « nature » désordonnée et irrégulière n'est d'ailleurs pas plus neuve dans la pensée grecque que l'ordre de l'univers.

Certains en avaient imaginé le déchaînement à l'origine de l'humanité, avant qu'une aide divine ne vienne apporter un peu d'ordre : ainsi Eschyle, dans le *Prométhée* [11], ou Protagoras, dans le mythe que lui prête Platon.

D'autres en avaient constaté la permanence dans la vie de leurs contemporains : ainsi Thucydide, qui n'hésitait pas à employer le terme de « nature humaine » pour caractériser tout ce qui, en l'homme, impliquait une soumission passive à des instincts aveugles. Les impérialistes athéniens s'autorisaient de cette « façon de faire humaine » (I, 76, 2) et déclaraient suivre la « nature humaine » qui les poussait à commander (I, 76, 3) ; ils déclaraient aussi qu' « une loi de nature fait que toujours, si l'on est le plus fort, on commande » (V, 105). Et même leurs adversaires reconnaissaient que « telle est la nature de l'homme que toujours il domine lorsqu'on cède et se garde lorsqu'on attaque » (IV, 61, 5). Cette nature humaine n'était pas pour autant une norme indiscutée. Et souvent Thucydide dénonçait le danger qu'il y avait à en suivre les impulsions. Car cette nature humaine est le principe de toutes les fautes. Diodate le disait : « La nature veut que tous particuliers et États, commettent des fautes » (III, 45, 3) [12]. Et tous les maux de la guerre civile sont mis par Thucydide lui-même au compte de cette triste « nature » : ce sont des maux « comme il s'en produit et s'en produira toujours tant que la nature humaine restera la même »

11. 449-450 : les hommes « vivaient dans le désordre et la confusion » : sur ce dernier aspect, cf. ci-dessous, p. 165.

12. Cf., dans le passage cité du *Contre Aristogiton* I, 5 : « Ainsi donc la nature, si elle ne vaut rien, veut souvent le mal ; c'est pourquoi vous verrez les gens de cette espèce commettre des fautes. »

(III, 82, 2)[13]. Contre cette nature humaine, les lois ne peuvent rien, car « il est impossible — et bien naïf qui se l'imagine — que la nature humaine, quand elle tend ardemment vers une action, en soit détournée par la force des lois ou par quelque autre menace » (III, 45, 7). Pourtant, le rôle du raisonnement, du *logos*, n'est pas sans effet : c'est ce qui justifie les efforts que fait Diodote, malgré cette réflexion amère, pour convaincre les Athéniens de dominer leurs impulsions. Tout le contraste entre Périclès et le peuple est, chez Thucydide, le contraste entre une raison modératrice et des instincts visant aux satisfactions immédiates de chacun.

D'autre part, le caractère égoïste de ces impulsions n'est pas non plus une nouveauté dans le premier *Contre Aristogiton*. En un sens, toute passion est égoïste ; et le discours n'est pas si loin de Thucydide, quand il s'élève, au paragraphe 25, contre la folie, le dérèglement, et la tyrannie qui naissent de ce refus des règles et en illustrent le sens. Mais le mot même qu'il emploie au paragraphe 15 pour décrire la nature suggère toute un série d'autres rapprochements. Ce mot est « irrégulier », *ataktos*. Or, c'est un mot traditionnellement employé pour décrire la vie « bestiale » qui précède la civilisation organisée. Tous ceux qui, en Grèce, ont cru aux bienfaits de la civilisation ont décrit par ce mot, ou d'autres du même genre, la vie primitive des hommes. Reprenant la tradition du *Prométhée,* Euripide, dans les *Suppliantes,* a dit qu'à l'origine cette vie était « bestiale et confuse (202) ; et l'auteur d'une tragédie sur Palamède, qui peut être Eschyle ou Euripide, a dit qu'elle était « confuse et semblable aux bêtes » (*adesp.,* 6 N). Critias, dans le *Sisyphe,* a dit qu'elle était « sans ordre et bestiale et soumise à la force » (B, 25, 1 : *ataktos*). Le médecin auteur de l'*Ancienne Médecine*

13. Cf. E. Topitsch, Ἀνθρωπεία φύσις und Ethik bei Thukydides, *Wiener Studien,* 1943-1947, pp. 50-68, et notre article sur L'utilité de l'histoire selon Thucydide, dans *Entretiens de la Fondation Hardt,* IV, pp. 41-66.

a dit qu'elle était « bestiale » (III). Et Isocrate, à plusieurs reprises, a dit aussi qu'elle était « bestiale » (*Panégyrique*, 28 ; *Busiris*, 25 ; *Nicolès*, 6 ; *Échange*, 254). De même, un texte de Diodore, qui semble remonter à Démocrite, a dit qu'elle était « sans ordre et bestiale » (I, 8 : *ataktos*). Il y a donc là une tradition bien établie, pour laquelle il n'est pas indispensable d'invoquer des influences pythagoriciennes ou néopythagoriciennes [14].

Tous ces exemples montrent donc bien que la pensée du *Contre Aristogiton* restait là dans le prolongement des réflexions antérieures.

Son originalité consiste seulement à avoir tiré de ces réflexions non pas, comme les Athéniens de Thucydide ou comme Calliclès, une reconnaissance, en droit, de cette primauté de la nature, mais, tout au contraire, une justification de la loi, comme moyen de juguler cette nature et de la remplacer par un ordre qui soit commun, égal, et harmonieux.

Et ici l'on retrouve ce qui avait été dit à propos d'Antiphon : Antiphon distinguait entre la nature et la loi, en disant que ce qui est de la loi est surajouté et résulte d'une convention. Mais, contrairement à ce qu'imaginaient des lecteurs trop hâtifs, il ne faisait entre les deux notions aucune différence de valeur. Rien ne disait que ce qui est ainsi surajouté par l'effet d'une convention fût mauvais ou inférieur. Dans le texte du *Contre Aristogiton*, la balance a penché ; et elle a penché dans le sens opposé à celui de l'opinion courante, puisque la loi, surajoutée, est belle et bonne : « Les lois veulent le juste, le beau, l'utile ; c'est ce qu'elles recherchent ; quand elles l'ont trouvé, c'est là un ordre général, proclamé par tous, égal et identique pour tous ». L'addition humaine coïncide avec les valeurs.

Il résulte de ce choix une sorte de foi dans la loi en tant que telle. Et cette foi s'exprime, dans tout le dis-

14. Pohlenz, p. 36 ; Gigante, p. 274.

cours, avec une ferveur chaleureuse. Les mots se groupent en bouquets resplendissants. Ce qui fait « la gloire de l'État » se ramène à quatre beaux mots : « lois, proèdres, ordre du jour, ordre établi » [15]. Ce que l'on doit est « accorder le plus grand prix à la légalité *(eunomia)*, qui aime le droit et sauve toutes les cités et tous les pays » (11). Reprenant une image de Thucydide, dans l'Oraison Funèbre (II, 43, 1), le texte parle d'une quote-part que chacun doit à l'État ; mais, alors que, chez Thucydide, cette quote-part était le sacrifice du guerrier acceptant la mort, dans le *Contre Aristogiton* c'est l'action du citoyen fidèle aux lois : « Car la cotisation due à l'État et à la communauté, c'est tout ce que chacun de nous fait quand les lois l'ordonnent » (22) ; et le texte précise : « Quiconque fait défaut, Athéniens, vous enlève et détruit pour sa part bien des privilèges beaux, augustes et grands ». Plus loin, le texte assimile le respect des lois à tout ce qui est beau dans la vie humaine : « Tout ce qu'il y a d'auguste et de beau, ce qui orne et sauve la cité, la retenue, le respect des jeunes gens en présence de leurs parents et de ceux d'entre vous qui sont plus âgés qu'eux, le bon ordre *(eutaxia)*, par le secours des lois l'emportent sur ce qui est honteux, sur l'irrespect, sur l'audace, sur l'impudence » (24). Si bien que la loi rejoint les valeurs morales et s'entoure d'un halo religieux : « Tous les hommes ont des autels pour la justice, la légalité, l'honneur, les uns, les plus beaux et les plus saints, dans l'âme même et la nature de chacun [16], les autres dressés publiquement pour que tout le monde les honore. Ils n'en ont pas pour l'absence de vergogne, pour l'ac-

15. 9. Le dernier mot est *eucosmia*. Et l'on relève qu'il s'agit, en réalité, d'une accumulation oratoire, puisque les quatre mots développent la même idée de légalité.

16. Sur cette idée et sa présence dans le discours, cf. ci-dessous, p. 168 et n. 17.

tion des sycophantes, pour le parjure, pour l'ingratitude » (35)[17].

Cette identification de la loi à la valeur et ce lyrisme de la loi peuvent rejoindre des textes anciens exaltant l'ordre et l'harmonie. On a parlé d'influences orphiques[18] ; et le fait est qu'Orphée est cité au paragraphe 11, lorsque l'auteur, s'adressant aux Athéniens, leur dit : « Il vous faut [...] vous croire chacun sous l'œil de l'auguste et inflexible Justice, qui, à ce que dit Orphée, le révélateur de nos initiations les plus saintes, siège à côté du trône de Zeus et surveille tous les actes des hommes ». Il y aurait donc ici un écho de ces doctrines dans lesquelles la morale se rattachait directement à une initiation d'ordre religieux.

Mais cette coloration religieuse et ces souvenirs possibles de l'influence orphique ne doivent pas nous tromper sur l'esprit du texte. S'il garde la trace d'inspirations anciennes, le fait est que celles-ci ne prennent corps dans la littérature courante et profane qu'au IVe siècle et par une sorte de réaction à la crise qu'avait subie la loi. Les crises, en effet, ne révèlent pas seulement les faiblesses de ce qui est objet de contestation : elles révèlent aussi, et réveillent, et ravivent, les forces défensives, les arguments de justification, et la ferveur des attachements. La foi du *Contre Aristogiton* est nourrie des débats auxquels l'auteur a été formé.

C'est bien ce qui explique qu'il fasse un peu flèche de tout bois et que des morceaux d'allure orphique voisinent avec des parallèles sur la loi et la nature qui semblerait plutôt une réponse à Antiphon.

Et il faut ajouter, enfin, que cela explique du même

17. L'image des autels aux vertus existant dans l'âme de chacun n'est pas non plus sans précédent dans la littérature classique : Théonoé dit déjà, dans l'*Hélène* d'Euripide (1002-1003) : « Mon cœur est un temple où la justice habite, innée en moi » (trad. M. Delcourt).

18. Cf. Dieterich, *Nekuya*, p. 137 sqq. Sur cet aspect de l'orphisme, cf. ci-dessus, p. 28.

coup le caractère de contamination [19], voire de contradiction, qui se traduit en divers passages.

On peut en citer deux cas, dont l'un a trait à l'origine des lois et l'autre aux qualités de la nature humaine.

L'origine des lois avait posé un problème très tôt.

Les lois pouvaient, comme toutes choses au monde, et surtout tout ce qui y a autorité, être rapportées à une cause divine. Hésiode avait parlé de la « loi de Zeus » et Héraclite avait dit que toutes les règles humaines sont nourries par la loi divine, dont elles sont, en quelque sorte, l'émanation [20]. Mais, avec la loi-coutume, avec la loi relative, changeante et fragile, était apparue l'idée que la loi se ramenait à une simple convention humaine. Telle avait été l'origine attribuée aux lois dans les textes émanant des sophistes ou leur répondant. Certains avaient poussé l'idée à la limite, comme Critias, qui, dans son *Sisyphe*, avait montré l'invention des lois comme une astucieuse initiative humaine pour tenter d'échapper au désordre [21] : sans y mêler l'esprit frondeur de Critias, les penseurs avaient, en général, retenu cette notion.

Pourtant, de façon plus ou moins conventionnelle, on continuait, dans la vie courante, à parler des dieux. D'abord, on le faisait à propos des lois non écrites. Mais, comme certaines lois écrites ratifient des principes moraux, on le faisait aussi sans distinction d'espèce, à propos de la loi en général. Le pieux jeune homme qu'est l'Ion d'Euripide s'étonnait des actes prêtés aux dieux en leur disant : « Comment admettre que vous, qui avez gravé des lois pour les hommes, on vous prenne à les violer ? » (*Ion*, 442-443) [22]. Plus loin, il s'inquiétait de l'usage qui admet les coupables à l'autel

19. Cf. Gigante, pp. 275-283.
20. Cf. ci-dessus, p. 28.
21. B 25, 5 ; le vers fait se heurter les mots signifiant « homme » et « loi ». L'existence des dieux est inventée de la même façon.
22. L'ambiguïté entre les deux sortes de loi est ici manifeste.

des dieux : « Pourquoi un dieu a-t-il donné aux hommes des lois qui ne sont ni justes ni sages ? » (*Ion,* 1312-1313). Et l'autre pieux jeune homme qu'est l'Hippolyte du même Euripide déclarait comme une évidence que « nos lois nous viennent des dieux » (*Hippolyte,* 98). Avec un certain flou, Démosthène dit le même dans le *Contre Aristocrate,* 70, pour faire valoir les lois : ceux qui ont institué cette législation, quels qu'ils fussent, héros [23] ou dieux... ».

Les deux attitudes d'esprit s'opposaient-elles en des débats en forme ? On ne saurait le dire. Il se peut qu'une certaine coexistence des points de vue ait subsisté ; l'imprécision de la formule employée dans le *Contre Aristocrate* tendrait à le suggérer. Pourtant, à cet égard, il semble que le premier *Contre Aristogiton* aille vraiment un peu loin et en prenne un peu trop à son aise. Car, combinant tout, il écrit, tranquillement : « toute loi est une invention et un don des dieux, une décision des hommes sages, un correctif apporté aux erreurs volontaires ou involontaires, un contrat commun de la cité selon lequel doivent vivre tous les citoyens » (16).

Certes, la conciliation est imaginable. On peut supposer que le principe des lois serait dû à l'inspiration divine, que leur rédaction serait l'œuvre des sages, et que leur validité reposerait sur un contrat humain [24]. Mais cette conciliation n'est en aucune façon tirée au clair dans le discours ; et il semble plutôt que l'auteur ait juxtaposé, avec une belle indifférence dialectique, toutes les idées sur la loi qui pouvaient, selon des systèmes différents, contribuer à lui conférer quelque autorité ou quelque majesté : l'auteur contamine les traditions, utilise ce qu'il peut, et mélange en un tout plus ou

23. « Héros » signifie ici demi-dieux : les législateurs sont des intermédiaires inspirés.

24. La notion de contrat humain, si nettement affirmée à la fin (avec le mot *sunthèkè*) se retrouve au paragraphe 70, mais dans un contexte qui la rapproche des conventions privées : la « convention » fixant ce qu'Aristogiton doit à l'État est la loi.

moins homogène ce que les divers auteurs lui offraient et ce que les gens répétaient [25].

De même, il combine, non sans flottement, tout ce qui se disait sur la nature humaine.

Aux paragraphes 15 et 16, il évoque ce que la nature a de déréglé et de désordonné ; dans ce cas, comme il a été dit plus haut, la loi s'oppose au désordre de la nature ; mais, ailleurs, il n'hésite pas à chercher dans la nature elle-même les fondements de l'ordre que ratifie la loi. Il parle ainsi au paragraphe 65 de la « loi naturelle, qui a été fixée unique et identique pour tous les hommes et les animaux, qui est d'honorer ses parents [26] » ; et il précise, au paragraphe 93, que « les meilleurs et les plus honnêtes des hommes font tout leur devoir de leur plein gré, poussés par leur nature même » [27].

Certes, ici non plus, il n'y a pas de contradiction insurmontable : certains hommes ont une nature bonne et d'autres non. La nature peut donc être bonne et mauvaise. Mais il n'en reste pas moins que le discours procède avec la même indifférence dialectique et la même contamination facile qu'en ce qui concerne l'origine des lois. On a vu, en effet, que la vie des bêtes s'opposait normalement à la vie réglée selon des lois par laquelle se différenciaient les hommes. Et les adver-

25. Il n'est pas jusqu'à l'analyse du but des châtiments qui, évoquée dans le *Protagoras*, 325 a - b et dans le *Gorgias*, 525, a - c, ne soit reprise dans le premier *Contre Aristogiton*, 17. Et même, le texte répond à un passage d'Antiphon, qui contestait l'efficacité de l'aide apportée par la loi : il le fait en relevant son rôle à la fois préventif et éducatif.

26. Il s'agit, ici encore, d'un exemple typique de loi non écrite. Dans la quatrième *Philippique*, 40, on lit de même que le secours aux parents est « imposé à la fois par la nature et par la loi ».

27. Cf. encore 87, où il est parlé à deux reprises du « sentiment général d'humanité que vous avez naturellement les uns pour les autres » et 90, où il est parlé de « manières si noblement implantées dans votre caractère et dans vos mœurs » (τῇ φύσει καὶ τοῖς ἤθεσι).

saires de la loi se réclamaient volontiers de l'absence de lois dans le monde animal : Calliclès le faisait d'un mot, et le jeune Pheidippidès des *Nuées* en tirait argument avec une précision burlesque. Mais sans doute les défenseurs de la loi avaient-ils tenté de rapprocher la loi et la nature en montrant l'existence, chez les hommes et chez les animaux eux-mêmes, de bons sentiments naturels. Puisque Pheidippidès avait évoqué les coqs pour justifier qu'on pût battre son père, d'autres que lui avaient dû, en réponse, relever l'exemple d'animaux qui agissaient différemment. Et le fait est que Sophocle, au début d'un des chœurs de son *Électre,* cite les plus intelligents des oiseaux comme étant un modèle des égards que des enfants doivent avoir envers leurs parents [28]. De tels arguments traînent encore dans les discussions modernes. Or, il est manifeste qu'à ces débats d'alors, l'auteur du *Contre Aristogiton* fait écho, mais en retenant tout : il garde les bons instincts et les mauvais, selon les cas, comme il garde l'origine divine et humaine. Il garde tout, pourvu que la loi puisse y trouver son compte.

Teinté de religion, animé de ferveur morale, combinant et conciliant toute une série d'arguments d'école, le premier *Contre Aristogiton* présente donc un plaidoyer en faveur de la loi, dont l'importance tient plus aux doctrines qu'il présuppose qu'à sa texture propre.

De ces doctrines mêmes, une seule apparaît comme originale par rapport aux idées rencontrées jusqu'ici : c'est celle qui présente la loi comme un ordre et une unification, permettant de corriger le désordre initial de la vie humaine.

Le texte suggère l'idée de raison, de *logos* ; mais il

28. *Électre,* 1058 sqq. : « Pourquoi, lorsque nous voyons, parmi les oiseaux de l'air, les plus doués de raison se montrer si soucieux de nourrir ceux dont ils sont nés, ceux à qui ils doivent tout, pourquoi nous refuser, nous, à payer le même tribut ? » Sophocle pense apparemment aux cigognes, dont Aristophane mentionne les habitudes à cet égard (*Oiseaux,* 1353-1357).

n'emploie pas le mot. D'autres auteurs du IVe siècle sont là pour révéler que le couple *logos-nomos* était pourtant, déjà alors, entré dans le débat, pour y servir la cause de la loi.

III. *Loi et raison.*

Le premier texte dans lequel apparaisse le parallélisme entre *nomos* et *logos* est, assez paradoxalement, un texte qui n'a rien de philosophique : il figure dans l'*Oraison Funèbre* de Lysias, discours qui date des environs de 390. Mais le caractère rhétorique du passage implique assez que ce parallélisme était emprunté à d'autres et appartenait déjà à un stock d'arguments récemment mis à la mode. Il dit, en effet, au paragraphe 19, à propos des mérites des premiers Athéniens, que ceux-ci s'en remettaient à la loi du soin d'honorer les bons et de punir les mauvais ; et, introduisant l'opposition entre les hommes et les animaux, il déclare, en termes bien balancés, dans le style des sophistes : « Il ne convient qu'aux bêtes sauvages, pensaient-ils, de régner par la force ; mais il appartient aux hommes de fixer le droit par la loi, de le faire accepter par la raison, et d'obéir à ces deux puissances, la loi étant leur reine et la raison leur guide ». La royauté ainsi attribuée à la loi reprend la citation célèbre de Pindare ; mais l'addition de la raison donne au texte une coloration nouvelle et ouvre une série de réflexions sur la loi, dans lesquelles celle-ci est identifiée à l'ordre rationnel, qui est le propre de l'homme.

En passant de Lysias à Isocrate, on découvre, en effet, que le pas est franchi. La loi n'est plus seulement parallèle à la raison : elle en est l'expression, ou, si l'on préfère, la traduction pratique.

Le pas n'est d'ailleurs pas franchi partout. Car il est des passages d'Isocrate où l'on voit seulement la loi se confondre avec la civilisation. C'est ainsi que, dans le *Panégyrique*, après avoir dit qu'Athènes trouva pour les gens des moyens de subsistance, Isocrate ajoute aussitôt, au paragraphe 39, l'invention des lois. Cette invention succède à un état primitif de dispersion, qui correspond à la situation initiale décrite par Protagoras. Isocrate écrit, en effet : « Ayant trouvé les Grecs qui vivaient sans lois et habitaient dispersés, les uns outragés par la tyrannie, les autres périssant par l'anarchie, elle les délivra aussi de ces maux en se rendant maîtresse des uns et en se donnant pour modèle aux autres ; car, la première, elle fixa des lois et établit une constitution ». De même, il répète, dans le *Panathénaïque*, 124, que le peuple des Athéniens « le premier, avait fondé une ville et obéi à des lois ». Dans de tels passages, les lois sont synonymes de civilisation.

En revanche, elles sont synonymes de raison dans un passage célèbre, auquel Isocrate devait tenir, car il l'a repris mot pour mot du *Nicoclès*, qui est des environs de 368, pour l'insérer dans le *Sur l'Échange*, qui date, en gros, de 354 [29].

Il s'agit, en fait, d'un éloge de la parole. Celui-ci commence par une comparaison avec les animaux, tout à fait dans la tradition de Protagoras : en effet, il oppose à la vie des animaux le privilège humain, qui combine la parole, la raison et la loi. « De tous nos autres caractères », dit-il, « aucun ne nous distingue des animaux. Nous sommes même inférieurs à beaucoup sous le rapport de la rapidité, de la force, des autres facilités d'action. Mais, parce que nous avons reçu le pouvoir de nous convaincre mutuellement et de faire apparaître clairement à nous-mêmes l'objet de nos décisions, non seulement nous nous sommes débarrassés de la vie sauvage, mais nous nous sommes réunis pour construire des villes ; nous avons fixé des lois, nous avons découvert des arts ; et, presque toutes nos inventions, c'est la parole qui nous a permis de les conduire à bonne fin. C'est la parole qui a fixé les limites égales entre la justice et l'injustice, entre le mal

29. *Nicoclès*, 5-9 = *Échange*, 253-256.

et le bien ; si cette séparation n'avait pas été établie, nous serions incapables d'habiter les uns près des autres. C'est par la parole que nous confondons les gens malhonnêtes et que nous faisons l'éloge des gens de bien. C'est grâce à la parole que nous formons les esprits incultes et que nous éprouvons les intelligences ; car nous faisons de la parole précise le témoignage le plus sûr de la pensée juste ; une parole vraie, conforme à la loi et à la justice, est l'image d'une âme saine et loyale... »

Que le *logos,* pour cet amateur de discours bien conduits qu'était Isocrate, soit avant tout parole est une évidence qui se dégage bien de la seconde partie du texte. Mais cette parole est le moyen pour les hommes de se convaincre les uns les autres et de se convaincre d'abord eux-mêmes ; elle se confond donc avec la recherche du vrai et avec ses critères, c'est-à-dire avec la raison. Elle permet l'entente, mais une entente à propos de ce qui est le mieux pour tous, et, par conséquent, une entente raisonnable. Si bien qu'en fin de compte, vivre grâce au *logos,* c'est vivre selon la raison.

La loi, fille de la parole, est aussi fille de la raison. L'ordre, un et valable pour tous, que décrit si bien le *Contre Aristogiton* a donc ici trouvé son nom. Et c'est le nom le plus grec qui soit.

Il ne devait plus le perdre. Et l'on peut à cet égard apporter bien des témoignages, qui parachèvent la transformation et mènent de *logos* signifiant surtout la parole à *logos* signifiant surtout la raison.

On peut évoquer tout d'abord la définition que donne de la loi la *Rhétorique à Alexandre* d'Anaximène de Lampsaque. Cette définition a été citée plus haut pour la place qu'elle fait à l'accord commun de la cité [30]. Mais le début n'est pas moins digne d'attention. Car le texte dit : « La loi est en somme un ordre *(logos)* déterminé par un accord commun de la cité ». Mais c'est

30. Cf. ci-dessus, p. 126.

surout chez Platon que l'on voit l'identification prendre son tour définitif. Il ne s'agit même plus, avec lui, de la raison qui discute et décide, de la raison pratique : il s'agit d'une faculté pure de toute compromission. Et cette transformation se mesure à ce que, souvent, le mot *logos* est remplacé par celui de *nous,* désignant vraiment l'intellect.

Dans le *Phèdre,* Platon rapproche *nomos* et *logos* ; et c'est encore *logos* au sens de « discours » : il dit, en effet, que la loi est un *logos* et relève à ce titre de la recherche du vrai (278 c). Dans les *Lois,* au contraire, la transposition est achevée [31]. On trouve d'abord, en 674 b, la raison individuelle : en effet, Platon parle des gens de sens en disant que, chez eux, le *nous* et le *nomos* sont droits. Mais, dans le même traité, il est des textes plus nets ; ainsi, dans la comparaison de l'homme avec les marionnettes, au livre I (645 a), Platon montre l'homme mu par des forces diverses, qui le tirent comme les fils tirent les marionnettes ; or, l'homme doit obéir à une seule de ces tractions : « Celle-là, c'est la commande d'or, la sainte commande de la raison *(logismou),* que l'on nomme loi commune de la cité *(nomon)* ». De même, au livre IV (713 e-714 a), il est dit que, dans les cités des hommes, il faut imiter le temps de Cronos, où une main divine régentait les cités ; pour cela, il faut « obéir à tout ce qu'il y a en nous de principes immortels pour y conformer notre vie publique et privée, administrer d'après eux nos maisons et nos cités, donnant à cette dispensation de la raison *(nous)* le nom de loi » *(nomos)* [32].

La fortune que devait connaître cette identification, entre autres chez les Stoïciens [33], n'est pas à démontrer :

31. Cf. déjà *République,* 587 c, où le tyran a fui loin de *nomos* et *logos* (« la raison et la loi »).

32. Sur la signification que prend cette identification chez Platon, cf. ci-dessous, p. 199.

33. Et avant eux chez Aristote : cf. *Politique,* III, 1287 b, où *nomos* est identifié à la divinité et au *nous.*

le livre récent de C. Andresen, intitulé *Logos und Nomos* (Berlin, 1955), trace l'histoire de la notion chez les philosophes postérieurs et constitue une preuve par sa seule existence [34].

Ainsi, du monde policé décrit dans le *Contre Aristogiton* à la civilisation de la parole chantée par Isocrate, puis à l'idéal de raison défendu par Platon, la continuité est manifeste. Et la loi, qui semblait, à l'époque des sophistes, vaciller et chanceler, faute d'un garant solide, s'accroche en définitive à tout ce que l'homme peut atteindre de plus haut et de plus immortel. Elle n'a pas, dans sa teneur même, d'auteur divin ; mais elle a, dans son principe, un sens et presque un modèle, qui est situé par-delà les réalités concrètes et auquel elle peut tenter de se conformer avec le plus de rigueur possible.

Que ce modèle lui soit ou non donné par l'ordre même de l'univers, qu'il lui soit ou non inspiré par la part divine qui existe en lui-même, le principe est, en définitive, le même : la raison à elle seule s'identifie à l'ordre absolu.

Par suite, le rapprochement des deux *Contre Aristogiton,* dont était partie cette étude, se trouve, à cet égard, justifié et excusé : l'important est, en effet, que la loi soit désormais défendue, non plus comme un contrat moralement impératif ou pratiquement utile, mais comme l'expression d'un ordre valable par lui-même et pour lui-même.

Mais une telle défense de la loi ne va pas sans deux correctifs fort importants.

Tout d'abord, alors que le contrat évoqué dans le *Criton* liait des individus à des lois déterminées, quels qu'en fussent le mérite ou la qualité, et que l'utilité politique proclamée dans le *Contre Midias* se rattachait

34. La fréquence du rapprochement se marque d'ailleurs soit par des effets stylistiques (comme *Lois,* 836 e : ἐν νῷ νόμον...), soit même par des flottements dans la transmission des textes (ainsi *Timée,* 60 e : κατὰ λόγον νόμου).

de même à des lois précises, acquises, données, la justification des lois comme imitation d'un ordre supérieur et expression de la raison ne justifie plus que le principe des lois et invite à un effort sans cesse renouvelé d'élaboration, de perfectionnement, voire de création nouvelle. Elle ne justifie pas ce qui est, mais ce qui pourrait être.

Cette circonstance explique pourquoi, au IVe siècle, beaucoup des défenseurs de la loi furent également des théoriciens des lois, cherchant, au nom de systèmes rationnels, la meilleure législation possible. A un niveau plus terre à terre, elle explique aussi comment, dans les faits, l'unification des lois dans les diverses cités semble peu à peu s'être fait jour : dès lors qu'un modèle unique présidait aux diverses législations, il devenait naturel de corriger progressivement ces diversités, qui avaient été, en partie au moins, à l'origine de la crise. La loi-coutume cherche donc désormais à se rapprocher de la loi fondée en raison.

Et, d'autre part, alors que les justifications du *Criton* ou du *Contre Midias* n'opposaient la loi qu'à la vie selon la nature, la défense qui consiste à rapprocher la loi d'une raison souveraine et absolue a aussi pour effet de l'en distinguer. Si bien qu'au terme de cette aventure intellectuelle déclenchée par les sophistes, on risque de retrouver le même cas qui s'était rencontré, tout au début, avec *Antigone*. En effet, si la loi ne se justifie qu'en tant qu'imitation, la plus parfaite possible, de la justice, elle risque de se voir comparée à cette justice elle-même ; elle risque de se voir dépassée par le haut, et effacée au profit des valeurs mêmes auxquelles on voulait la rattacher.

Cette dernière difficulté se reflète, de façon claire, dans l'attitude de Platon par rapport à la loi.

CHAPITRE IX

LOI ET JUSTICE CHEZ PLATON

L'œuvre de Platon a été utilisée à plusieurs reprises dans les chapitres précédents, comme témoignage des attaques dont la loi était l'objet. Cela prouve à tout le moins que ces attaques préoccupaient Platon et lui semblaient graves. Pourtant, en dehors du *Criton*, il n'a pas été, jusqu'à présent, fait état de ses réponses. Il y a à cela une bonne raison : c'est que ses réponses, dans tous les dialogues cités à l'exception du *Criton*, dépassent le niveau de la loi et vont d'emblée à la justice.

Ce changement de niveau n'a, en soi, rien de surprenant. Car il est évident que les critiques des sophistes ne tendaient pas, comme celle d'Antigone à l'égard du décret de Créon, à déprécier la loi par rapport au juste, mais à déprécier, du même coup, la loi et le juste, ou, si l'on préfère, la loi comme expression du juste. Dans le *Gorgias*, Calliclès n'évoquait la distinction entre la loi et la nature que pour définir, en face du juste selon la loi, un juste selon la nature, qui lui serait en tout opposé. On peut même dire, en un sens, que les sophistes ne faisaient le procès de la loi que pour atteindre la justice sous des espèces plus fragiles, en la ramenant à quelque chose de pratique et de plus aisément contestable. Et ils n'avaient identifié le juste au légal que pour s'en affranchir plus sûrement [1]. La réponse la plus décisive à leur attaque ne pouvait donc être qu'une défense de la justice en soi, définie indépendamment de la loi, de ses formulations et de ses sanctions. Et tel est bien le sujet dont traitent le *Gorgias* et la *République*.

Mais cette espèce de redressement, par lequel Platon écarte les considérations sur la loi pour ne traiter que de la justice [2], implique aussi une préférence lucide : car la justice en soi peut être définie, revendiquée, posée comme norme ; elle ne connaît pas les aléas de la loi ; elle est plus digne d'un engagement total.

Or ce choix, chez Platon, semble bien avoir sa source dans une expérience vécue ; et la lettre VII atteste de façon claire que la crise de la vie de Platon se confond avec la crise de la loi.

Il rapporte, en effet, deux grandes expériences qui ont marqué sa jeunesse et orienté toute son existence.

La première est l'expérience des Trente. Il avait espéré en eux, car plusieurs étaient de ses amis et, comme lui, des hommes qu'indignaient les excès de la démocratie. « Or », dit-il, « je vis ces hommes faire regretter en peu de temps l'ancien ordre de choses comme un âge d'or. Entre autres, mon cher vieil ami Socrate, que je ne crains pas de proclamer l'homme le plus juste de son temps, ils voulurent l'adjoindre à quelques autres chargés d'amener de force un citoyen pour le mettre à mort, et cela dans le but de le mêler à leur politique bon gré mal gré. Socrate n'obéit pas et préféra s'exposer aux pires dangers plutôt que de

1. On se rappelle la définition d'Antiphon (cf. ci-dessus, p. 80) ; Socrate, lui, l'avait, semble-t-il acceptée (cf. ci-dessus, p. 121) : son respect des lois supposait, en effet, que les lois fussent l'expression de la justice ; et seule l'expérience de sa mort devait amener Platon à refuser cette identification.

2. On peut relever que Calliclès avait cité le fameux vers de Pindare sur « la loi, reine du monde... » : or Socrate, interprétant et résumant la pensée de Calliclès, en reprend les mots au début de la discussion pour définir non plus « la loi », mais « le juste » (488 b). De tels glissements sont constants.

devenir complice d'actions criminelles. A la vue de toutes ces choses et d'autres encore du même genre et de non moindre importance, je fus indigné et me détournai des misères de cette époque »[3].

Cette première expérience, dans laquelle Platon se heurte à l'arrogant mépris des lois de ceux qui avaient été ses amis et mesure la gravité de leur attitude, a donc pour effet de le détourner de la politique active. Sans doute aussi l'invite-t-elle à réfléchir aux conditions qui permettent une telle attitude. Mais la seconde expérience est plus décisive encore. En effet, la démocratie restaurée dépasse à cet égard les fautes des Trente : elle ne cherche pas seulement à compromettre Socrate, elle le met à mort. Le résultat est pour Platon une amertume si vive que c'est tout le système des lois et des mœurs qui lui paraît dès lors irrémédiablement corrompu et condamné. Il l'explique en toutes lettres, avec des termes révélateurs : « Voyant cela et voyant les hommes qui menaient la politique, plus je considérais les lois et les mœurs, plus aussi j'avançais en âge, et plus il me parut difficile de bien administrer les mœurs de l'État... De plus, la législation et la moralité[4] étaient corrompues à un tel point que moi, d'abord plein d'ardeur pour travailler au bien public, considérant cette situation et voyant comment tout marchait à la dérive, je finis par en être étourdi ».

Il est bien évident, d'après un tel récit, que Platon ne pouvait pas se contenter du point de vue qui est celui de Socrate dans le *Criton* : il ne pouvait pas défendre la loi en tant que telle, parce que les lois et usages d'Athènes, sous des régimes divers, lui étaient apparus comme perdus.

Le bouleversement qui suivit la mort de Socrate amène, en effet, Platon à rompre, non plus seulement

3. 324 d sqq.

4. Les mots grecs sont les mêmes que dans la phrase précédente, à cette nuance près que « les lois » est remplacé par « le texte écrit des lois ».

avec la politique active, mais avec la cité, sa structure et ses normes. Il ne peut que renier la cité où meurt Socrate et penser que ni elle ni ses lois ne méritent, soit que l'on veuille y vivre, soit que l'on accepte de mourir pour elle. Il en faut imaginer une autre — une autre qui le mériterait.

La pensée de Platon prend donc sa source dans cette crise de la loi.

Évidemment, le grand mal à ses yeux était cet immoralisme dont les sophistes avaient été, directement ou indirectement, les promoteurs. Et il devait, après l'expérience qu'il en avait faite à deux reprises, le combattre de toutes ses forces. Mais il ne pouvait le combattre que par un long détour, en inventant une nouvelle raison de vivre, une nouvelle justice, une nouvelle cité. On ne saurait s'étonner, après cela, que, partis d'attaques sur la loi, le *Gorgias* ou la *République* aient répondu en termes de justice plutôt que de loi.

Mais la crise avait été trop grave pour que ses divers aspects ne finissent pas par être mis en place dans tous leurs détails. Et le problème de la loi, dont tout était parti, devait un jour être abordé franchement. De fait, il l'est sous deux aspects différents ; et la suite des textes dessine, au travers de l'œuvre de Platon, tout un itinéraire intellectuel, qui, commençant avec la loi, s'achève également avec elle, non sans l'avoir, à des points de vue divers, condamnée avec une rare audace et exaltée au plus haut point.

En gros, les deux étapes principales de cet itinéraire sont marquées par le *Politique* et par les *Lois* [5].

I. *Les insuffisances de la loi.*

Les sophistes avaient attaqué d'un seul mouvement la loi et la justice : en choisissant de défendre la justice plutôt que la loi, Platon introduisait d'emblée une dis-

5. Sur la pensée de Platon et la loi, cf. le livre de U. Galli, cité dans la bibliographie.

tinction qui n'était pas à l'avantage de la loi ; il dépassait la loi pour s'élever à un ordre supérieur, un peu comme Sophocle dans *Antigone.* Et l'on ne doit pas s'étonner qu'au total les insuffisances de la loi soient ainsi apparues du côté de ceux dont la visée était plus haute.

Platon n'a d'ailleurs pas été le seul, au IVe siècle, à adopter cette attitude : on la rencontre chez un autre homme qui, comme lui, se voulait philosophe, et qui, comme lui, se plaignait des excès de la démocratie athénienne — à savoir Isocrate. Mais Isocrate ne poussait pas aussi loin que lui ni l'exigence philosophique ni le mécontentement politique. Sa critique est donc plus simple, plus terre à terre. Et c'est pourquoi, bien qu'elle s'exprime en une œuvre un peu postérieure au *Politique,* il peut être bon de commencer par elle. Elle donne, en effet, de la pensée platonicienne, un schéma plus modeste : elle en est, bien que postérieure, comme l'annonce et la promesse.

Cette critique apparaît, pour Isocrate, dans l'*Aréopagitique.* Ce traité, qui date des environs de 355, est le seul, de tous les ouvrages d'Isocrate que nous possédons, à traiter de politique intérieure. Et il est consacré à regretter le temps des ancêtres, où Athènes était régie par une démocratie modérée. Alors régnait la vertu. Isocrate, en effet, ne soupire nullement, comme pourrait le faire Démosthène, après le règne de la légalité. Au contraire, il considère que la vertu est supérieure et préférable aux lois. Il est même le premier, pous nous, à lancer l'idée que le nombre et la précision des lois, loin d'être un signe de moralité, correspondent bien plutôt au nombre des crimes à réprimer. La vertu n'a que faire de tant de barrières.

Cette idée, qui devait être reprise, par divers auteurs anciens [6], était certainement chère à Isocrate : il l'a

6. Cf. Tacite, *Annales,* III, 27 : « corruptissima republica plurimae leges ». Isocrate se plaint déjà, dans le *Sur la Paix,* 50, qu'Athènes ait beaucoup de lois et ne les respecte guère.

exposée en un long développement, qui mérite d'être cité en entier. Les membres de l'Aréopage, écrit-il, « jugaient ignorants les gens qui croient trouver les hommes les plus honnêtes dans les peuples où les lois sont fixées avec le plus de précision ; car rien n'empêcherait alors tous les Grecs d'être semblables, du moins en raison de la facilité qu'il y a à prendre les uns des autres ce qui est écrit [7]. Ce n'est pas là ce qui cause le progrès dans la vertu, mais bien les habitudes de chaque jour ; car la plupart des gens finissent par avoir des mœurs semblables à celles dans lesquelles chacun d'eux a été élevé. Aussi le nombre et la précision de nos lois est-il un signe que notre ville est mal organisée : nous en faisons des barrières pour les fautes et sommes ainsi forcés d'en établir beaucoup. Or, les bons politiques doivent, non pas remplir les portiques de textes écrits, mais maintenir la justice dans les âmes [8] ; ce n'est pas par les décrets mais par les mœurs que les cités sont bien réglées ; les gens qui ont reçu une mauvaise éducation oseront transgresser même les lois exactement rédigées, mais ceux qui ont été élevés dans la vertu accepteront d'obéir même aux lois dont la lecture est facile [9] » (*Aréopagitique,* 39-41).

Certes, Isocrate prônait le respect des lois. Il faisait de leur invention une des gloires d'Athènes, ou même de l'espèce humaine, et l'obéissance à leurs préceptes lui semblait la meilleure garantie du succès [10]. Mais pour ce qui est de former les hommes au bien, ce qui

7. Cette nuance de mépris à l'égard de l'écrit, qui se retrouve un peu plus loin, n'est nullement une exception en Grèce ; mais elle fait avant tout penser à la fin du *Phèdre* de Platon, cf. ci-dessous, p. 190.

8. Cf. de même Archytas, fr. 5 du Περὶ νόμω.

9. L'idée n'est pas très heureusement rendue dans la traduction : Isocrate veut dire que, en rédigeant la loi, on n'est pas entré dans les détails.

10. Cf., pour la première idée : *Panégyrique,* 39-40 ; *Échange,* 254 ; *Panathénaïque,* 124 ; pour la seconde : *Panégyrique,* 78 ; *Paix,* 50 ; *Panathénaïque,* 144 ; et surtout : *Paix,* 102.

est la tâche essentielle, elles ne sauraient, à ses yeux, être efficaces. De même qu'il observe ailleurs (dans le *Sur l'Échange,* 79-83) que les lois ont un champ d'action plus limité que des discours comme les siens et que leur établissement implique un mérite moindre, de même il pense qu'elles ne valent pas une lente initiation au bien, qui soit continue et inscrite dans les mœurs [11]. Il n'est pas contre la loi : simplement, il regarde par-delà.

Or, cette orientation correspond très exactement à ce que l'on trouve dans certains dialogues de Platon.

Comme Isocrate, Platon avait insisté, dans la *République,* sur l'importance du respect des lois. Par une assimilation très grecque [12], il avait montré, au livre IV, comment la musique peut servir à développer chez l'enfant le respect des lois [13]. Il avait admis « comme le prétend Damon et comme je le crois, qu'on ne peut changer les modes de la musique sans bouleverser les lois fondamentales de l'État » (424 b) ; et il avait demandé, par conséquent, qu'une solide discipline fasse entrer dans le cœur des enfants « l'amour de la loi » *(eunomia),* car, alors, « il les suit dans toutes les circonstances de la vie » (425 a).

Mais, toujours comme Isocrate, Platon avait également admis qu'une telle éducation dispenserait ensuite

11. Dans le *Sur la Paix,* 102, Isocrate liait les « mœurs » aux « lois », disant des Athéniens du début de la décadence : « Ils n'observaient plus les lois qu'ils avaient héritées de leurs ancêtres et ils ne gardaient plus les mœurs qu'ils avaient auparavant ».

12. La valeur musicale du mot *nomos* a pu, au reste, la faciliter.

13. De même, dans le livre III des *Lois,* Platon montre que le développement de la licence commence avec les libertés que l'on prend en matière musicale : « A la suite de cette liberté vient celle qui refuse de se soumettre aux autorités, puis on se dérobe à la servitude et aux avertissements d'un père, d'une mère, des gens d'âge ; presque au terme de la course, on cherche à ne pas obéir aux lois, et, au terme même, on perd le souci des serments, des engagements et, en général, des dieux » (701 b - c).

de recourir à des textes de lois trop minutieux. Il est inutile, disait-il, d'énoncer, pour des hommes qui auraient reçu une bonne éducation, des règles qui ne feraient que traduire des grands principes de morale : ces hommes les retrouveront d'eux-mêmes. Et il est inutile aussi d'entrer dans le détail des conventions, des contrats, de tout ce qui concerne la police des marchés et des rues : d'honnêtes gens « trouveront facilement la plupart des règlements qu'il faudra faire » (425 d-e). Aussi concluait-il que cet aspect de la législation était sans intérêt . « Pour ma part, dis-je, je ne me serais pas imaginé que dans un État quelconque, bien ou mal gouverné, un véritable législateur dût se mettre en peine de lois et de règlements semblables, dans l'un parce que cela est inutile et n'amendera rien, dans l'autre parce que le premier venu est capable d'en trouver une partie et que le reste découle de lui-même des habitudes prises auparavant » (427 a).

Mais, alors qu'Isocrate, pour trouver cette éducation vertueuse susceptible de former des honnêtes gens, se contente de chercher dans le passé d'Athènes des institutions plus respectables et de faire appel à une classe sociale plus élevée. Platon, lui, cherche à définir cette éducation dans ses principes fondamentaux ; et il cherche à tracer l'image d'une cité où le gouvernement s'exercerait en vue du bien. Isocrate subordonne les lois à un redressement politique et moral immédiat, auquel l'œuvre de sa vie aura été de collaborer ; Platon les subordonne à la science du bien, qui est le but auquel il ne cesse de tendre.

Le *Gorgias* avait établi que seule la justice constitue le vrai bonheur. La *République* avait entrepris alors de préciser la nature de cette justice, tant au niveau de l'État qu'à celui de l'individu ; et l'ouvrage avait posé la condition, nécessaire et suffisante, pour que cette justice règne dans une cité : il faut pour cela, disait Platon, que les gouvernants aient eu accès à l'idée du bien. De préférence, il faut qu'un philosophe devienne roi ; ou, en tout cas, il faut former les gouvernants, par une longue éducation, savamment graduée, à s'élever de façon progressive jusqu'à l'idée même du bien ; et c'est seulement alors qu'ils retourneront parmi les hommes pour s'occuper de la cité.

Si le rôle de l'éducation reflète donc des idées assez proches de celles d'Isocrate, le problème politique implique, lui, un détour autrement haut et une exigence autrement ambitieuse. Isocrate vivait dans le domaine de la raison pratique, Platon, dès le départ, aspire à la raison pure. Dès lors, la loi ne s'efface plus devant des traditions vaguement réactionnaires, mais devant la connaissance dialectique du bien. Et la commune orientation des textes d'Isocrate et de Platon ne sert, comme toujours, qu'à mettre mieux en évidence la différence de portée et de niveau qui sépare leurs deux pensées.

Dans la pensée de Platon, la loi, bien évidemment, ne peut être que le reflet de cette connaissance du bien. Mais alors, pourquoi se contenter du reflet ? Dès que l'on suppose acquise la connaissance du bien, on n'a plus besoin de la loi ; et le détour par la justice, qui était nécessaire, modifie la visée finale.

Il y a là une démarche caractéristique de la pensée platonicienne. C'est la même qui se dessine dans le *Phèdre* à propos du discours. Platon y montre que la rhétorique, pour être fondée, implique la dialectique et la connaissance du vrai ; mais il reconnaît alors qu'en fin de compte la rhétorique s'avère secondaire et s'efface devant le but nouveau qu'ouvre une telle connaissance [14].

On attend donc qu'en bonne logique le même dépassement frappe la loi et la rende, elle aussi, accessoire. Cette conclusion, en fait, n'est pas franchement dégagée dans la *République* : elle ne fait que se dessiner à l'horizon. Mais elle s'exprime ouvertement dans un dialogue postérieur, qui est le *Politique*.

14. Cf. 273 e : « Ce n'est pas pour adapter son langage et sa conduite à ses relations avec les hommes, que le sage doit s'en donner toute la peine... ».

Le *Politique* relève, à certains égards, de la dialectique, puisque c'est un exemple de définition par dichotomie. Mais l'exemple est, comme le nom l'indique, d'ordre politique, et, comme dans beaucoup de dialogues de Platon, les conclusions se lisent dans deux registres différents. Or le politique se définit dans le dialogue, comme on pouvait s'y attendre d'après la *République,* par la possession d'une science, qui est la science du roi, ou science royale. En un sens, une telle définition reste bien dans la perspective de l'intellectualisme socratique ; et l'on a rapproché à juste titre la définition platonicienne d'une formule de Xénophon dans les *Mémorables,* où il est dit : « Ce qui fait les rois et les chefs, ce n'est pas le sceptre, ce n'est pas l'élection par le premier venu, ni le sort, ni la violence ou la brigue menteuse : c'est la science du commandement » (III, 9, 10). Mais cette science n'est point chez Platon, comme elle pouvait l'être chez Xénophon, une simple compétence, faite de vertus naturelles et d'expérience pratique : c'est une science du bien, fondée sur la dialectique et menée jusqu'à une connaissance intégralement claire des fins à atteindre. C'est donc une science, non seulement rare, mais quasiment impossible à atteindre pour un homme ordinaire ; c'est une science-limite, parfaite, dont Platon dit qu'elle est « la plus difficile, peut-on dire, et la plus grande qu'il soit possible d'acquérir » (292 d).

Mais, du coup, une telle science suffit, manifestement, à assurer un gouvernement, lui aussi, parfait, du moins autant qu'il est possible pour l'homme[14]. Et, dans ce cas, il devient indispensable de définir son rapport avec la loi.

Cette fois, Platon n'élude plus le problème.

Il commence par glisser l'idée que les lois ne sont qu'une condition secondaire, et nullement détermi-

14. Le politique même le plus achevé n'est lui-même qu'un substitut inférieur des pasteurs divins qui régissaient le monde dans le cycle antérieur (271 d, cf. 274 e-275 a).

nante : ceux qui possèdent la science royale sont, en effet, de vrais chefs, « qu'ils commandent avec ou contre le gré de leurs sujets, qu'ils s'inspirent ou non des lois écrites, qu'ils soient riches ou pauvres » (293 a). Les lois ne font pas plus de différence que n'en fait la présence d'ordonnances écrites pour un médecin compétent. Platon précise même que de tels hommes ne doivent connaître aucune entrave : ils peuvent tuer et exiler, faire des citoyens nouveaux, bref agir en toute liberté, « tant qu'ils s'aident de la science et de la justice pour conserver la cité et, de mauvaise, la rendre la meilleure possible » (293 d) : de toute manière, leur règne représente le meilleur régime qui soit, et le seul qui soit bon.

L'indifférence à l'égard des lois, qui perce dans cette phrase, représentait sans nul doute une attitude audacieuse et quelque peu stupéfiante. Et Platon n'a pas cherché à le dissimuler. Au contraire, il a insisté lui-même sur ce caractère et attiré l'attention du lecteur sur la hardiesse d'une telle pensée : prêtant à Socrate le jeune une surprise bien naturelle, il lui a fait observer : « Sur tout le reste, étranger, tes réflexions me semblent sensées ; mais qu'on doive gouverner sans lois, cela est pénible à entendre » [15]. Si bien que le thème de la loi devient tout à coup central : « Ce que nous voulons discuter, c'est la question de savoir si un gouvernement sans lois est légitime ».

Viennent alors six pages d'arguments, dans lesquelles Platon établit la thèse paradoxale — et, pour un Grec, scandaleuse — selon laquelle l'existence de lois ne vaut pas la souveraineté directe et arbitraire de celui qui possède la science royale. Ces arguments sont ordonnés en une analyse et complétés par une comparaison. Ils tendent à montrer que la loi, par son caractère général et définitif, ne saurait s'adapter ni à la variété des cas

15. 293 e. Le grec, avec ses particules, rend le saisissement de Socrate le jeune de façon beaucoup plus vigoureuse que la traduction ne peut le faire.

particuliers ni à l'évolution des situations : « La diversité qu'il y a entre les hommes et les actes, et le fait qu'aucune chose humaine n'est, pour ainsi dire, jamais en repos, ne laissent place, dans aucun art et dans aucune matière, à un absolu qui vaille pour tous les cas et pour tous les temps »[16]. La loi n'est donc jamais qu'un à-peu-près : le législateur « posera plutôt, je pense, celle qui convient à la majorité des cas et à la majorité des individus, et c'est comme cela, dirai-je, en gros, qu'il légifèrera pour chacun... » « Car, Socrate, comment serait-on jamais capable de venir s'asseoir, à tout instant de la vie, auprès de chaque particulier, pour lui prescrire exactement ce qu'il doit faire ? Il est trop clair, à mon avis, que, du jour où l'un ou l'autre en serait capable, parmi ceux qui possèdent la science royale, il ne serait plus guère en peine de s'entraver de ses propres mains en écrivant ces prétendues lois » (295 a-b).

A coup sûr, on retrouve dans cette argumentation un mouvement de pensée éminemment platonicien.

Il est d'abord dans la manière de Platon de se défier de l'écrit : le *Phèdre* se plaint déjà, en un passage célèbre, que le discours écrit ne puisse s'adapter aux divers cas individuels, ni choisir les arguments qu'il faut pour la personne qu'il faut : l'écrit, dans sa raideur, demeure toujours imparfait ; et une psychagogie par le dialogue demeure le seul mode d'initiation possible pour qui veut conduire les âmes au bien.

D'autre part, d'une façon générale, il est bien dans la manière de Platon de tendre à un tel but que, de proche en proche, ce qui semblait vrai ou beau s'efface devant une réalité supérieure, dont la plus haute est l'idée du bien. Et le mouvement par lequel, dans la *République*, les hommes s'arrachent aux ombres de la caverne, pour s'élever progressivement vers ce dont ils

16. Le terme traduit ici par « absolu » est *haplos*, qu'employait déjà Isocrate : cf. notre remarque note 9, p. 184.

ne voyaient jusqu'alors qu'un reflet confus, marque assez la façon dont chaque palier est, dans la pensée platonicienne, renié et dépassé, au profit d'un autre plus élevé.

Mais, du point de vue de la loi, ce mouvement de pensée ne va pas sans dégager au passage une infériorité de fait, qui est effectivement propre à la loi, et sans introduire un danger, qui n'est pas moins spécifique.

L'infériorité de fait est le caractère fixe et peu nuancé que revêt nécessairement la loi : Aristote, qui ne partage en aucune manière le point de vue révolutionnaire de Platon, admet cette infériorité, à laquelle il juge que les décrets sont là pour remédier [17].

Quant au danger, il ne fait encore que poindre dans l'argumentation théorique, mais il se dégage avec force dans la comparaison qui suit : il tient au fait que la loi, étant imparfaite, peut, si on la tient pour impérative, devenir gênante. Déjà, le texte cité parlait de « s'entraver de ses propres mains » en rédigeant des lois : la comparaison avec le médecin illustre cette notion. Comment, en effet, ne laisserait-on pas un médecin changer les ordonnances qu'il a laissées avant une absence et qu'il juge moins adaptées aux conditions régnant lors de son retour ? Dès lors que la compétence du gouvernant est une science, l'homme qui régit la cité doit jouir de la même liberté d'action : « Mais quand c'est sur le juste et l'injuste que portent de pareilles lois, écrites ou non écrites, ... si ce législateur compétent revient, lui, en personne, ou quelqu'un d'aussi qualifié, faut-il donc lui interdire de modifier ces premières prescriptions ? Une telle interdiction ne paraîtrait-elle pas, dans ce cas, aussi ridicule au moins que dans le premier ? » (295 e-296 a). Le législateur pourra donc changer ses lois, et le faire sans le consentement de personne, par la force — car il est seul à posséder la science royale. Il pourra aussi forcer les gens « à transgresser la loi

17. Cf. chapitre suivant, page 211.

écrite ou coutumière pour agir d'une façon plus juste, plus utile, plus belle » : il gouvernera comme le capitaine d'un navire, qui a sa science pour loi (297 a).

Telle est, dans sa rigueur, la doctrine du *Politique.* Jamais la loi n'avait subi si sévère condamnation, parce que jamais la loi n'avait été contestée dans ce qui semblait constituer son apanage, c'est-à-dire son rapport de principe avec la justice et le bien de l'État.

Du reste, présentée par l'auteur lui-même comme hardiment novatrice, cette thèse, qui met le souverain au-dessus des lois, a choqué beaucoup de penseurs, anciens et modernes, qui n'ont pas manqué de relever les différences de fait existant entre la condition du pilote ou du médecin et celle du souverain dans un État [18]. Peut-être aussi l'argumentation du *Politique,* conjuguée avec celle d'*Antigone,* a-t-elle pu encourager un certain arbitraire permettant éventuellement à des gouvernants, voire à de simples citoyens, de se placer de la même façon au-dessus de lois jugées caduques ou périmées.

Pourtant il y aurait une grande injustice à interpréter en ce sens le texte de Platon. Sans nul doute, il évoque avec force les insuffisances de la loi ; et il soupire après un monde plus souple, plus libre, où le bien règnerait sans intermédiaire et où le philosophe-roi, par sa seule présence, ôterait tout sens aux règles écrites. Mais, même dans le *Politique,* Platon tient bien à préciser que ce règne représente un cas limite, situé à la frontière du possible : « Il ne pousse point de roi dans les cités comme il en éclôt dans les ruches, tout de suite unique par sa supériorité de corps et d'âme » (301 e) [19]. Et le gouvernement d'un homme possédant la science du bien n'a pas plus de probabilité dans le *Politique* qu'il n'en avait dans la *République.*

18. Cf. Aristote, *Politique,* 1287 ab ; Barker, *Greek Political Theory,* pp. 277, 284 sqq. (322 et 330 sqq. de l'édition en paperback).

19. Cette possibilité était évoquée par Xénophon à propos de Cyrus (*Cyropédie,* V, 1, 24).

Or, il se trouve qu'intervient ici une différence radicale entre le régime idéal et les autres. Pour la plupart des principes, ces autres régimes peuvent s'inspirer du régime idéal, s'en rapprocher, se le proposer comme modèle. Mais, en ce qui concerne la loi, l'attitude à avoir est inverse : l'indépendance à l'égard des lois ne vaut que pour une science parfaite et ne saurait être envisagée dans aucun autre cas. Dès qu'il s'agit de science imparfaite, d'imitation imparfaite et de régimes imparfaits, la loi redevient nécessaire, à titre de succédané.

Et la loi, ainsi rétablie, doit avoir valeur absolue. A défaut du philosophe-roi, qu'elles ont si peu de chances de jamais posséder, les cités, en effet, donneront aux lois une autorité rigoureuse et intangible ; elles feront « ce qu'on approuve aujourd'hui, bien que ce ne soit pas le plus juste. — Quoi donc ? — Interdire que personne dans la cité ose rien faire contre les lois et, celui qui l'oserait, l'en punir par la mort et les derniers supplices. Et c'est là le principe le plus juste et le plus beau, en seconde ressource, une fois écarté le premier principe, que nous exposions tout à l'heure » (297 d-e). De même que, pour les médecins ou pour les pilotes, on peut imaginer des règles, auxquelles des gens moins capables qu'eux devraient se conformer, de même des gouvernants choisis ou tirés au sort devront se conformer, sans jamais y manquer, aux lois. Ainsi seront évitées les fautes résultant de l'incompétence populaire ou de l'arbitraire despotique (301 b-c). Certes ces régimes, fondés sur la loi, ne sauraient être bons [20] ; mais ils écartent le pire ; et le pire se produit précisément lorsque des gens, « sans rien connaître à la politique, s'imaginent posséder cette science dans tous ses détails plus

20. C'est ici qu'intervient dans le *Politique* le classement des régimes, qui se divisent chacun en deux, selon que les lois y sont ou non observées : le pouvoir d'un seul homme est le meilleur qui soit quand celui-ci observe les lois, et le pire de tous quand il ne les observe pas.

exactement que tous les autres » (302 a-b). Autrement dit, ceux qui prétendent tirer de Platon comme une permission d'arbitraire sont aussi ceux qu'il condamne le plus.

Par conséquent, après avoir hautement affirmé l'infériorité de la loi par rapport à la science du philosophe-roi, Platon rejoint, pour le domaine de la réalité humaine, la doctrine, grecque entre toutes, qui consiste à poser le primat de la loi. Il pourrait, en cela, être d'accord avec Aristote, qui, plus réaliste dans sa visée, se préoccupe avant tout des régimes réels et affirme sans ambages qu'il vaut mieux le gouvernement de la loi que celui d'un des citoyens (*Politique,* 1287 a)[21]. En conséquence, il n'est pas illogique que l'auteur du *Politique* ait pu devenir, en fin de compte, l'auteur d'un long dialogue, précis et constructif, intitulé les *Lois.*

II. *La souveraineté des lois.*

Qu'il n'y ait point de contradiction entre la condamnation du *Politique* et l'effort créateur des *Lois* est d'ailleurs confirmé par le fait que Platon a éprouvé le besoin, dans ce dernier traité, de revenir sur la doctrine selon laquelle les lois ne sont qu'un succédané.

Au moment de considérer l'action du législateur, au livre IV, Platon commence, en effet, par préciser que les conditions idéales seraient pour lui une tyrannie dans laquelle le tyran joindrait la tempérance à toutes les vertus actives. Ce serait là, dit-il, le régime idéal, car « il ne faut pas de peine ni si longtemps au tyran qui veut modifier les mœurs d'une cité » (711 b) ; et, « s'il est difficile pour une cité d'arriver à de bonnes lois, la chose, une fois réalisé ce que nous disons, serait de loin la plus rapide et la plus facile du monde » (712 a).

21. Aristote, d'ailleurs, met à part les hommes supérieurs, en reconnaissant, à la manière platonicienne, qu' « il n'y a point de loi qui leur convienne, car ils sont à eux-mêmes leur propre loi » (*Politique,* 1284 a). Mais il évoque ce caractère exceptionnel en liaison avec l'ostracisme.

De même, Platon rappelle, comme dans le *Politique*, l'existence d'un temps mythique, où les cités humaines étaient régies par des êtres d'une race supérieure et plus divine, les démons. C'était alors l'âge du bonheur.

Mais, entre cette évocation d'un état idéal, sans lois, et le retour aux lois comme succédané nécessaire, l'importance relative se trouve modifiée. Dans le *Politique*, de longs développements, fermes et précis, étaient consacrés à montrer l'infériorité de la loi, l'idée de sa nécessité n'intervenant qu'à titre de correctif ; dans les *Lois*, au contraire, la mention de l'état idéal n'est faite qu'en passant, et tout le poids de l'exposé porte sur ces lois qu'il faut, en pratique, établir. Mieux, même : le rappel de l'état idéal n'intervient que dans une réflexion tendant à assurer au législateur les meilleures conditions possibles ; et le rappel des pasteurs divins, au lieu de faire apparaître un contraste entre leur action et celle des chefs humains, fournit, cette fois, un modèle au législateur ; Platon, en effet, conclut l'évocation en disant qu'il faut « imiter par tous les moyens la vie légendaire du temps de Cronos et obéir à tout ce qu'il y a en nous de principes immortels pour y conformer notre vie publique et privée, administrer d'après eux nos maisons et nos cités, donnant à cette dispensation de la raison le nom de loi » (713 e-714 a).

Ainsi, bien que les développements soient parallèles et traduisent une pensée fidèle à elle-même, l'accent se trouve placé autrement, et toute l'attention est maintenant donnée à l'établissement de ces lois, qui restent un succédané, mais nécessaire, décisif, primordial.

La loi, en effet, devient l'intermédiaire entre le monde des idées et celui des humains : à défaut de l'état politique idéal, elle représente ce qui en approche le plus — à condition toutefois qu'elle soit établie à cet effet.

Dire comment doivent être établies les lois est, en fait, le sujet de tout le traité des *Lois*. Et l'on ne saurait ici résumer en quelques pages le contenu du plus long ouvrage de Platon. On ne peut que renvoyer aux trop brèves analyses qui en seront données dans les deux derniers chapitres [22].

Pour le moment, laissant de côté le contenu des réflexions platoniciennes, allant depuis les grandes méditations d'ordre moral sur la hiérarchie des biens jusqu'aux considérations toutes pratiques qui visent à réglementer l'ensemble de la vie des citoyens, on peut se contenter de remarquer, du dehors, ce qu'une telle entreprise implique de confiance dans la loi et dans le rôle qui peut être le sien : il n'est rien de si haut qu'elle ne doive s'y rattacher, ni rien de si modeste qu'elle n'ait à s'en soucier. Autrement dit elle fait le lien entre le monde des idées et celui de la vie quotidienne.

Mais il faut ajouter également qu'au cours même de l'exposé, il arrive à Platon de revenir sur les conditions générales que doit remplir toute loi. C'est ainsi qu'il énonce à ce sujet deux exigences fondamentales, dont la mention vient exactement, dans le livre IV, à la suite des passages qui viennent d'être évoqués. Elles ont toutes deux pour sens de garantir aux lois le fondement le plus solide possible ; et elles renvoient de la façon la plus nette aux discussions de la fin du ve siècle relatives à la loi.

La première de ces exigences est que la loi soit faite dans l'intérêt de toute la cité. Cette idée, qui peut paraître banale, ne l'était assurément pas. Elle avait été combattue, au livre I de la *République,* par Thrasymaque, qui soutenait que tout gouvernement établit des lois qui le servent, si bien qu'il définissait le juste comme l'intérêt du plus fort [23]. Elle était, d'autre part, assez proche de la doctrine prêtée à Calliclès dans le *Gorgias,* quand celui-ci se fondait sur la fameuse citation de Pindare

22. En particulier aux pages 243 à 250.
23. Cf. ci-dessus, p. 88.

pour considérer la loi comme arbitrairement imposée par les faibles, en vue de leur préservation. Or, Platon, dans les *Lois,* se réfère très directement à ces deux discussions. Il cite d'abord la définition de Thrasymaque (714 c : « La définition naturelle du juste est formulée au mieux si l'on dit... — Quoi ? — Qu'il consiste dans l'intérêt du plus fort »). Il explique ensuite cette définition à la manière de Thrasymaque, en demandant s'il serait vraisemblable qu' « après sa victoire une démocratie, ou n'importe quel autre régime, ou même un tyran, fasse jamais librement des lois en se proposant d'abord un autre but que l'intérêt et la perpétuité de son propre pouvoir » (714 d). Enfin, il reprend, peu après, la citation de Pindare dont s'était réclamé Calliclès (714 e : « et nous disions, je crois, que Pindare, en la ramenant à la loi de nature [24], justifie la plus extrême violence ; c'étaient ses expressions »). Autrement dit, Platon marque de la façon la plus nette qu'il entend ici, à la fin de sa vie, donner enfin sa vraie réponse aux critiques passées [25], en ce qui concerne la loi.

Et cette réponse est catégorique. Car il refuse toute loi établie dans l'esprit qui vient d'être dit : « Ce ne sont pas là, nous l'affirmons maintenant des régimes politiques, et ce ne sont pas davantage des lois bien faites, celles qui ne l'ont pas été dans l'intérêt commun de la cité ; ne l'ont-elles été qu'en faveur de quelques-uns, nous appelons ceux-ci partisans et non citoyens, et le droit qu'on prétend leur attribuer, une vaine prétention » (715 b).

Par conséquent, à la vieille objection de la relativité des lois, Platon répond par une règle et un précepte. Relatives, les lois ? Eh bien ! elles n'ont qu'à ne pas l'être ; et c'est au législateur à les en empêcher. En effet,

24. L'expression « loi de nature » n'est pas dans le texte grec, qui dit seulement « selon la nature ».

25. Aux allusions déjà relevées se joint bientôt une allusion à Protagoras, cf. ci-dessous, p. 198.

des lois mal faites obéissent aux contingences et reflètent les intérêts des uns ou des autres. Mais, si chacun peut être un juge plus ou moins clairvoyant de son propre intérêt, en revanche, rechercher le bien commun implique une analyse générale de ce qu'est le bien et des moyens permettant de l'atteindre, ainsi qu'une hiérarchie des diverses sortes de biens. Invoquer le bien de tous implique référence à l'universel, et, partant, à l'absolu.

Par cette attitude résolue, Platon tourne donc le dos au réalisme et au conservatisme pratique. Alors qu'Aristote, dans sa *Politique,* insiste sur la nécessité, qui s'impose à tout régime, d'assurer sa stabilité et semble admettre que l'éducation elle-même doit être appropriée à la forme de gouvernement (V, 1310 a), Platon, lui, ne connaît que le souci du bien, et non celui du gouvernement.

D'autre part, et comme si cela ne suffisait pas, il affirme que les lois doivent s'inspirer d'un modèle divin. Imaginant un discours aux colons de sa cité nouvelle, il commence en invoquant le dieu qui, dit-il, « a dans ses mains, suivant l'antique parole, le commencement, la fin et le milieu de tous les êtres » (716 a) ; et il cherche à leur exposer « la conduite qui plaît à Dieu et qui lui fait cortège » (716 c). Répondant, cette fois, non plus à Thrasymaque, mais à Protagoras, il déclare résolument : « Pour nous, la divinité doit être la mesure de toutes choses, au degré suprême, et beaucoup plus, je pense, que ne l'est, prétend-on, l'homme ». Les lois se rattachent donc dès lors, non plus seulement à l'idée du bien, mais aux dieux, qui leur servent tout à la fois d'inspirateurs et de garants.

On peut donc dire que les lois, ainsi entendues, seront doublement justifiées. Mais peut-être la distinction est-elle arbitraire et factice. Car rechercher le bien de tous suppose que l'on recherche le bien en soi ; et, en recherchant le bien en soi, on aboutit à imiter le divin et à plaire aux dieux. Les deux exigences se recouvrent donc ; et elles asurent aux lois, sous ce double aspect, les plus hautes justifications possibles. Aussi bien, on se souviendra que la formule citée plus haut et invitant les hommes à se gouverner en fonction de « ce qu'il y a en nous de principes immortels », c'est-à-dire par une « dispensation de la raison » conciliait, elle aussi, le divin et l'humain, et qu'en outre elle était apparue, dans le chapitre précédent, comme la revendication la plus haute qui ait été élevée en Grèce pour fonder la loi en termes d'absolu. Les lois platoniciennes sont ce que la Grèce a connu qui approche le plus d'une loi révélée.

Mais, du coup, des lois qui prennent appui si haut acquièrent une souveraineté également absolue. Et Platon, qui semblait, dans le *Politique*, avoir porté contre la loi la condamnation la plus sévère, se révèle, en définitive, comme celui qui a poussé le plus loin l'affirmation de ses privilèges.

D'innombrables passages des *Lois* pourraient être cités pour montrer à quel point le respect de la loi s'y impose comme une vertu majeure et comme la clef de tout l'équilibre politique. On se contentera ici de deux phrases qui se suivent, et qui sont empruntées au même livre IV, auquel appartenaient les analyses précédentes.

Tout d'abord, comment désignera-t-on les gouvernements de la cité ? quels seront les critères ? quelles seront les vertus décisives ? Une seule : l'obéissance aux lois. Et ceux qui portent en eux cette aptitude-là seront appelés à toutes les fonctions, politiques ou religieuses : « Si nous disons cela, c'est dans l'intention de ne donner les charges de ta cité ni à la richesse ni à aucun avantage de ce genre, force, taille ou naissance ; mais quiconque obéit le mieux aux lois établies et remporte cette victoire-là dans la cité, c'est à celui-là, déclarons-nous, qu'il faut remettre aussi le service des dieux, la première charge à qui arrive le premier, la seconde au concurrent qui se classe le second, et ainsi de suite, proportionnellement, pour les autres postes à départir » (715 c). La loi reste un succédané ; mais ce succédané passe avant tous les biens humains.

Et de fait, ces gouvernants, comment Platon les appelle-t-il ? Il parle souvent — et Aristote après lui — des « gardiens des lois ». Mais, ici il va plus loin ; et il invente un terme plus expressif encore : les gouvernants seront les « serviteurs des lois » : « Si j'ai appelé serviteurs des lois ceux que l'on nomme aujourd'hui gouvernants, ce n'est pas pour le plaisir de forger des termes nouveaux ; c'est qu'à mon avis de cela dépend, plus que de tout le reste, le salut de la cité ou sa ruine. Que dans une cité la loi soit assujettie et sans force, et je vois sa perte toute proche ; mais où elle règne sur les chefs et où les chefs se font les esclaves des lois, c'est le salut que je vois arriver là, et, avec lui, tous les biens que les dieux accordent aux cités » [26].

Au terme de ce long débat sur la loi, qui, depuis un siècle environ, avait si fort passionné les esprits, et qui leur avait fait découvrir, chemin faisant, la relativité de la loi et son utilité pratique, sa signification politique et sa portée religieuse, son influence et ses mérites, on retrouve donc la confiance initiale des Grecs dans la souveraineté de la loi. Mais, au lieu d'une confiance naïve et spontanée, c'est à présent une confiance philosophiquement fondée, en une loi philosophiquement établie. Et ce qui avait commencé dans l'euphorie d'un état de fait s'achève dans une vaste perspective à l'intention des législateurs à venir.

En un sens, on peut considérer que c'est là, en effet, un terme. Certes, la réflexion sur la loi allait se poursuivre et se préciser, d'abord au cours de ce IVe siècle, qui est autant le siècle d'Aristote que celui de Platon, puis au cours des siècles suivants. Mais la position de Platon, par son caractère absolu et par le côté extrême des solutions qu'elle entraîne, marque un achèvement, ou, si l'on veut, un tournant : après lui, la réflexion sur

26. La souveraineté des lois est réaffirmée et justifiée à nouveau au livre IX (874 e-875 d).

la loi ne pourra que se nuancer dans un contact plus étroit avec la réalité pratique.

Toutefois, le chemin qui mène d'Hérodote à Platon, en passant par des analyses philosophiques sur la loi et ses rapports avec la coutume, la nature, ou la raison, ne donne qu'une idée incomplète des problèmes soulevés et de l'originalité de la pensée grecque en cette matière.

En effet, si la pensée de Platon débouche sur une législation idéale, ses prédécesseurs et ses contemporains n'avaient pas limité leur effort à une définition toute abstraite du rôle des lois : eux aussi s'étaient posé, et dès le début, des problèmes concernant leur teneur. L'on peut même dire que leurs tentatives pour assurer aux lois, dans la pratique, un certain nombre de qualités avaient, plus encore que les essais de justification théorique, contribué à affirmer leur confiance en ces lois et leur désir de les placer hors d'atteinte de toute critique.

En particulier, dès le début, deux objectifs s'étaient révélés comme essentiels et devaient marquer à jamais l'originalité de leur conception : ces deux objectifs étaient de conférer aux lois un maximum de stabilité et un maximum de valeur éducative. C'est pourquoi une étude de la loi en Grèce, même limitée au cadre chronologique que nous nous sommes fixé, ne saurait être complète ou même exacte, si elle ne tenait pas compte de cette double série d'efforts, dont on trouve le reflet aussi bien dans la pratique que dans les écrits des philosophes. On peut s'arrêter à Platon dans le temps ; mais on ne peut s'arrêter à lui sans restituer, à côté des doctrines les plus générales, cet autre aspect de la réflexion grecque, qui commence avant Hérodote et s'épanouit après Platon : en un sens, il donne à cette réflexion ses traits les plus vivants et les plus originaux.

CHAPITRE X

DE LA STABILITÉ DES LOIS

Parce que les lois grecques étaient, au départ, coupées de tout fondement transcendantal, elles avaient été très vite considérées sous l'angle de la relativité et contestées dans leur principe : les justifications offertes par les penseurs du IVe siècle sont la réponse à cette contestation. Mais une réaction similaire explique que, dans un domaine plus pratique, un même désir d'affirmer l'autorité de la loi ait donné lieu à des réflexions et à des découvertes également précieuses pour la pensée occidentale. Parce que la loi était à l'origine, chez les Grecs, un simple usage ratifié par le peuple [1], ils durent, en effet, se prémunir énergiquement, dans leurs habitudes pratiques comme dans leurs recherches intellectuelles, contre tout ce qui risquait d'ôter à une telle loi sa majesté et son éclat.

En particulier, puisque la loi-coutume risquait de pêcher par la relativité et l'instabilité, un des soucis majeurs des Grecs fut d'assurer à leurs lois un caractère intangible, de façon à les soustraire aux aléas du devenir.

1. Cf. ci-dessus, p. 126.

I. *Les lois athéniennes.*

En principe, ce que nous savons des lois athéniennes aurait dû suffire à les garantir contre ces aléas.

En effet, la législation des Athéniens avait toujours été, à cet égard, d'une remarquable prudence. Leurs lois étaient écrites. Elles étaient couvertes par une imprécation sacrée. Leur cohérence était garantie par un collège de magistrats, les thesmothètes, à propos desquels Eschine nous renseigne dans le *Contre Ctésiphon* (38) : « Le législateur », dit-il, « a donné aux thesmothètes l'ordre formel de réviser chaque année les lois dans l'assemblée du peuple, après avoir recherché et vérifié avec soin si notre code contient deux lois contradictoires, ou une loi abrogée au milieu de lois en vigueur, ou peut-être plusieurs lois sur un même objet. Et s'ils constatent un cas de ce genre, le législateur leur ordonne d'inscrire les lois en question sur des tables et de les afficher devant les statues des héros éponymes... ». Eschine expose alors la procédure, comportant d'abord la proposition à l'assemblée d'instituer des nomothètes, puis le vote ultérieur, par lois isolées. Et Aristote, dans la *Constitution d'Athènes* (59), confirme ses indications.

D'autre part, la promulgation de lois nouvelles s'entourait de mille précautions. Sans doute ces précautions n'allaient-elles pas jusqu'à l'usage locrien cité avec admiration par Démosthène dans le *Contre Timocrate* (139) : « Quiconque propose une loi nouvelle le fait la corde au cou. La proposition paraît-elle louable et utile, l'auteur se retire, la vie sauve. Sinon, on serre la corde, et c'est la mort [2] ». Mais, sans pousser jusque-là la rigueur, les précautions juridiques étaient sérieuses. D'abord, tout projet devait non seulement être approuvé

2. De même Stobée, III, 39, 36. Diodore de Sicile raconte la même histoire à XII, 17, en l'attribuant à Charondas. Avec des variantes, on la retrouve chez Polybe, XII, 16.

par le Conseil puis par l'Assemblée, mais être contrôlé par une commission d'experts. Et surtout, si quelque texte avait été adopté, qui, sur un point ou sur un autre, fût en contradiction avec d'autres lois, n'importe quel citoyen pouvait, n'importe quand [3], intenter à l'auteur de cette loi soit une action en illégalité *(graphè paranomôn)*, soit une action en établissement de loi préjudiciable à l'État [4]. L'action en illégalité était grave : elle pouvait entraîner des amendes considérables, parfois même la mort [5]. Elle fut, dans toute l'histoire athénienne, la garantie contre les dangers d'une démocratie trop imprudente [6]. Et il faut reconnaître que la précaution était infiniment plus poussée que dans les institutions modernes correspondantes, comme le Conseil d'État par exemple.

Avec un tel système, on aurait dû avoir des lois claires et stables. Or, tel ne fut pas le cas. Et l'histoire athénienne reflète un désir sans cesse renouvelé pour ordonner de façon claire et fixer à tout jamais un droit sans cesse rebelle à cette mise en ordre.

Il y avait eu, en effet, dans les lois, des additions, des compléments, qui rendirent bientôt difficile de s'y reconnaître. Puis l'évolution politique amena des changements dans les lois constitutionnelles. Et, comme les diverses espèces de lois n'étaient pas alors distinguées les unes des autres, chaque révision due à la politique s'accompagna d'un effort général de refonte.

Lors de la révolution de 411, quand fut renversée la

3. L'action contre la personne devait intervenir dans un délai d'un an ; passé ce moment, on pouvait encore accuser la loi elle-même.

4. Ce second cas, plus rare, est celui qui concerne la loi de Leptine, contre qui Démosthène présenta le plaidoyer cité au chapitre VII.

5. En outre, quelqu'un ayant été condamné trois fois pour illégalité perdait le droit de proposer de nouveaux décrets.

6. L'action en illégalité prit ainsi la suite du rôle de supervision assuré au début par l'Aréopage : cf. J. W. Jones, *op. cit.*, p. 103.

démocratie, on désigna, à la suite d'un décret de Pythodoros, une commission chargée de rédiger les nouvelles lois ; Aristote nous a conservé le texte de ce décret (*Constitution d'Athènes,* 38, 2) ; il prévoit : « Le peuple élira, en plus des dix commissaires déjà existants, vingt autres choisis parmi les citoyens âgés de plus de quarante ans » ; ces citoyens devront rédiger des propositions *(suggraphein)* pour le salut de l'État, et, disait un amendement, examiner aussi les lois de Clisthène.

Le régime des Cinq Mille, établi aussitôt après, commença, lui aussi, par désigner des « nomothètes ».

Enfin, par un principe semblable mais dans un esprit contraire, les démocrates, revenus au pouvoir après la guerre civile de 404, n'eurent de cesse qu'ils n'aient procédé à une refonte générale des lois.

De toute façon, celle-ci était désormais devenue indispensable. Les anciennes lois, invalidées puis revalidées, transcrites à l'origine sur des plaques de bois qui s'étaient abîmées, écrites, au reste, dans un alphabet dorénavant hors d'usage et dans une langue souvent archaïque, avaient besoin d'une nouvelle transcription accompagnée d'une révision soigneuse.

Andocide nous raconte comment on procéda : « Vous veniez de tirer au sort un Conseil et de choisir des nomothètes, quand ceux-ci constatent qu'il était beaucoup de lois de Solon et de Dracon dont nombre de citoyens étaient passibles en raison d'événements antérieurs : vous vous réunissez alors en assemblée, vous délibérez sur la question et vous décidez de réviser toutes les lois et de les afficher au Poecile à mesure qu'elles seront révisées » (*Sur les Mystères,* 83). Andocide cite même le texte du décret, qui est fort précis. Un de ses paragraphes dit que les nomothètes exposeront ces lois « devant les statues des Éponymes, pour qu'elles soient lues de qui voudra, et les livreront aux magistrats dans le courant de ce mois. Les dites lois seront examinées d'abord par le Conseil et par les cinq cents nomothètes choisis par les dèmes, après qu'ils auront prêté serment. Tout particulier aura droit d'entrer au Conseil et de donner au sujet de ces lois tout avis profitable. Quand les lois auront été votées, le Conseil de l'Aréopage aura charge de veiller à ce que les magistrats n'usent que des lois établies ; quant aux lois confirmées, elles seront affichées sur le mur où elles l'étaient auparavant, afin que qui voudra puisse en prendre connaissance ». C'est à cette époque aussi, précise Andocide, que l'on décida de ne jamais appliquer aucune loi non écrite. Le code et les lois constitutionnelles devaient former un tout intégralement clair pour chacun.

Que fut le travail de révision ainsi prévu ? Il est difficile de s'en rendre compte. Mais, à en croire le discours que composa Lysias contre un des membres de la commission, un sous-greffier du nom de Nicomachos, l'affaire ne fut ni rapide ni au-dessus de tout soupçon. Nicomachos avait été membre de la commission fondée par les Cinq Mille, puis membre de la commission fondée par les démocrates. Or, dès le début du discours, Lysias ne laisse à ses auditeurs aucune illusion sur le personnage : « Il avait reçu mission de transcrire, dans le délai de quatre mois, les lois de Solon : il prit la place de Solon et s'institua législateur ; au lieu de quatre mois, c'est six années qu'il fit durer sa charge ; au jour le jour, et contre argent comptant, il insérait tel article, effaçait tel autre. Nous étions réduits à recevoir d'une pareille main notre provision quotidienne de lois, et les parties en produisaient de contraires devant les tribunaux, disant toutes deux les tenir de Nicomachos. Les magistrats eurent beau prononcer des amendes et le traduire devant le tribunal : il ne se décida pas à transmettre les lois... » (2-3).

Cette impression que suggère ici Lysias (sans doute avec l'exagération du plaideur) devait se prolonger à travers tout le IVe siècle. Et l'œuvre des orateurs ne parle que de lois violées, les énumérant, en chaque occasion, avec force détails. Le second *Contre Aristogiton* assure même que les Athéniens avaient dû prévoir la peine de mort « pour qui produit une loi inexistante »

(24) ! Le résultat était que les lois perdaient de leur autorité ; et la peinture que brosse Platon, au livre VIII de la *République*, de l'anarchie démocratique ne fait probablement que donner une allure caricaturale à un mal, en fait, bien réel : c'est ainsi qu'il parle de ceux qui peuvent « commander et juger, si la fantaisie vous en prend, en dépit de la loi qui vous interdit toute magistrature ou judicature » et qu'il évoque la sérénité de certains condamnés, en disant : « N'as-tu pas déjà vu dans un État de ce genre des hommes condamnés à la mort ou à l'exil qui n'en restent pas moins et se promènent comme des revenants, tout comme si personne ne se souciait d'eux ni ne les voyait ! » (558 a).

Même l'accusation d'illégalité, qui devait mettre bon ordre à cette confusion, devenait bien souvent, la crise morale aidant, une arme politique, trop facilement brandie à des fins personnelles.

Contre cet état de fait, le seul remède était dans une prise de conscience plus profonde de ce qui caractérisait la loi et de ce qu'exigeait sa stabilité.

Cette prise de conscience se traduit par une double exigence, dont la première porte sur le domaine d'application de la loi et l'autre sur sa durée [7].

II. *Lois et décrets.*

Pour ce qui est du domaine d'application, la grande idée fut d'établir une ligne de démarcation aussi rigoureuse que possible entre les lois proprement dites et les autres décisions populaires, d'une portée moindre.

Cette distinction apparaît pour la première fois dans le texte d'Andocide relatif à la grande révision de 404, et en liaison avec elle. En effet, l'orateur rapporte ainsi le

7. Des textes innombrables insistent également sur toutes les qualités intrinsèques qui doivent être celles de la loi (elle doit être juste, elle doit être valable pour tous, etc...) : on ne retient ici que les deux traits les plus caractéristiques de la réflexion grecque.

texte de la loi : « Voyant donc beaucoup de citoyens mis en péril, les uns au nom de lois anciennes, les autres au nom d'anciens décrets, nous avons établi les lois suivantes pour empêcher justement ce qui se passe aujourd'hui et pour fermer la bouche à tout sycophante. Lis nous les lois. Lois : Une loi non écrite ne doit être appliquée par les magistrats en aucun cas. Aucun décret ni du Conseil ni du peuple ne prévaudra contre une loi... » (*Sur les Mystères*, 86-87).

A quand remontait cette distinction ? Il est difficile de le préciser. Hypéride, dans le *Contre Athénogène*, 22, l'attribue à Solon. Il déclare, en effet : « Solon admet que même un décret rédigé de façon juste ne doit pas avoir une autorité supérieure à la loi ». Cependant, il est évident que l'on a beaucoup prêté à Solon ; et il n'est nullement sûr qu'il faille remonter aussi haut. En tout cas, une chose est certaine : c'est que cette distinction se rencontre à diverses reprises dans le cours du IVe siècle.

Elle était, dans la pratique, difficile et fuyante. Car les pouvoirs du peuple, dans la démocratie telle qu'on la pratiquait à Athènes, le rendaient maître « même des lois » (comme dit Aristote, *Politique*, IV, 1298 b). L'adoption ou l'abrogation d'une loi dépendait d'un vote du peuple. Or le mot que nous traduisons par « décret » veut précisément dire, à le traduire avec rigueur, « vote du peuple ». La différence ne tenait qu'aux précautions plus grandes imposées pour certains votes ; encore ne le furent-elles pas toujours. L'ambiguïté existait donc. Elle était inhérente au vocabulaire, parce qu'elle l'était aux institutions.

Il n'en est que plus frappant de constater que, de plus en plus, les auteurs semblent avoir cherché à mettre en lumière une différence, visant à donner aux lois une plus large autorité. Démosthène, en particulier, s'en réclame à plusieurs reprises, non sans flamme. Dans le *Contre Leptine*, en 355, il se plaint déjà : « Entre décrets et lois, plus de différence ; les lois, en conformité desquelles les décrets doivent être rédigés, sont plus inconsidérées que les décrets eux-mêmes » (92). Dans le *Contre Timocrate,* en 352, il s'indigne contre son adversaire : « Il n'ignorait pas l'existence des lois dont vous avez entendu lecture il y a un instant ; il n'ignorait pas qu'en vertu d'une autre loi, aucun décret, fût-il légal, ne peut prévaloir contre une loi ; et, malgré cela, il a proposé et fait passer une loi aux termes d'un décret, dont la teneur même, il ne l'ignorait pas, était illégale. N'est-ce pas une indignité ? » (30). Dans le *Contre Aristocrate,* la même année, il rappelle que, selon le législateur, « sont interdites les dispositions législatives particulières à un individu et qui ne s'appliquent pas à tous les Athéniens ». Or, le décret auquel il s'en prend est relatif à un individu, et, « puisqu'il est admis que les décrets doivent se conformer aux lois, concéder à Charidème en particulier un droit qui ne vous appartiendra pas à tous, ce serait bien enfreindre cette loi. Car, évidemment, ce qu'on ne peut même pas mettre dans une loi, on ne peut légalement le proposer dans un décret » (86)[8]. Après quoi, il fait lire la fameuse loi citée par Andocide.

Cette distinction, si fermement revendiquée dans des textes de ce genre, devait, de là, passer, une fois pour toutes, dans le domaine de la science politique ; et Aristote en fait la clef de voûte de toute l'opposition entre la bonne et la mauvaise démocratie. La cinquième espèce de démocratie est, en effet, décrite, au livre IV de la *Politique* (1292 a 5) par le signe distinctif suivant : « Tout est d'ailleurs comme dans la précédente, excepté que c'est la multitude et non la loi qui y exerce la suprême puissance. Cela a lieu lorsque les décrets ont une autorité absolue et non la loi, ce qui est l'effet du crédit des démagogues ». Et Aristote n'hésite pas à traiter un tel régime de despotique : « Une pareille

8. Il semble que Démosthène joue ici de la notion avec une habileté quelque peu sophistique : le décret pourrait très bien être plus particulier que la loi. Mais l'importance donnée à la distinction n'en est pas moins révélatrice.

démocratie est, dans son genre, ce que la tyrannie est par rapport à la monarchie... Les décrets du peuple sont ici ce que sont là les ordonnances du monarque ». Enfin, analysant le mécanisme de cette perversion, il reprend : « Ces démagogues sont cause que la suprême autorité est dans les décrets et non pas dans la loi, par le soin qu'ils prennent de tout rapporter au peuple ». Il conclut alors que ce régime est une démocratie (c'est-à-dire le peuple au pouvoir) mais non une république (c'est-à-dire un régime organisé, où tout se fait selon un ordre valable pour tous), « car il n'y a pas de république là où les lois ne règnent pas » (*ibid.*, 32).

Le long effort accompli pour cerner une distinction aboutit donc, dans ce texte d'Aristote, à une opposition radicale.

Or, cette distinction entre lois et décrets correspond au sentiment de ce que devrait être la loi. Institutionnellement, la différence était rendue très floue par l'exercice direct de la souveraineté populaire [9] : dans un État moderne, où le pouvoir est plus différencié et se fractionne entre des corps divers, la différence est plus claire : une loi, un décret, un arrêté, émanent d'autorités distinctes et inégalement souveraines ; et pourtant, même ainsi, certains cas peuvent prêter à des décisions prises soit à un niveau soit à un autre, selon l'importance que l'on veut leur accorder. Cette différence d'importance correspond bien à celle que les Grecs tentaient d'établir entre lois et décrets.

En gros, ils donnaient à la loi un caractère plus général et plus définitif.

La généralité plus grande des lois a été formulée de façon parfaitement lucide par Aristote, dans un texte de l'*Éthique à Nicomaque*, V, 1137 b, où il relève, après Platon, le fait que les lois ne sauraient prévoir toutes les modalités : « En fait, la raison pour laquelle tout n'est pas défini par la loi, c'est qu'il y a des cas d'espèce

9. Sur l'ambiguïté, cf. ci-dessus, p. 209.

pour lesquels il est impossible de poser une loi, de telle sorte qu'un décret est indispensable »[10]. Par conséquent, la loi, étant plus générale, se situe à un niveau plus haut. Déjà, l'on voit se dessiner la distinction toute moderne entre la loi et les décrets d'application : le désir de conférer à la loi une plus grande autorité a donc été à l'origine d'une mise au point institutionnelle qui survit dans le monde actuel.

Quant à l'autre critère distinguant la loi, et portant non plus sur l'extension mais sur la durée, on en trouve l'expression la plus rigoureuse dans le petit traité pseudo-platonicien des *Définitions.* En 415 b, en effet, on lit coup sur coup deux définitions parallèles de la loi et du décret. Celle de la loi est : « décision politique de la foule sans détermination limitée de temps » ; celle du décret est : « décision politique portée pour un temps déterminé ». Dans le temps comme dans l'espace, la loi a donc plus de portée ; et, manifestement les Grecs ont fait tout ce qu'ils ont pu pour l'arracher de la sorte au domaine fluctuant des contingences.

Cependant, le second caractère fait apparaître un nouveau problème. Car, si les lois sont établies sans limitation de temps, il est clair que l'idée même de les voir tomber en désuétude implique une contradiction interne. Édictées pour un avenir indéfini, peuvent-elles donc être observées indéfiniment ? Ainsi devait se poser à la pensée grecque le problème de la stabilité des lois.

III. *Stabilité ou progrès.*

Dès l'origine, il était apparu que l'autorité des lois était fonction de leur stabilité. Et Hérodote rapporte le procédé employé par Solon pour assurer aux siennes ce caractère. Il raconte, en effet, que Solon, après avoir rédigé et promulgué ses lois, partit en voyage pour dix ans : « La curiosité était la raison avouée de son

10. Sur la généralité de la loi, cf. aussi *Rhétorique,* I, 1354 b.

voyage ; en réalité, il ne voulait pas être contraint d'abroger l'une ou l'autre des lois qu'il avait établies. A eux seuls, en effet, les Athéniens n'avaient pas le droit de le faire, obligés qu'ils étaient, par des serments solennels, à observer pendant dix ans les lois que Solon leur donnerait » (I, 29).

Ce petit texte présente comme un raccourci de la prudence grecque : l'ingéniosité du chef et sa ruse à l'égard des siens, le souci de confier aux dieux (gardiens du serment) la garantie de ce que l'on veut voir durer, enfin le choix d'un délai modeste et réaliste. Mais, en même temps, il ouvre la série des efforts, que feront tous les Athéniens après Solon pour assurer à leurs lois la plus grande stabilité possible.

Il est bien évident, en effet, que les serments exigés des juges et, à une époque au moins, des éphèbes, ainsi que les précautions prises soit pour la révision des lois soit pour l'adoption de textes nouveaux traduisent le même souci que le voyage de Solon.

Pourtant, de même que le délai prévu pour la législation de Solon était limité, de même les Athéniens ne pouvaient ignorer que certains changements étaient inévitables, voire souhaitables : par la force des choses, on ne pouvait s'en tenir à jamais à des textes qui n'étaient plus toujours en harmonie avec la situation de fait, et qui, de toute manière, pouvaient, en fonction de la réflexion commune, être complétés et améliorés. Autrement dit, un choix s'imposait entre la stabilité et le progrès. Et le ve siècle, qui fut pour Athènes un siècle de développement rationaliste et de confiance dans le progrès humain, vit s'ouvrir à ce sujet un débat, et presque une crise.

A priori, les Athéniens de la fin de ce siècle, dans toute leur politique, semblaient devoir représenter et promouvoir les valeurs liées au progrès, contre Sparte, qui, elle, incarnait la stabilité.

Thucydide, en tout cas, ne manque pas de mettre en lumière cet aspect de l'idéal lacédémonien. Rappelant les luttes civiles que Sparte avait connues à l'origine, il indique, à I, 18, qu'elle « vécut pourtant dans l'ordre depuis le temps le plus reculé et échappa toujours à la tyrannie : il y a, autant qu'on puisse dire, quatre cents et quelques années entre la fin de notre guerre et le moment depuis lequel les Lacédémoniens observent le même régime ; de là cette puissance, qui leur faisait régler les affaires des autres cités ».

Inversement, à Athènes, la démocratie, s'affirmait ; des droits nouveaux étaient accordés à des classes sociales nouvelles ; et, l'esprit de libre examen se développant dans tous les domaines, les gens parlaient beaucoup plus d'ouverture et de renouvellement que d'ordre et de stabilité.

Entre ces deux systèmes, on choisissait, pour une bonne part, au gré de ses sympathies politiques. Mais les arguments échangés contribuaient à préciser le contenu dialectique du problème ; et les termes mêmes employés dans l'œuvre de Thucydide confirment bien que ce problème s'appliquait, déjà alors, aux lois. On peut en juger par les reproches qui, dans son œuvre, sont formulés contre chacune des deux attitudes.

Les Corinthiens, au livre I, reprochent à Sparte son immobilisme ; et ils expliquent : « Pour une ville tranquille, des usages immuables sont excellents, mais, quand on est contraint de multiplier les interventions, il faut aussi multiplier les nouveaux moyens » (I, 71, 3)[11].

Inversement, au livre III, Cléon reproche à Athènes son instabilité ; et, bien que le débat ne le comporte pas et rende même l'emploi du mot tout à fait impropre, il parle franchement de lois : non plus *nomina*, mais *nomoi*. Le texte appartient au débat sur Mytilène, dans lequel il s'agit de savoir s'il convient de revenir sur le décret de la veille, qui condamnait à mort toute la

11. Sur les détails de l'expression et sur les textes apparentés, cf. notre étude : Thucydide et l'idée de progrès, *Annales de l'École Normale Supérieure de Pise*, 1966, pp. 143-191, et plus spécialement pp. 171-174.

population mâle de cette cité. En principe, les lois n'avaient que faire dans ce débat, puisqu'il s'agissait là du plus particulier des décrets ; mais Cléon, par un gauchissement caractéristique de l'argumentation, en vient à se réclamer du principe de la stabilité en général, et de la stabilité des lois en particulier : « Le risque le plus redoutable », dit-il, « serait de n'avoir rien de fixe dans nos décisions, de ne pas voir que des lois *(nomoi)* imparfaites mais immuables rendent une cité plus forte que des lois bien faites mais sans autorité » (III, 37, 3).

Dans sa brutalité naïve, le texte montre bien les deux valeurs qui s'affrontent, en ce qui concerne la loi : d'un côté leur autorité, fondée sur leur stabilité, de l'autre leur qualité, due au progrès de la réflexion. A vrai dire, la question est même posée dans Thucydide avec une netteté que l'on ne retrouvera guère que chez Aristote.

Mais, en attendant, il est de fait que beaucoup d'Athéniens sans pousser le goût de la stabilité aussi loin que Cléon, étaient sensibles à la nécessité de préférer souvent cette stabilité au perfectionnisme. Et la preuve en est dans la nostalgie obstinée avec laquelle des auteurs de tout bord insistaient sur la supériorité des lois anciennes, s'en réclamaient, et évoquaient leurs mérites avec fidélité ou regret. Quand la loi est en cause, tous les Athéniens deviennent conservateurs.

Pour le Vᵉ siècle, on peut citer l'exemple d'Antiphon l'orateur : il a, en effet, le mérite de chercher une justification *a priori* en établissant un rapport logique entre l'ancienneté et la qualité. Dans un passage que répètent mot pour mot deux de ses discours, il loue, en effet, les lois anciennes en disant : « Elles ont une double supériorité ; elles sont les plus anciennes en ce pays ; et elles sont restées les mêmes pour les mêmes objets ; et c'est à cela qu'on reconnaît le mieux les lois bien faites, car, ce qui est imparfait, le temps et l'expérience l'apprennent aux hommes » (*Sur le choreute,* 2 ; *Sur le meurtre d'Hérode,* 14)[12].

Le même respect pour les lois anciennes se retrouve chez Démosthène, qui, lui, se plaint surtout de la confusion qu'entraînent des lois trop souvent modifiées. Dans le *Contre Leptine,* rappelant la procédure attribuée à Solon, et destinée à éviter la promulgation imprudente de lois nouvelles, il évoque avec regret le temps où l'on s'en tenait aux seules lois anciennes : « C'est pourquoi, dans le passé, tant que cette procédure a été observée, on s'est contenté des lois existantes, sans en faire de nouvelles » (91). Et il déplore la façon dont certains se sont arrogé « le droit de légiférer sans égard aux temps ni aux formes », ce qui a donné lieu à des lois nombreuses et contradictoires. Plus loin, prônant le respect des lois, il fait lire un texte et remarque : « Voilà, Athéniens, une loi aussi excellente qu'ancienne » (153).

Cette attitude éminemment conservatrice se retrouve dans le *Contre Timocrate.* C'est là qu'il cite l'exemple des Locriens, chez qui, dit-il, on ne proposait une loi que la corde au cou et au risque de ses jours[13] ; et il s'émerveille que les Locriens se soient toujours contentés des lois anciennes : « Dans une longue suite d'années, juges, un seul texte nouveau, dit-on, fut introduit. Il y avait une loi portant que, si quelqu'un crevait un œil à autrui, il devrait laisser en compensation, crever l'un des siens, les dommages-intérêts n'étant pas admis en pareil cas. Or on raconte qu'un homme, dont l'ennemi était borgne, le menaça de lui crever son œil unique. Devant cette menace, le borgne, très ému, et estimant qu'après un tel malheur, la vie lui serait intolérable, se hasarda, dit-on, à proposer une loi ainsi

12. Cf., pour un argument similaire, Platon, *Minos,* 321 b : la meilleure preuve que Minos fut un bon législateur « est que ses lois subsistent sans aucun changement comme celles d'un homme qui a trouvé la vérité pour le gouvernement de l'État ».

13. Cf. ci-dessus, p. 204.

conçue : « Si quelqu'un crève l'œil d'un borgne, il devra, en compensation, se laisser crever les deux yeux, afin que de part et d'autre l'infirmité soit égale »[14]. Et c'est, à ce qu'on dit, la seule loi qui ait été adoptée chez les Locriens en l'espace de plus de deux siècles » (140-141).

Certes, Démosthène ne cite que pour exemple ce cas limite et d'une authenticité contestable ; mais il voudrait que l'on s'en inspirât ; et il mentionne amèrement les libertés que l'on prend avec « les lois de Solon, que le temps a consacrées et qui sont l'œuvre de nos ancêtres » (142).

De même, Isocrate s'attendrit volontiers sur les bonnes lois des ancêtres, qui ont, à ses yeux comme à ceux de Démosthène, l'avantage de la clarté et de la cohérence : ces lois, en effet, étant encore peu nombreuses, étaient des lois « qui ne ressemblaient pas à celles qui sont établies aujourd'hui, qui n'étaient pas envahies par une confusion et par des contradictions si nombreuses que personne ne serait capable d'y distinguer des lois stériles celles qui sont utiles... » (*Panathénaïque*, 144)[15].

Par conséquent, Athènes, malgré ses réformes et malgré l'esprit progressiste qui avait un temps marqué sa politique, a toujours eu tendance à se réclamer du passé, de son ordre clair et stable, de sa simplicité ; et cette tendance n'a fait que s'affirmer au cours du

14. Cette anecdote est rapportée par les mêmes auteurs qui parlent de la corde au cou : cf. ci-dessus, p. 204. Aristote y fait allusion dans la *Rhétorique*, I, 7, 1365 b et Diogène Laerce, I, 2, 57, l'attribue à Solon. Cf. des anecdotes semblables dans Elien, *Var. Hist.*, XIII, 24 ; Valère Maxime, V, 5, 3 : leur objet est de discuter l'égalité des peines et rien ne concerne la question du nombre ou de la fixité des lois, que vise ici Démosthène.

15. Cf. *Sur l'Échange*, 82 : « Maintenant que nous sommes arrivés à un temps où les discours qui ont été prononcés et les lois qui ont été promulguées sont innombrables, et où l'on admire surtout les lois les plus anciennes et les discours les plus nouveaux... ».

IVe siècle. Dans l'ensemble, Athènes soupirait après des lois qui existeraient une fois pour toutes et garderaient leur autorité à travers la suite des temps.

On peut rapprocher de cette tendance le fait que les philosophes, dans la mesure où ils traitaient de politique, envisageaient en général une cité toute neuve qu'ils fondaient en pensée ; l'idée d'évolution, de transformation, de remaniement, leur était si peu naturelle qu'ils plaçaient leur idéal dans un monde sans passé : tout législateur, en Grèce, se pense comme premier et unique législateur.

Quoi qu'il en soit, les deux grands penseurs du IVe siècle l'un soucieux du régime idéal et l'autre soucieux du réel, se rejoignent lorsqu'il s'agit d'évoquer la prudence avec laquelle on doit toucher aux lois existantes.

Platon, en principe, ne s'occupe pas des lois des cités corrompues. Il fonde par l'esprit des cités nouvelles. D'autre part, on sait qu'il a moins confiance dans les lois que dans l'esprit que l'on aura donné aux citoyens et dans la science des gouvernants. Cependant, même dans les cités idéales, et même avec cet état d'esprit, il entoure de mille précautions toute modification possible des lois. Au livre I des *Lois,* il cite avec éloge la règle observée à Sparte et en Crète, qui entoure de secret toute critique à l'égard des lois : « Chez vous, si sage que soit l'ensemble de vos lois, une des meilleures est celle qui défend absolument de laisser les jeunes s'enquérir de ce que votre législation contient de bon ou de défectueux, qui leur enjoint de proclamer tous d'une seule voix, d'une seule bouche [16], que tout y est excellent, puisque les auteurs en sont les dieux,

16. On relève ici la parenté entre la loi et la concorde : à partir du moment où la concorde devient un mot d'ordre important (fin du Ve siècle), on trouve souvent les deux idées associées, soit pour la défense de l'une, soit pour la défense de l'autre : cf., entre autres, Platon, *République,* 351 d et Xénophon, *Mémorables,* IV, 4, 17-18.

et, si l'un d'eux parle autrement, de se refuser absolument à l'entendre ; que si un vieillard trouve quelque chose à reprendre dans vos institutions, il ne tiendra de tels discours qu'à un magistrat ou à un homme de son âge, sans qu'aucun jeune en soit témoin » (634 d-e). Au livre VI, il admet que des changements sont nécessaires, parce qu'aucun législateur ne peut arriver à des lois parfaites (769 d) ; mais, par une identification révélatrice, il réunit en un tout les deux fonctions consistant à « préserver » et « rectifier » les lois (769 d-770 a). L'une et l'autre reviennent, ensemble, aux « gardiens des lois », fonctionnaires élus avec un soin particulier parmi des gens âgés de plus de cinquante ans [17]. D'autre part, dans les pages qui suivent, il montre bien quel sens il donne à cette « rectification » des lois. Car il parle d'une période d'expérimentation, qui dure dix ans, et qui est suivie de rapports sur les imperfections observées ; il *s*'agit donc d'un progrès, en quelque sorte, scientifique. Et, une fois la période d'expérimentation passée, la loi entre dans le domaine de l'immuable ; et il devient presque impossible d'y toucher : « En cette matière, on ne fera jamais aucun changement volontaire, mais, si quelque raison survenait qui parût y contraindre, on irait consulter tous les magistrats, tout le peuple, tous les oracles des dieux, et, si tous sont d'accord, on ferait le changement ; autrement, on n'en fera jamais d'aucune sorte, et l'opposant aura toujours légalement le dernier mot » (772 c-d). Tous les textes modernes terminant des statuts et exigeant un certain nombre de conditions pour une modification éventuelle sont issus de telles réflexions ; mais il n'en est sans doute aucun, en aucun domaine, qui se soit jamais montré aussi exigeant.

Aussi bien retrouve-t-on, à la fin des *Lois*, diverses

17. 754 c - 755 b. Ils sont trente-sept. Dans la lettre VIII, Platon recommande de même : « Pour commander dans la guerre et la paix, il faut créer des gardiens de la loi, au nombre de trente-cinq, d'accord avec le peuple et le Conseil » (356 d).

institutions destinées à préserver les lois du changement. On retrouve, certes, les « gardiens des lois ». Mais, au-dessus d'eux, on rencontre un organe qui n'avait été jusqu'alors évoqué que de façon indirecte, à savoir le Conseil Nocturne. Ce conseil, où siègent les dix plus vieux parmi les « gardiens des lois », doit être comme la raison de la cité ; et une de ses tâches est d'accueillir tel citoyen éminent qui aura été, à titre exceptionnel, envoyé à l'étranger : « S'il a rencontré des gens qui avaient quelque chose à dire touchant la législation, l'enseignement, l'éducation, ou s'il revient lui-même enrichi de conceptions personnelles, (le voyageur) en fera part à tout le conseil » (952 b). C'est dire que seules la raison et la réflexion pourront à l'occasion améliorer les lois, mais qu'une telle éventualité sera fort rare et n'interviendra que de façon mûrement délibérée, en s'entourant de mille précautions et d'une certaine terreur.

A une exigence aussi utopique, il est bien évident qu'Aristote ne saurait souscrire : il se soucie de faits réels et de cités qui existent. Mais il n'en est que plus frappant de le voir opter, lui aussi, dans le sens de la prudence et, après avoir mûrement pesé le pour et le contre des deux attitudes, apporter pour finir à la thèse de la stabilité des arguments neufs et profonds.

Rejoignant le problème qu'avait posé le Cléon de Thucydide, il ouvre, en effet, au livre II de la *Politique* (1268 b et suivants) une sorte de débat entre les mérites contradictoires de la stabilité et du progrès. « Certains se demandent », écrit-il, « s'il est dommageable ou utile pour les cités de changer les lois traditionnelles quand il en est de meilleures ». Le terme employé pour ce « changement » des lois est *kinein*, exactement comme dans Thucydide ; et la référence à une thèse connue est bien marquée par la formule anonyme : « certains se demandent ». Il est donc clair qu'Aristote essaie ici de faire le point sur une question couramment débattue à Athènes. De fait, il lui consacre deux pages entières de discussion [18].

L'argumentation en faveur du changement est celle qu'utilisent normalement ceux qui croient au progrès : elle comporte deux idées principales, dont l'une est la comparaison avec les sciences et l'autre l'évocation de la vie des premiers hommes, avant la civilisation : leur misère prouve que ce qui est le plus ancien n'est pas nécessairement le meilleur.

Dès le ve siècle, ces deux arguments avaient cours. Les Corinthiens de Thucydide évoquaient déjà les *technai* pour justifier la nécessité du changement ; et ils disaient aux Lacédémoniens qu'ils allaient à un désastre : « Fatalement, comme dans les techniques *(technai)*, la nouveauté l'emporte toujours » [19]. De même, Thucydide se plaisait à décrire les difficultés et les déficiences de la vie grecque à ses débuts : il rejoignait en cela l'esprit des descriptions d'Eschyle (dans le *Prométhée*), de Protagoras (dans le *Protagoras* de Platon et probablement dans le traité perdu *Sur les conditions de vie primitives*), de l'auteur de l'*Ancienne Médecine*, de Démocrite (si Démocrite est bien à l'origine de la célèbre description de Diodore de Sicile, I, 8).

Il est intéressant de constater que ces arguments continuaient d'être utilisés à l'époque d'Aristote : il l'est plus encore de voir ce qu'il y ajoutait et comment il y répondait.

Aux arguments déjà mentionnés en faveur du renouvellement des lois, Aristote en joint un, le seul qui ne concerne que les lois et revête un caractère spécifique. Il écrit en effet : « En outre, il est préférable de ne pas conserver immuables non plus les lois écrites. Car,

18. Le fait est d'autant plus sensible que cette discussion n'est nullement justifiée par le contexte : elle sert de conclusion à l'examen des constitutions théoriques, et en particulier de celle d'Hippodamos de Milet.

19. I, 71, 3. Thucydide vante aussi le rôle du progrès dans certaines *technai*, comme la navigation ou l'art des combats.

aussi bien que dans les autres arts, en matière d'organisation politique, il est impossible de tout codifier avec précision ; les règles écrites sont forcément générales ; les actions, elles, portent sur des cas particuliers ». A vrai dire, cet argument a, dans le contexte où il se trouve, un côté un peu déroutant ; car la loi, en tout cas, ne pourrait être modifiée que par une autre loi, également générale. Et, bien que l'on comprenne ce qu'Aristote a voulu dire (à savoir que la rédaction de la loi ne saurait prévoir tous les cas), il semble bien que l'idée appartienne à un autre ordre de réflexions sur la loi, auquel Aristote l'aurait ici emprunté. Sa phrase, en effet, évoque plutôt la lente mise au point des lois que souhaitait Platon et qu'Aristote lui-même commente au livre III, quand il distingue la part respective des gouvernants et de la loi et qu'il dit : « La loi confie même aux hommes le soin de corriger et de rectifier ce qui est établi, lorsque l'expérience leur aura fait voir qu'il y a des parties susceptibles d'amélioration » (1287 a). Mais il est bien clair qu'il s'agit, en l'occurrence, de rectifications mineures. Et l'argument, ainsi introduit dans un plaidoyer pour le progrès, ne suggère plus, en fait, qu'un progrès des plus modestes. Il ne défend pas la possibilité de changements profonds ouvrant vers des perspectives nouvelles, mais un simple ajustement de détail dans la quête d'une impossible perfection.

Un tel infléchissement de l'argumentation en faveur du changement décèle donc déjà la prudence d'Aristote en la matière. Et, de fait, sa conclusion est des plus réservées : « Tous ces arguments », dit-il, « montrent donc à l'évidence qu'il faut changer certaines lois en certaines occasions ; mais, d'un autre point de vue, ce changement semblerait demander beaucoup de prudence ».

Cette conclusion résume, en un sens, l'attitude de la pensée grecque en général à l'égard des innovations en matière de législation. Mais l'originalité du texte tient aux arguments avancés pour justifier cette conclusion. Ceux-ci, en effet, sont neufs, par rapport aux textes évoqués jusqu'ici ; et ils impliquent une réflexion également neuve sur la nature même de la loi.

Aristote, comme le Cléon de Thucydide, ne proclame pas la qualité des lois anciennes ou leur simplicité : il s'attache au principe de leur stabilité en tant que telle. Et, en apparence, Aristote ne fait que répéter, de façon plus nuancée, ce qu'affirmait un peu brutalement Cléon. Celui-ci disait qu'il valait mieux des lois « imparfaites mais immuables », plutôt que des lois « bien faites mais sans autorité ». Aristote, lui, déclare, à 1269 a : « Quand l'amélioration est faible, et comme c'est un mal d'habituer les hommes à abroger les lois à la légère, il est clair qu'il faut tolérer quelques erreurs à la fois des législateurs et des gouvernants ; en effet, le bénéfice du changement sera moindre que le dommage résultant de l'habitude de désobéir aux gouvernants ». En fait, il s'agit bien de sauvegarder l'autorité des lois, comme dans le discours de Cléon. Mais Aristote joint à cette notion une explication importante, qui fait toute la différence : elle tient à l'idée d'habitude.

Cete idée lui permet d'écarter résolument le fameux parallèle entre la loi et les sciences ou techniques : la loi est, à ses yeux, d'une nature différente : « Prendre modèle des autres arts est même trompeur : ce n'est pas la même chose que changer un art ou une loi, car la loi, pour se faire obéir, n'a d'autre force que l'habitude et celle-ci n'apparaît qu'après un long espace de temps, si bien que passer facilement des lois existantes à d'autres lois nouvelles, c'est affaiblir la puissance de la loi » (1269 a 19 sqq.).

Cette analyse de la loi et du rôle qu'y joue l'habitude ne saurait surprendre de la part d'Aristote, qui, en psychologue averti, a souvent parlé du rôle de l'habitude dans la vie humaine. On peut citer, à titre d'exemple, un texte emprunté au début de l'*Éthique à Nicomaque*, où il montre que le bonheur est une lente acquisition : « Car une hirondelle ne fait pas le printemps, ni non plus un seul jour ; et ainsi la félicité et le bonheur ne sont pas davantage l'œuvre d'une seule journée ni d'un bref espace de temps » (1098 a)[20]. On peut également citer d'autres textes, vers la fin du même traité, qui répètent la même idée ; par exemple, à propos de l'éducation : « Il faut cultiver auparavant, au moyen d'habitudes, l'âme de l'auditeur, en vue de lui faire chérir ou détester ce qui doit l'être, comme pour une terre appelée à faire fructifier la semence » (1179 b) ; ou encore, à propos des occupations imposées par les lois : ce genre de vie « cessera d'être pénible en devenant habituel » (*ibid.*, fin)[21]. Aristote, en effet, combine l'intellectualisme avec le réalisme empirique ; et l'habitude lui permet de jeter un pont entre l'imperfection des hommes et cette raison vers laquelle ils doivent autant que possible s'élever.

Mais, par-delà ces tendances propres à Aristote, ce rôle de l'habitude dans l'autorité des lois rejoint le problème posé à la pensée grecque par la loi. Car, si la loi est, pour les Grecs, *nomos,* c'est-à-dire un usage sanctionné par une décision collective, il est à coup sûr difficile — et l'on a pu le voir à travers une longue série de témoignages — de lui assurer après coup des justifications transcendantales. Elle risquerait donc de se trouver sans appui solide, si ne lui était restituée la seule force qui, à l'origine, avait été la sienne, c'est-à-dire celle de l'habitude.

Cette ambiguïté initiale, source de tant de contestations, explique donc la tendance grecque à réclamer si fermement la stabilité des lois. Et le mérite d'Aristote est d'en avoir saisi et affirmé lucidement le principe. Ici encore, la boucle est bouclée, lorsqu'un philosophe

20. On rapprochera aussi, en ce qui concerne la loi, les arguments suggérés dans la *Rhétorique,* I, 1375 b, et disant : « Dans tous les autres arts, il n'y a aucun profit à se prétendre plus habile que le médecin », car « l'erreur du médecin est moins préjudiciable que l'habitude de désobéir à celui qui commande ».

21. Cf. *Rhétorique,* I, 1369 b : « Beaucoup d'actes, qui ne sont pas naturellement agréables, se font avec plaisir, quand on y est accoutumé ».

dégage en pleine lumière les principes dont on était parti, à l'origine, de façon naïve et quasiment inconsciente.

Le *nomos,* ou l'usage sanctionné par la cité, ne peut, en effet, recevoir sa pleine validité que s'il acquiert la stabilité, s'il devient « solide » *(bebaios).* Et le long malaise de la pensée grecque relative à la loi aboutit à la prise de conscience de cette condition première.

CHAPITRE XI

L'ÉDUCATION PAR LES LOIS

Si l'un des moyens d'asseoir l'autorité de la loi était de lui assurer une stabilité aussi grande que possible, un autre était de donner à son action un prolongement d'ordre moral. Cette seconde attitude a été aussi naturelle aux Grecs que la précédente. Et, après la crise de la loi, elle s'est, elle aussi, précisée, donnant lieu, au IVe siècle, à des doctrines et à des analyses qui ne sont pas moins importantes que dans l'autre cas, et qui sont parfois plus originales — en ce sens qu'elles n'ont pas été retenues, en général, par la pensée moderne.

La loi a, en effet, toujours eu, aux yeux des Grecs, une fonction, non seulement de prohibition et de surveillance, mais d'éducation.

A priori, ces deux fonctions sont bien distinctes. Et il semblerait que la première soit la plus importante et la plus spécifique. Aristote, en classificateur scrupuleux, n'a pas manqué de le préciser. Il présente, en effet, la loi comme étant avant tout désignée pour une fonction coercitive, dont son autorité lui assure le privilège. On peut le constater, soit lorsqu'il rattache l'existence de la loi à celle de l'injustice [1] (*Éthique à*

1. C'est en ce sens qu'Isocrate disait que le nombre des lois croissait avec celui des crimes : cf. ci-dessus, pp. 183-184.

Nicomaque, 1134 a), soit surtout lorsqu'il analyse le rôle des sanctions imposées par la loi (1179 b) : il reconnaît, en effet, que « la passion est plutôt disposée à céder à la force qu'à la raison », ou encore que « le grand nombre se soumet plutôt à la nécessité qu'à la raison et aux punitions qu'à l'honneur » ; aussi, les législateurs « doivent sans doute exhorter les hommes à la vertu, et les y exciter par des motifs d'honneur, parce que ceux qui y sont préparés par de bonnes habitudes sauront entendre un pareil langage ; mais il faut aussi imposer des peines et des châtiments à ceux qui sont rebelles à la loi et qui ont des dispositions naturelles moins heureuses ». Pour tout cela, l'autorité de la loi a seule un pouvoir efficace : « L'autorité paternelle n'a point cette force irrépressible qui ressemble à la nécessité ; elle ne se trouve pas même dans l'autorité d'un seul individu, à moins qu'il ne soit roi, ou quelque chose de pareil : il n'y a que la loi qui soit revêtue de cette puissance coercitive, puisqu'en général on hait ceux qui s'opposent à nos désirs, même quand ils ont de justes motifs pour le faire ; au lieu que la loi n'excite aucun sentiment de haine en prescrivant ce qui est honnête et sage » [2].

On pourrait donc penser que les lois valent seulement pour les hommes médiocres et n'ont de rôle éducatif que par l'autorité que sème la crainte.

Pourtant, il est à relever que même le texte d'Aristote qui vient d'être cité commence, tout au début, par attribuer une autre mission aux législateurs, et qu'il la place en parallèle avec la seconde par une belle parataxe : les législateurs, dit-il, doivent *sans doute* exhorter les hommes à la vertu et les y exciter par des motifs d'honneur..., mais il faut *aussi* imposer des peines... ».

2. On sait, du reste, ce qu'admet Aristote : pour les hommes qui s'élèvent au-dessus des autres, il n'y a point de loi qui leur convienne : « ils sont à eux-mêmes leur propre loi » (*Politique,* III, 1284 a, cf. ci-dessus, p. 194, n. 2).

Une telle dualité est essentielle aux yeux des Grecs ; et l'on pourrait citer bien des textes où ces deux fonctions sont évoquées dans le même ordre que chez Aristote [3]. D'une façon générale, la fonction répressive ne se pense pas sans l'autre, à laquelle elle est associée. Pour les Grecs, la loi forme les mœurs et le législateur doit agir en conséquence.

I. *La loi et les mœurs.*

A vrai dire, l'opposition ainsi formulée entre les deux fonctions de la loi ne doit pas tromper : déjà au niveau de la prohibition des délits, il est remarquable de constater que, très tôt, les Grecs ont interprété le châtiment prévu par la loi en termes d'éducation.

Dès l'*Orestie* d'Eschyle, on trouve l'idée que l'existence des sanctions divines implique une leçon. Le fait même qu'on les sache possibles exerce, tout d'abord, une action préventive ; et, dans les *Euménides,* Athéna reprend à son compte le credo des Erinyes, ces déesses de la vengeance et du châtiment, en déclarant : « Que toute crainte, surtout, ne soit pas chassée par elle (la cité) hors de ses murailles ; s'il n'a rien à redouter, quel mortel fait ce qu'il doit ? » (699). D'autre part, une fois la faute commise et le châtiment imposé, celui-ci invite à réfléchir. Il le fait pour le coupable : car Zeus « a ouvert aux hommes les voies de la prudence, en leur donnant pour loi : Souffrir pour comprendre. Quand, en plein sommeil, sous le regard du cœur, suinte le douloureux remords, la sagesse en eux, malgré eux, pénètre. Et c'est bien là, je crois, violence bienfaisante des dieux assis à la barre céleste » (*Agamemnon,* 176-

3. De même, Platon ne considère le rôle répressif des lois que comme une fonction complémentaire, puisqu'il compte sur elles pour agir « tantôt persuadant, tantôt châtiant par la force et la justice les mœurs qui ne cèderaient pas à la persuasion » (*Lois,* 718 b). Cf. tous les textes où sont de même juxtaposées la persuasion et la contrainte : ci-dessous, p. 247 et n. 26.

183). Et, du même coup, la venue de ce châtiment invite aussi les autres à réfléchir : les commentaires inlassables du chœur, dégageant la leçon des désastres récents, en fournissent des preuves multiples.

La doctrine de l'*Orestie* prête donc aux sanctions divines une valeur éducative ; or, au cours du Vᵉ siècle, la même idée se retrouve à plusieurs reprises, clairement analysée et appliquée, cette fois, aux châtiments humains prévus par les lois.

Le *Gorgias* et le *Protagoras* de Platon en sont les témoignages les plus décisifs.

Dans le *Gorgias,* l'idée intervient à la fin, et elle est encore mise en relation avec les châtiments divins infligés aux enfers ; mais elle est énoncée sous une forme générale et vaut, de toute évidence, pour les châtiments humains aussi bien que divins [4] ; le texte dit, en effet : « La destinée de tout être qu'on châtie, si le châtiment est correctement infligé, consiste ou bien à devenir meilleur et à tirer profit de sa peine, ou bien à servir d'exemple aux autres, pour que ceux-ci, par crainte de la peine qu'ils lui voient subir, s'améliorent eux-mêmes » (525 b). Les phrases suivantes distinguent avec précision les divers cas possibles ; et cette précision même prouve assez que le texte se réfère à une doctrine déjà clairement élaborée.

Or, cette doctrine se rencontre effectivement, exprimée avec fermeté, dans le *Protagoras,* où elle est, en termes exprès, attribuée au grand sophiste. Là, il ne s'agit plus que de faits humains ; et l'ensemble du développement est directement rattaché à l'idée d'éducation, puisqu'il s'agit de montrer comment la vertu s'enseigne, à l'insu même des gens. Le châtiment, explique Protagoras, implique un souci d'éducation : « Si tu veux bien réfléchir, Socrate, à l'effet visé par la punition du coupable, la réalité elle-même te montrera que

4. Cf. d'ailleurs plus loin : « Les condamnés qui expient leur faute et tirent profit de leur peine, *qu'elle vienne des dieux ou des hommes...* ».

les hommes considèrent la vertu comme une chose qui s'acquiert. Personne, en effet, en punissant un coupable, n'a en vue ni ne prend pour mobile le fait même de la faute commise, à moins de s'abandonner comme une bête féroce à une vengeance dénuée de raison : celui qui a souci de punir intelligemment ne frappe pas à cause du passé — car ce qui est fait est fait — mais en prévision de l'avenir, afin que ni le coupable ni les témoins de la punition ne soient tentés de recommencer » (324 a-b).

Cette doctrine, qui ne manque pas de noblesse, fait honneur aux Grecs ; et elle montre que, même dans l'aspect le plus négatif de la loi, ils voyaient matière à formation de l'homme et à influence raisonnable. La fonction répressive était elle-même éducative.

Pourtant — et c'est là le plus remarquable — jamais la pensée grecque n'a considéré que le rôle éducatif des lois pût se limiter à cela.

Dans les collectivités qu'étaient les cités grecques jusqu'au IVe siècle, avec leurs proportions restreintes et leurs liens intérieurs étroits, l'idée d'un genre de vie commun, définissant un ensemble de valeurs également communes, était une idée naturelle. Et l'espèce de subordination qui s'établissait, de façon spontanée, entre l'individu et la collectivité accentuait cet effet d'assimilation. De plus, celui-ci était encore renforcé par la multiplicité et la continuité des échanges quotidiens entre citoyens. Un fragment célèbre de Simonide disait déjà : « La cité instruit l'homme » (fr. 50 Bergk-Hiller). L'idée a été souvent reprise dans les textes classiques. De même que les « règles » du père dressent et forment l'enfant (Sophocle, *Ajax,* 548), de même les lois de la cité donnent aux individus leurs valeurs, leurs habitudes, leur caractère.

Cette espèce d'éducation latente et collective apparaît fort bien dans Thucydide, à propos des deux cités qui s'affrontent dans la guerre du Péloponnèse. Pour Sparte, l'idée en est formulée par le roi Archidamos, dans un discours où il défend les valeurs spartiates, en les rattachant à la *paideia* de Sparte, c'est-à-dire à la formation que le citoyen reçoit de la cité : « Nous devons à notre bon ordre deux qualités : la vertu guerrière et le discernement ... le discernement, d'autre part, à cause de notre formation [5] : celle-ci ne nous donne pas tant de finesse que nous méprisions les lois, et la rigueur dont elle s'entoure nous rend trop raisonnables pour leur désobéir ». Ces vertus sont donc affaire de formation ; et, pour Archidamos, tout est là : « Celui-là seulement vaut le plus, qui est formé dans les plus rudes contraintes » (I, 84, 3-4). A ce portrait de la *paideia* spartiate s'oppose celui de la *paideia* athénienne : il est tracé dans l'Oraison funèbre prêtée à Périclès, et dont une des originalités est, précisément, d'avoir laissé de côté l'évocation traditionnelle des exploits passés pour la remplacer par l'analyse de valeurs communes. L'introduction le dit bien : « Mais quels principes de conduite nous ont menés à cette situation, avec quel régime et grâce à quels traits de caractère elle a pris son ampleur, voilà ce que je montrerai d'abord, avant d'en venir à l'éloge de ces hommes » (II, 36, 4). L'exposé commence alors par une analyse du régime, qui tourne très vite à une analyse des mœurs, pour la raison que le régime correspond à certaines valeurs que les mœurs mettent en pratique. Selon Périclès, ces valeurs sont même si hautes qu'Athènes ne forme pas seulement les Athéniens : Athènes, dans son ensemble, est, dit-il, « une vivante leçon » pour la Grèce (II, 41, 1). Aussi bien ses conseils pour l'avenir consistent-ils à rappeler et à ranimer le sens de cette leçon que chacun tire chaque jour de la vie même de la cité : « Contemplez plutôt chaque jour, dans sa réalité, la puissance de la cité, soyez-en épris, et, quand elle vous semblera grande, dites-vous

5. Toute l'analyse qui suit (et dont une partie est sautée ici, car la phrase est longue) s'accroche au participe *paideuomenoi*, « étant formés », qui en commande les divers éléments.

que les hommes qui ont acquis cela montraient de l'audace, discernaient leur devoir, et, dans l'action, observaient l'honneur... » (43, 1).

L'idée d'une formation commune par des valeurs communes est sous-jacente à ces deux textes de Thucydide. Elle inspire aussi, sans l'ombre d'un doute, la belle métaphore d'Isocrate, qui, sans parler de lois au sens strict, se représente tout un ensemble de principes définissant le régime d'une cité. Or le régime est à ses yeux « l'âme de la cité » et l'âme de la cité imprime sa marque en chacun, par l'intermédiaire des lois. « Car l'âme de la cité n'est rien d'autre que la constitution, qui a le même pouvoir que dans le corps la pensée : c'est elle qui délibère sur tout, qui conserve les succès et cherche à éviter les malheurs ; c'est elle qui doit servir de modèle aux lois, aux orateurs et aux simples particuliers, et nécessairement on obtient des résultats conformes à la constitution que l'on a » (*Aréopagitique*, 14)[6].

Ces divers textes sont révélateurs. Pourtant, le rapport qui lie les lois et les mœurs n'y est point analysé avec précision ; souvent même le mot de loi y manque. Ce sont des textes littéraires, où l'idée n'est point poussée de façon systématique. Elle l'est au contraire chez les trois philosophes qui se sont le plus intéressés à la loi — Protagoras, Platon et Aristote. Chez chacun d'eux, l'idée s'épanouit en systèmes lucides.

Pour Protagoras, les seuls renseignements que l'on ait viennent du *Protagoras* de Platon ; mais ils sont largement suffisants. En effet, selon le sophiste, c'est aux lois que revient la tâche capitale d'enseigner aux gens la vertu.

Elles la remplissent de deux façons. La première, qui est la plus évidente, se traduit par une action directe :

6. La formule est reprise dans le *Panathénaïque*, 138. La conséquence de cette manière de voir est que les Grecs d'alors insistaient toujours sur la moralité qui doit appartenir aux législateurs (cf. Isocrate, *Sur la Paix*, 53-54, *Panathénaïque*, 143).

la cité force les enfants à apprendre les lois, de manière à leur inculquer par là le sentiment des valeurs qui ont inspiré ces lois, et avant tout celui de la justice : « Quand ils sont libérés de l'école, la cité à son tour les force à apprendre les lois et à y conformer leur vie. Elle ne leur permet pas d'agir librement à leur fantaisie ; mais, de même que le maître d'écriture, pour les enfants qui ne savent pas encore écrire, trace d'abord les lettres avec son stylet et leur remet ensuite la page où ils devront suivre docilement l'esquisse des lettres, ainsi la cité, traçant à l'avance le texte des lois, œuvre de bons et anciens législateurs, oblige ceux qui commandent et ceux qui obéissent à s'y conformer » (326 d). Autrement dit, les lois sont la première initiation au bien [7].

Mais leur action ne se limite pas à cette initiation directe : avant même que l'enfant ait pu être mis en présence du texte des lois, elles avaient contribué à sa formation, puisque tout son entourage, dans la vie de chaque jour, n'a cessé de lui suggérer ou de lui imposer des valeurs qui sont celles de la cité. La nourrice, la mère, le pédagogue, le père, « lui prodiguent les leçons et les explications : ceci est juste et ceci injuste, ceci est beau et ceci est laid, ceci est pieux et ceci impie ; fais ceci et ne fais pas cela » (325 d). Ces valeurs, admises au sein d'un groupe et diffusées par l'éloge et le blâme, sont précisément celles qui trouvent, en définitive, leur expression dogmatique dans les lois.

Cette doctrine, que ne désavoueraient sans doute pas les sociologues modernes, se retrouve avec netteté dans la *République* de Platon, où elle commande les analyses du livre VI et du livre VIII, montrant comment les

7. De même, les lois garantissent un début de moralité par leur existence même : « L'homme qui te paraît le plus injuste dans une société soumise à des lois serait encore un juste et un artiste en cette matière, si l'on avait à le comparer avec des hommes qui n'eussent ni éducation, ni tribunaux, ni lois... » (327 c).

individus bien doués sont corrompus par la société et comment, inversement, la cité modifie son régime et ses lois sous la pression de certaines évolutions morales.

Le premier cas est décrit au livre VI, quand Platon évoque la façon dont le philosophe, ou celui qui aurait pu le devenir, est perverti par son entourage : l'opinion publique donne à certaines valeurs un crédit tel qu'aucun caractère individuel ne saurait y résister, ni éviter de s'y conformer. Le passage ne parle pas de lois ; mais il est trop beau, et trop proche des analyses de Protagoras, pour qu'on ne le cite pas ici en entier. Il fait apparaître, en particulier, le rôle du blâme et de l'éloge dans cette éducation à rebours qu'exerce en ce cas la cité. Il évoque, en effet, l'autorité des gens lorsqu'ils « siègent ensemble en foule pressée, dans les assemblées politiques, dans les tribunaux, dans les théâtres, dans les camps et dans quelque autre réunion publique, et qu'ils blâment ou approuvent à grand bruit certaines paroles ou certaines actions, également outrés dans leurs huées et dans leurs applaudissements, et que les rochers et les lieux où ils sont font écho à leurs cris et doublent le fracas du blâme et de la louange. En pareil cas, que devient, comme on dit, le cœur d'un jeune homme ? Quelle éducation privée résisterait et ne serait pas emportée dans ces flots de blâme et de louange au gré du courant qui l'entraîne ? N'en viendra-t-il pas à juger comme eux de ce qui est beau et de ce qui est laid ? Ne prendra-t-il pas les mêmes goûts qu'eux, et ne sera-t-il pas pareil à eux ? » (492 b-c)[8]. La répétition des termes marquant similitude et assimilation est tout à fait symptomatique, de même que le rôle du blâme et de la louange. Certes, ces cris de l'assemblée sont bien loin de la loi ; mais le procédé par lequel les valeurs de la masse s'imposent à l'indi-

8. De même le tyran qui veut modifier les mœurs de la cité se donne lui-même pour exemple et agit sur les citoyens « tantôt distribuant éloges et honneurs, tantôt blâmant et châtiant la désobéissance à chaque manifestation » (711 b -c).

vidu est le même que celui par lequel la loi fait régner les siennes. Les moyens de la loi sont simplement plus étendus ; et Platon précise plus loin que la masse, quand elle ne persuade pas les gens par la parole, en vient à les frapper « d'atimie, d'amendes, de mort » : l'exemple de l'assemblée n'est donc que l'image, en mal, de ce que peut faire la loi, en bien.

Au reste, le livre VIII explique clairement en quoi les lois traduisent des valeurs, qui s'affirment sous l'influence des individus, et qui, à leur tour, les forment à leur image [9]. Ici encore, la formation n'est pas bonne, ni saine, mais l'existence d'une formation collective et ses modalités commandent l'ensemble de la pensée.

Le livre VIII, chacun le sait, est, en effet, construit sur un parallélisme constant et rigoureux entre les diverses sortes de régimes et les diverses sortes d'individus. Ce parallélisme relève peut-être plus de l'analyse théorique que de l'histoire, en ce sens qu'il peut y avoir des individus oligarchiques dans une démocratie, ou l'inverse ; mais l'exposé relatif aux divers régimes prouve cependant que la cité n'évolue qu'avec ses membres, qui, eux-mêmes, évoluent tous ensemble du fait des conditions dans lesquelles la cité les fait vivre. Il y a donc une interaction réciproque. Les structures politiques sont, en effet, déterminées par la tendance commune des citoyens (ainsi 544 e : « Où crois-tu par hasard que ces formes sortent des chênes ou des rochers, et non des mœurs des citoyens, qui entraînent tout du côté où elles penchent ? », ou 435 e : « Ne sommes-nous pas, repris-je, absolument forcés de convenir que chacun de nous porte en lui les mêmes espèces de

9. Platon admet de toute évidence une action double et réciproque : les efforts pour établir un choix et privilégier l'une des deux influences n'apparaîtront qu'après lui. Il en est comme pour le parallélisme entre l'âme et l'État, qu'il admet ouvertement et qui est si important pour l'ensemble de sa pensée, mais qui est sans explication, alors que les commentateurs postérieurs s'interrogent pour savoir lequel des deux domaines doit être conçu comme lui imposant ce qu'il dit de l'autre.

caractères et les mêmes mœurs que l'État ? car elles n'y peuvent venir que de nous »). Mais, par un effet inverse, et plus important encore pour le propos examiné ici, les structures politiques modèlent les individus. Elles le font par l'entremise de l'imitation et de l'éducation, et aussi par l'intermédiaire des situations économiques. Et chacun des changements analysés par Platon illustre cette action de façon systématique. L'imperfection des hommes ayant suscité dans la cité un régime où la richesse existe et où l'on en profite dans l'ombre, le goût de cette richesse se développe, et, un beau jour, on fait une loi, fixant un cens. Alors, par voie de conséquence, cette loi nouvelle entraîne une inégalité accrue des fortunes ; et elle sème chez les uns la cupidité, chez les autres la rancune ou la jalousie. Si bien qu'un beau jour, la guerre civile éclate : les pauvres, vainqueurs, mettent dès lors l'égalité dans les lois, en établissant le tirage au sort des magistratures. Par voie de conséquence, cette loi nouvelle entraîne à son tour le goût d'une liberté sans limites, et des soupçons hostiles à l'égard des soi-disant ennemis du régime : ainsi se développe une peur, qui suscite l'apparition d'un protecteur, destiné à devenir un tyran. L'évolution des mœurs se reflète donc dans les changements successifs des structures politiques ; et ces structures elles-mêmes, définies par des lois, amènent à chaque fois l'apparition de mœurs nouvelles [10].

Dans tous ces cas, il s'agit toujours d'une influence mauvaise, d'une éducation fâcheuse ; mais l'existence de l'influence morale exercée par les lois n'en est pas moins nettement mise en lumière ; et il est clair que le souci de Platon de fonder un État, où les lois seraient bonnes, se lie à l'idée qu'il a de leur rôle et de leur

10. Il faudrait ajouter que l'exposé relatif aux diverses sortes d'individus montre admirablement l'influence que peut prendre sur l'âme d'un jeune homme les propos de son entourage, et la façon dont, peu à peu, il s'identifie à cet entourage (ainsi 549 e - 550 a).

pouvoir. S'il les veut bonnes, c'est précisément parce qu'il n'existe de citoyens justes que dans un État dont les lois les forment à la justice.

Dans un monde plus proche du réel, c'est aussi ce que pense Aristote. Le sens aigu qu'il avait du rôle de l'habitude dans la vie morale le prédisposait à relever l'importance, dans l'éducation, des valeurs communes et de la loi qui les exprime : si la loi, en effet, doit sa force à l'habitude [11], on peut dire qu'inversement elle crée des habitudes qui, peu à peu, forment les hommes.

C'est ainsi que, dans le dernier livre de l'*Éthique à Nicomaque,* lorsqu'il insiste sur la part de la pratique dans l'acquisition de la vertu, il n'oublie pas le rôle des lois. Il reconnaît le danger des passions et marque combien il est nécessaire que l'homme acquière le sentiment des vraies valeurs ; et il ajoute : « Recevoir en partage, dès la jeunesse, une éducation tournée avec rectitude vers la vertu est une chose difficile à imaginer quand on n'a pas été élevé sous de pareilles lois ; car vivre dans la tempérance et la constance n'a rien d'agréable pour la plupart des hommes, surtout quand ils sont jeunes. Aussi convient-il de régler au moyen de lois la façon de les élever, ainsi que leur genre de vie, qui cessera d'être pénible en devenant habituel » (1179 b) [12]. Et, plus loin, parlant du rôle éducatif assumé par l'État, il dit nettement que l'éducation publique s'établit par les lois et ne peut être utile et sage qu'autant que les lois elles-mêmes (écrites ou non écrites) seront bonnes » (1180 b). Il se sert même de cette idée pour mettre en parallèle le rôle éducatif différent réservé au père et réservé aux lois [13].

11. Cf. ci-dessus, pp. 223-224.
12. Ce texte a été cité en partie p. 224.
13. L'idée est si importante en grec et si peu naturelle en français que, là où Aristote dit que la loi a « instruit » *(paideusas),* la traduction Thurot écrit « exposé clairement les lignes générales » (*Politique,* 1287 a 25) : l'aspect vivant et constructif du terme a complètement disparu.

De Simonide à Aristote, en passant par Thucydide, Protagoras et Platon, la ligne de pensée est donc continue ; et il semble que les auteurs qui se sont succédé n'aient fait que renchérir les uns sur les autres, en prenant une conscience à chaque fois plus claire de la fonction éducative que peuvent avoir les lois.

Aussi bien, la pensée grecque restait, ici encore, fidèle à une sorte de logique interne. En effet, si ses lois ne sont que des mœurs ratifiées par une collectivité, il est naturel qu'elles correspondent à une disposition de pensée caractéristique de ce groupe, qu'il se reflète en elles et qu'elles définissent ses valeurs.

Mais — le dernier texte cité le montre bien — il se trouve qu'en l'occurrence les Grecs ne pouvaient accepter une telle idée sans attribuer au faiseur de lois une tâche plus noble et plus difficile, puisque le législateur est, indirectement, l'éducateur du peuple.

Les Grecs ont pleinement admis cette implication ; et ils en ont assumé les conséquences. En particulier, dans le cours du IVe siècle, c'est ce qui leur a fait exalter le rôle du législateur et réclamer des lois un tour mieux en rapport avec cette fonction éducative qui devait être la leur. Toute la pensée grecque sur le rôle de la loi se traduit dans un effort pour la rendre à même de le tenir.

II. *Le législateur et sa mission.*

La Grèce vivait dans le respect des grands législateurs légendaires. Il faut entendre par là des sages, voire des hommes inspirés, à qui avait été confiée la charge d'établir la législation d'une cité, en bloc, et de façon souveraine ; tel était encore le rôle que se proposaient les philosophes cherchant à définir un État idéal. Mais les citoyens ordinaires, proposant une loi unique dans un système déjà existant, assumaient un peu de la majesté de ce rôle, et un peu, aussi, des responsabilités qui s'y attachaient. De là vient que l'on trouve, dans les plaidoyers anciens, tant d'éloges de

Solon, mêlés à tant d'attaques contre les auteurs de mauvaises lois.

De fait, quiconque se faisait, fût-ce pour un détail, législateur, donnait, par sa loi ou ses lois, une certaine image de la cité et de ses valeurs morales. Une fois de plus, c'est là un des aspects de la loi auquel Démosthène a été sensible. Dans le *Contre Leptine*, il reproche à la loi en litige d'être indigne des traditions athéniennes : « Puisse la cité persuader à Leptine de la prendre — ne fût-ce qu'en apparence — pour modèle ; cela vaudra mieux, et pour vous et pour lui, que s'il persuadait de le prendre pour modèle la cité elle-même. Car, fût-il le plus honnête homme du monde — ce que je veux bien admettre — il ne saurait donner des leçons de moralité à notre cité ! » (14).

Ce lien étroit entre les valeurs de la cité et ce que l'on pourrait appeler, avant Montesquieu, l'esprit des lois, peut donc constituer un critère lorsqu'il s'agit d'adopter ou de ne pas adopter une loi. Il peut aussi permettre de dégager un principe général : c'est ce qui apparaît lorsqu'Aristote précise que les lois doivent être adaptées au régime (*Politique*, 1289 a et 1337 a).

Mais surtout, par-delà le lien avec un régime et son idéal propre [14], la loi, conçue comme un moyen d'éducation, doit former les hommes à la vertu, toujours et partout.

Or, cette idée explique beaucoup des traits les plus caractéristiques de la réflexion grecque sur la loi.

Elle explique d'abord l'importance, dans cette réflexion, des lois sur l'éducation. Le fait se vérifie chez Isocrate, qui évoque avec nostalgie la *paideia* du temps des ancêtres, chez Aristote, qui se plaint que seule la législation de Sparte ait été suffisamment occupée

14. Platon, on l'a vu, se refuse à considérer que les lois aient pour mission le maintien des gouvernements (*Lois* 714 b - 715 c, cf. ci-dessus, pp. 196-197) ; elles doivent viser au bien de tous et, selon ses termes, rendre la cité « libre, unie, raisonnable » (*ibid.*, 701 d).

d'éducation et qui lui-même insiste sur cet aspect à la fin de sa *Politique*[15], chez Platon, enfin, dont la *République* et les *Lois* ne sont souvent pas autre chose qu'un système idéal d'éducation. Dans le dernier traité, en particulier, les lois sur l'éducation représentent souvent l'élément le plus riche et le plus original. Partant des jeux de la petite enfance, elles sont exposées avec une précision qui annonce nos jeunes « sciences de l'éducation ». Et, évoquées au livre VI, elles remplissent la totalité du livre VIII. En effet, le moyen le plus efficace d'instruire les citoyens consiste, naturellement, à régenter leurs activités en les prenant depuis l'enfance.

Mais même quand il ne s'agit pas d'éducation au sens propre du terme, le souci de formation morale reste constamment présent. Et ceci explique un second trait de la réflexion grecque sur les lois, qui est le niveau auquel elle se place et le contexte dans lequel elle se situe.

Le fait est qu'en Grèce, les problèmes de législation sont traités par des philosophes. Ceux qui parlent de lois sont Platon et Aristote, qui n'en ont jamais fait une seule : les lois sont de leur ressort, dans la mesure où elles tendent à la vertu. Si bien qu'une étude de la loi en Grèce, au lieu de passer par des juristes, comme à Rome, passe, en fait, par le chemin abstrait de la philosophie.

Un seul auteur, au IVe siècle, a suggéré que faire des lois était une simple technique. Mais son erreur a aussitôt été relevée. L'erreur est d'Isocrate, la mise au point est d'Aristote.

Isocrate, dans le *Sur l'Échange*, mettait en parallèle l'activité de l'auteur de discours et celle du législateur, jugeant que la première exigeait plus de mérite. Il écrivait : « Maintenant que nous sommes arrivés à un

15. *Politique*, 1337 a sqq. Cf. *Éthique à Nicomaque*, 1180 a, 25-27.

temps où les discours qui ont été prononcés et les lois qui ont été promulguées sont innombrables, et où l'on admire surtout les lois les plus anciennes et les discours les plus nouveaux [16], ces deux ouvrages ne demandent plus la même intelligence ; ceux qui veulent proposer des lois trouvent un secours dans la multitude de celles qui existent déjà, car ils n'ont nul besoin d'en chercher d'autres et doivent seulement tenter de codifier celles dont on se loue ailleurs, tâche facile pour le premier venu qui le désire » (82-83).

Malheureux Isocrate ! Il avait parlé là en homme qui fabrique des discours : il avait jugé en ouvrier, non en philosophe : Aristote l'en a repris avec hauteur à la fin de l'*Éthique à Nicomaque.* Cherchant comment peut s'acquérir la science du législateur, il montre tout d'abord que ce n'est pas auprès de ceux qui pratiquent une politique active, ni auprès des sophistes qui font profession d'enseigner la politique ; puis, reprenant les mots d'Isocrate, il déclare : « Ils n'auraient pas non plus pensé que légiférer est une chose facile consistant seulement à collectionner celle des lois qui reçoivent l'approbation de l'opinion publique. Car ils disent qu'il est possible de sélectionner les meilleures lois, comme si cette sélection n'était pas elle-même affaire d'intelligence, et comme si ce discernement, fait correctement, n'était pas ce qu'il y a de plus important ! » (1181 a) [17].

A travers cette petite controverse se dessine le sentiment, cher aux Grecs, et maintes fois exprimé par Platon comme par Aristote, que le législateur doit posséder une science réelle des fins de la législation, c'est-à-dire de la science politique.

Mais cette science elle-même suppose une vue lucide

16. Sur cette idée des lois anciennes, cf. ci-dessus, pp. 215-217.

17. La traduction ne rend qu'imparfaitement compte de la similitude des formules : les mots sont, en effet, repris exactement à Isocrate (sans qu'il soit nommé) — en particulier ceux qui signifient « facilité », « codification » ou « sélection », « approbation ».

des fins dernières. Bien loin d'être une simple technique, elle se soude donc étroitement à l'éthique et à la métaphysique. Si bien que l'ensemble est indissociable : les *Lois* de Platon continuent la *République*, et la *Politique* d'Aristote est jumelle de l'*Éthique à Nicomaque* [18].

Aussi bien, même les textes pratiques consacrés aux lois ne se présentent presque jamais sous un aspect simplement pratique. Là où des philosophes postérieurs parleront de souveraineté, de pouvoirs séparés, voire de principes comme l'*habeas corpus* ou le *ne bis in idem*, les Grecs parlent de la vertu et de « devenir meilleurs ». Et tout au long du traité le plus technique de Platon, à savoir les *Lois*, on rencontre des développements qui se résument par des sous-titres comme « primauté de l'âme », « l'honneur est supérieur à la richesse », « idéal personnel », « la vertu et le bonheur » [19].

La science politique fondée par les Grecs est non seulement une philosophie politique, mais une philosophie tout court.

Cette étroite union de la législation et de l'éthique se traduit du reste — et c'est là une particularité de la réflexion grecque qui pour être le fait d'un seul traité, n'en est pas moins révélatrice d'une tendance générale — dans la structure même du traité des *Lois* et dans la forme qu'il propose pour les textes législatifs.

Le traité des *Lois* est commandé par un souci d'éducation morale ; et cela se traduit dans l'attaque même du sujet. Le débat s'engage, en effet, à propos des lois de la Crète, qui prescrivent, par exemple, les repas en commun et les exercices physiques ; et aussitôt la

18. De même, quand ces auteurs parlent de lois, il faut toujours penser que leur vision est une vision d'ensemble, que les lois forment un tout, définissent un régime qui, en réalité, englobe toute la vie de la cité, et qu'elles supposent définies ses fins et celles de l'homme.

19. Cf., dans l'édition des Belles-Lettres, pages 78, 80, 83, 86 du tome XI, 2e partie.

question surgit : quelles fins visent de telles lois ? La discussion ainsi amorcée tend alors à préciser que les institutions doivent se proposer pour but non pas tant la vertu guerrière que la vertu totale. Pour cela, une des tâches du législateur doit être de se conformer à une juste hiérarchie des biens et des valeurs (631 d). Il doit, au reste, « déclarer aux citoyens que les autres prescriptions qui les concernent ont en vue ces biens » ; et ses lois doivent « expliquer et définir l'honnête et le déshonnête » (632 a). Cela implique, évidemment, une vue correcte de cette hiérarchie des biens, qui est la clef de tout [20].

Cette doctrine, ainsi posée à l'ouverture de l'œuvre, est, dans la suite, rappelée presque à chaque instant. Jusqu'aux problèmes les plus pratiques, comme la situation de la cité ou l'existence d'une marine, tout est considéré en fonction de la vertu et Platon, chaque fois, réaffirme la nécessité de juger ainsi. Par exemple, il dit : « Je pose ce principe en effet : seule est bien établie la loi qui, en chaque occasion, comme un archer, ne vise que celui des objets qu'un beau résultat accompagne toujours et constamment, quitte à laisser de côté tous les autres avantages » (706 a) ; ou bien il dit que le but est pour les sages « de se rendre le meilleurs possible et de le rester aussi longtemps qu'ils existent » (707 d) ; ou bien il redit : « nous devons... obéir à tout ce qu'il y a en nous de principes immortels pour y conformer notre vie publique et privée... » (714 a) [21].

20. De même 697 a - b : « Nous disons donc que la cité qui veut se conserver et prospérer dans la mesure possible à l'homme doit nécessairement, à ce qu'il paraît, départir correctement l'honneur et l'infâmie. Or, dit-on, ce qui est correct c'est de regarder comme les plus précieux et les premiers les biens qui concernent l'âme, si la tempérance y réside... » ; cf., pour une discussion approfondie de cette hiérarchie des biens, II, 660-661 et V, 726-730.

21. Les autres traités de Platon contiennent, naturellement, nombre d'affirmations similaires ; et la doctrine se retrouve jusque dans un traité d'authenticité contestée comme le *Minos*,

Mais l'importance de la doctrine dans l'œuvre se mesure moins à ces affirmations réitérées qu'aux conséquences qui en découlent dans l'agencement même de l'œuvre. Car le fait est que le traité des *Lois,* afin de mieux remonter, à chaque fois, aux principes premiers, ne cesse de différer les considérations proprement législatives.

Les trois premiers livres, en effet, ne sont qu'une analyse des fins à poursuivre[22]. Dans le livre I, juste après les principes cités plus haut, l'exposé s'attache à une définition de l'éducation : « Définissons donc tout d'abord, dans l'intérêt du raisonnement, ce que l'éducation est en fin de compte et quelle en est la portée » (643 a). Les exemples du vin et des banquets, des chœurs et de la musique, ont pour objet d'éclairer ce thème, qui remplit les livres I et II. Quant au livre III, il démontre par une analyse de genre historique la nécessité où se trouve tout régime de préserver les valeurs essentielles et d'assurer entre elles un équilibre. Au livre IV, seulement, on aborde les problèmes pratiques de la fondation de la cité et de la rédaction de ses lois. Mais tout le début de l'exposé ne sert qu'à mieux préciser les principes. Si bien qu'à la fin du livre IV, on découvre que l'on en est seulement au prélude : « Reprenons donc, comme on dit au jeu, pour un second coup plus heureux, depuis le début, avec l'intention d'exécuter un prélude, et non pas, comme tout à l'heure, le premier discours venu. Sur le culte des dieux et les soins dus aux parents, ce qui a été dit

qui a pour sous-titre *Sur la Loi,* et où l'éloge du législateur légendaire s'achève par les mots : « C'était du reste sa manière... de former à la vertu par des discours. Aussi établit-il pour ses concitoyens ces lois qui ont toujours fait le bonheur de la Crète » (320 b).

22. C'est d'ailleurs à la fin du livre III que l'on découvre que, « justement », une tâche de législation s'offre, en fait, à la réflexion des personnages du dialogue.

à l'instant peut suffire[23], mais essayons de dire la suite, jusqu'à ce que tu trouves tout le prélude suffisamment formulé. Après quoi, alors seulement, tu énuméreras les lois elles-mêmes dans leur texte » (723 e).

Dans le traité des *Lois,* si la composition surprend, c'est parce que les préliminaires comptent plus que le résultat et que l'introduction prend plus d'importance que ce à quoi elle introduit.

De formule dilatoire en formule dilatoire, l'examen des lois est toujours remis. Et, au milieu du livre V, on en est encore au prélude : « Sur ce, arrêtons à ce point de l'entretien notre exposé du prélude des lois ; et après ce prélude il faut sans doute que vienne un air, ou plutôt, à dire vrai, il faut esquisser un code civique » (734 e)[24].

Ce mouvement si caractéristique, et qui donne tant d'importance aux préliminaires, représente une démarche essentielle de la pensée platonicienne. Il se rencontre déjà dans la *République,* avec le terme même de « prélude »[25]. Et il se retrouve dans la doctrine de Platon en ce qui concerne la forme à donner aux lois.

C'est même à propos de cette forme à donner aux lois que Platon lance, dans les *Lois,* la métaphore du prélude musical.

Il l'utilise au livre IV, à propos des conseils adressés aux législateurs. De même, en effet, que, pour lui, toute la recherche de l'éthique et de la métaphysique constitue le prélude nécessaire à la définition d'une législation, de même un exposé des principes constitue le prélude nécessaire à chaque loi. Et de même que toute

23. Il s'agit de suffire comme prélude ; cf. 724 a : « Nous avons alors suffisamment préludé. »

24. De nouvelles recherches retardent, même alors, l'examen des lois ; sur la composition des pages qui suivent, cf. Wilamowitz-Möllendorff, dans *Hermes,* 1910, pp. 398-406.

25. 531 d : « Je parle du travail qu'exige le prélude, repris-je ; à quel autre peux-tu penser ? Ne savons-nous pas que tout ceci n'est que le prélude de l'air même qu'il faut apprendre ? Car tu ne penses pas par hasard que ceux qui sont versés dans ces sciences soient des dialecticiens ? »

réflexion et toute activité doivent tendre à rendre les hommes meilleurs, de même la rédaction d'une loi doit chercher à persuader, à instruire, à faire progresser, plutôt qu'à imposer quoi que ce soit. Ainsi s'explique la grande invention de Platon en matière de législation — à savoir celle des préambules.

« Aucun des législateurs », dit-il, « ne semble encore s'être avisé qu'il y avait deux armes à la portée des législations, la persuasion et la force [26], autant qu'on pouvait en user avec une foule sans culture, mais qu'ils n'en emploient qu'une : ils ne mêlent pas la persuasion à la contrainte lorsqu'ils légifèrent, mais le font avec la seule force, toute pure » (722 b). Comment faire autrement ? Platon rappelle les longs détours de l'entretien qui vient de se dérouler jusqu'à ce début du livre IV : « Vraiment, en effet, depuis que nous avons commencé à parler des lois, l'aube a fait place à midi ; nous sommes arrivés à cette belle halte sans nous entretenir d'autre chose que de lois, et voilà que nous commençons à peine à en formuler : tout ce que nous avons dit jusqu'ici n'était que préludes aux lois » (722 c-d). S'il en est ainsi, pourquoi ne pas placer avant les lois un prélude du même genre — un prélude qui expliquerait et justifierait ? « En fait, je pense, ce qu'on appelle les « nomes » du chant citharédique et tous les airs de musique sont précédés de préludes merveilleusement travaillés ; mais pour les vraies lois *(nomoi)*, celles que nous disons politiques, on n'a jamais encore parlé de préludes et aucun compositeur n'en a produit au jour, comme si la nature n'en comportait pas » ; or,

26. Cf. ci-dessus, p. 229 et n. 3. Platon insiste, à propos du médecin, sur ce rôle de la persuasion : « il *instruit* le sujet lui-même, ne lui prescrit rien sans l'avoir préalablement *persuadé*, et alors, à l'aide de la *persuasion*, il adoucit et dispose constamment son malade pour tâcher de l'amener peu à peu à la santé » (720 d). Sur la coexistence des deux aspects, cf. également *Lois*, II, 660 a (où la persuasion est donnée comme préférable), 661 c, *République*, II, 365 d.

« il y a deux choses, une loi et un prélude à la loi ; l'ordonnance que nous avons appelée tyrannique et comparée aux ordonnances des médecins à qui nous avons refusé le nom d'hommes libres, c'était la loi pure [27] ; mais ce que nous avions dit auparavant, et que celui-ci a appelé persuasif, était bien persuasif en réalité : c'était l'équivalent de l'exorde oratoire. Faire accepter avec sympathie, et grâce à cette sympathie avec plus de docilité, la prescription, c'est-à-dire la loi, de celui à qui le législateur l'énonce, voilà le but qui m'est apparu commander tout ce discours que son auteur tenait dans l'intention de persuader ; voilà pourquoi, à mon sens, c'est ce nom même de prélude qu'il faut lui donner, et non celui de texte de la loi » (722 d-723 b).

La démarche qui commande la sructure d'ensemble du traité des *Lois* se retrouve donc jusque dans la présentation des lois elles-mêmes. Qu'elle leur donne une tournure assez surprenante, pour des anciens comme pour des modernes, ne saurait faire de doute. Au reste, Platon, dans les pages qui précèdent, a donné un exemple de ce qu'il avait à l'esprit, en mettant côte à côte deux textes, dont l'un est simplement impératif, et dont l'autre est précédé d'une justification tendant à persuader. Le premier dit seulement : « On se mariera à partir de trente ans, jusqu'à trente-cinq ans ; sinon, les peines seront l'amende, l'atimie : une amende de telle ou telle gravité, et telle ou telle atimie ». Quant au texte long, il dit : « On se mariera de trente à trente-cinq ans, dans la pensée que le genre humain tient d'un don naturel une certaine part d'immortalité, dont le désir aussi est inné chez tout homme sous tous les rapports. Car l'ambition de s'illustrer et de ne pas rester sans nom après la mort revient à ce désir-là. Or, la race humaine a une affinité naturelle avec l'ensemble du temps, qu'elle accompagne et accompagnera à travers la durée... », etc... (721 b-d). Ainsi, une longue analyse

27. Ceci se réfère à une distinction établie en 720 c - e.

abstraite, assez longue et assez abstraite pour sembler presque ironique, explique le pourquoi de la loi et la justifie en termes d'éthique et de métaphysique.

Étrange loi, en vérité ! Et l'on ne saurait s'étonner que l'exemple n'ait pas été suivi. De fait, l'idée elle-même devait rester étroitement associée au nom de Platon. Cicéron, dans le *De Legibus*, II, 17, après avoir analysé le sens de la piété et des lois religieuses, déclare : « Voilà le préambule de la loi, pour reprendre le terme de Platon ». Et les historiens du droit ne manquent pas de signaler qu'il y a là une originalité radicale : M. Jones insiste même sur l'attitude diamétralement opposée qui fut, à cet égard, celle du droit civil médiéval ou du droit anglais [28]. Pour les modernes, la loi est un texte impératif, impersonnel, dont la sobriété fait la vertu. Pour les Grecs, la loi s'adressait aux individus, leur parlait, et, par son intermédiaire, le législateur tentait de rendre les hommes meilleurs : Platon n'a fait que pousser jusqu'à ses conséquences dernières une tendance qui avait toujours été sous-jacente dans la réflexion grecque.

On peut remarquer que, cette fois encore, par son exigence plus impérieuse, Platon finit par dépasser ce qu'il entendait exalter. De même qu'il préférait aux lois la science d'un homme qui connaîtrait le bien, de même, tout en proposant des lois, il finit par préférer aux textes impératifs d'un code une sorte d'exposé protreptique, qui fait passer la persuasion avant la règle : la loi devient vraiment, avec lui, la parole vivante d'un législateur-philosophe.

En un sens, c'est là une impasse. Mais l'orientation profonde d'une réflexion se définit jusque par les impasses auxquelles elle conduit ; et elle se lit aussi bien dans ses formulations les plus hardies ou les plus isolées que dans les lentes conquêtes vouées à tomber plus tard dans le domaine commun.

28. Jones, p. 8, note 6.

La pensée de Platon, en faisant de la loi une haute leçon de vertu, finit par en dépasser et en dénaturer la fonction normale ; mais elle révèle par là, plus clairement qu'aucune autre tentative, l'ambition inhérente à la pensée grecque en général. Celle-ci voulait, grâce à la loi, introduire dans la vie des cités un ordre qui fût bon, stable et noble. Il fallait, pour cela, que la loi fût à la fois le reflet de la raison et l'expression de la vertu : le fait que, chez Platon, elle finisse par se perdre et se fondre dans leur lumière confirme donc, en définitive, ce qu'une telle aspiration avait, dans son principe, d'essentiel et de puissant.

CONCLUSION

La crise dont on a ici suivi le développement se révèle donc, à l'épreuve, comme ouvrant des perspectives d'une rare richesse. Ouverte à la fin du ve siècle, elle s'était traduite à Athènes par des attitudes de contestation et de révolte, qui préparaient, par leur réalisme critique, les théories les plus négatrices de la pensée moderne. La réponse avait été, au IVe siècle, une défense passionnée de la loi, au nom de tous les principes possibles ; à force d'en rehausser les mérites, de multiplier ses fondements éthiques et d'accentuer son rayonnement moral, on finit par aboutir à un idéalisme si élevé que la nature même de la loi semble comme transposée et sublimée. Entre ces deux extrêmes, la pensée grecque semble bien avoir esquissé presque toutes les attitudes philosophiques possibles et fourni des modèles à tous les penseurs à venir. Au cours de ces débats, d'autre part, des esprits réalistes avaient mesuré les difficultés, les devoirs, les risques, les implications : ce seul siècle d'expérience — car il s'agit d'à peine plus — apporte d'un coup presque toutes les réflexions que les philosophes devaient reprendre dans les siècles suivants, et leur donne une expression qui a toute la vivacité de la découverte.

Cette richesse est remarquable. Elle ne doit pourtant pas surprendre.

D'abord, elle trouve son explication dans l'exigence

intellectuelle qui caractérise l'Athènes de l'époque classique. Car le fait est là : un Athénien ne saurait en aucun cas se déclarer pour ou contre l'obéissance aux lois sans chercher, tout naturellement, à justifier son attitude par une analyse de portée générale, où la nature de la loi entre elle-même en question. Ainsi advient-il que les notions, tour à tour creusées, discutées, retouchées, approfondies, développent au travers des œuvres grecques toute une histoire, où se découvrent, les unes après les autres, les perspectives essentielles ; et les crises politiques s'y reflètent en progrès philosophiques.

Mais il faut ajouter à cela une autre circonstance que la suite des textes considérés révèle de façon claire : c'est que la loi occupe une place à part dans cette histoire intellectuelle, pour la simple raison que la crise de la loi se confond, en définitive, avec la crise de la cité.

La cité grecque, en effet, dans son étroite cohésion, avait trouvé dans la loi, non pas seulement la garantie de l'ordre indispensable à sa survie, mais comme le symbole de son unité et de sa liberté. Il ne faut pas trop écouter les doléances des hommes de la fin du ve siècle ni faire des époques précédentes une sorte d'âge d'or politique. L'image serait fort inexacte. Mais il reste que la jeune démocratie athénienne semble avoir obéi à ses lois comme l'on obéit à ses propres décisions. Elle semble y avoir cru. En tout cas, aucune révolte de principe ne semble avoir alors accompagné les incartades éventuelles. Au contraire, l'apparition d'une attitude critique et méprisante à l'égard des lois coïncide avec le déclin du civisme, dont chacun se plaint vers la fin de la guerre du Péloponnèse et qui se manifeste à deux reprises dans la guerre civile : la critique intellectuelle de la loi fournit alors des arguments à toute espèce de révolte. Faut-il croire qu'il s'agissait là d'une fausse alerte ? Dès les premières années du IVe siècle, la démocratie était rétablie et l'entente entre citoyens solennellement restaurée. Mais il est bien clair que le mal restait latent ; et chacun le sentait plus ou moins.

Démosthène ne cesse de faire appel au civisme des Athéniens. Isocrate parle de réforme et d'entente entre citoyens. Platon cherche à tout prix les bases d'une cité qui ne serait point divisée et qui s'épanouirait, une, dans la vertu. C'est dans cette perspective que ces divers auteurs parlent de la loi. Et l'on comprend assez qu'un tel enjeu suscite chez tous un accent aussi passionné et des efforts aussi ardents.

En fait, et dans la pratique, ils échouèrent. Car, avec Aristote, on arrive à la fin des cités grecques indépendantes. Alors, dans un monde étendu à d'autres proportions, les problèmes deviennent, d'un coup, plus théoriques. Les discussions, d'être moins engagées dans la vie collective, se font aussi moins ardentes. Et au lieu de tout mettre en question, avec passion, on s'efforce de faire le point. Bientôt, des discussions que l'on a vues ici, triées et mises en ordre par Aristote, allait naître, dans une société plus soucieuse de réalisations pratiques, comme le fut celle des Romains, une nouvelle réflexion sur la loi, qui, passés les grands remous de la critique philosophique, allait se tourner, assagie, vers les problèmes spécifiques du droit.

La réflexion grecque reste, comme dirait Platon, le prélude ; mais nous dirions volontiers comme lui que le prélude demeure, ici aussi, l'élément le plus riche, et le plus digne de contribuer à une vraie *paideia*.

BIBLIOGRAPHIE

La bibliographie pourrait s'étendre presque à l'infini. Nous n'avons fait figurer ici ni les études sur les auteurs, qui pourtant sont d'une utilité primordiale pour la compréhension des textes, ni les éditions commentées, qui fournissent une exégèse sur les passages les plus importants relatifs à la loi, ni les études sur le droit athénien, qui sont toutes précieuses pour illustrer le sens de la loi grecque. Nous nous contentons d'indiquer les principaux travaux portant directement sur l'histoire de la notion de loi, en distinguant ceux qui traitent de l'histoire de la notion en général et ceux qui se rapportent au rôle de la loi chez tel auteur déterminé ou à telle période particulière. Les références qui, au cours du livre, donnent seulement un nom d'auteur renvoient à l'ouvrage indiqué ici.

I. — Études portant sur l'histoire de la notion de loi en général

E. Burle, *Essai historique sur le développement de la notion de droit naturel dans l'antiquité classique,* Trevoux, 1908.

V. Ehrenberg, *Die Rechtsidee im frühen Griechentum, Untersuchungen zur gesch. der werdenden Polis,* Leipzig, 1921, 150 p. (cité : Ehrenberg).

— Anfänge der griechischen Naturrechts, *Archiv für Geschichte der Philosophie,* 35 (1923), pp. 119-143.

L. Gernet, *Recherches sur le développement de la pensée juridique et morale en Grèce,* Paris, 1917, 476 p.

M. Gigante, *Nomos Basileus,* Naples, 1956, 311 p.

G. Glotz, *La solidarité de la famille dans le droit criminel en Grèce,* Paris, 1904, 621 p.

W. C. Greene, *Moira, Fate, Good and Evil in Greek Thought,* Cambridge (Mass.), 1944, 450 p.

F. Heinimann, *Nomos und Physis, Herkunft und Bedeutung einer Antithese im griechischen Denken des 5 Jahrhunderts,* Bâle, 1945, 221 p. (Schweizerische Beiträge zur Altertumswissenschaft, I).

R. Hirzel, *Agraphos Nomos,* Abh. der sächsischen Ges. der Wissenschaften (Phil.-Hist.) 20, 1900, 98 p. in-4°.
— *Themis, Dike und Verwandtes,* Leipzig, 1907.

J. W. Jones, *The law and legal theory of the Greeks,* Oxford, 1956, 327 p.

E. Laroche, *Histoire de la racine NEM- en grec ancien,* Paris, Klincksieck, 1949, 272 p.

W. Nestle, *Vom Mythos zum Logos,* 2e éd. Stuttgart, 1942, 572 p.

M. Ostwald, *Nomos and the beginnings of the Athenian Democracy,* Oxford, 1969, 228 p.

E. des Places, Nature et Loi, *L'Antiquité classique,* XVI, 1947, pp. 329-336.

M. Pohlenz, Nomos, *Philologus,* 97, 1948, pp. 135-142.
— Nomos und Physis, *Hermes,* 81, 1953, pp. 418-438 (cité : Pohlenz).

O. Schroeder, Νόμος ὁ πάντων βασιλεύς, *Philologus,* 74, 1917, p. 195-204.

H. Stier, Nomos Basileus, *Philologus,* 83, 1928, pp. 225-258.

II. — Études portant sur des aspects particuliers

F. Alderisio, Il nomos di Pindaro nel Gorghias e nei Nomoi di Platone, *Rass. di Scienze Filos.,* XIII, 1960, pp. 22-46.

C. Andresen, *Logos und Nomos,* Berlin, 1955.

C. Andrewes, Eunomia, *Class. Quarterly,* 32, 1938, pp. 89-102.

E. Bignone, *Studi sul Pensiero antico,* Naples, 1938, 355 p.

Q. Cataudella, L'Anonymus Iamblichi e Democrito, *St. it. di Fil. class.*, 10, 1932, pp. 5-22.

M. Davis, The place of law in projected Platonic cities, *Symbolae Osloenses,* XXXVI, 1960, pp. 72-85.

C. Del Grande, Nomos, physis e qualche riflesso tragico, *Vichiana,* 1964, pp. 357-375.

U. Galli, *Platone e il nomos,* Turin, 1937, 145 p.

G. M. Kirkwood, Hecuba and Nomos, *Trans. of the American Philol. Ass.*, 78, 1947, pp. 61-68.

M. Ostwald, Pindar, Nomos and Heracles, *Harvard Studies in class. Philol.*, 69, 1965, pp. 109-138.

P. Piovani, *Per una interpretazione unitaria del Critone,* Roma, Ist. di Storia della filos., 1947.

M. Salomon, Der Begriff des Naturrechts bei den Sophisten, *Zeitschrift der Savigny Stiftung für Rechtsgeschichte,* 32, Rom. abt., 1911, pp. 129-167.

G. Smith, Early Greek codes, *Class. Philology,* XVII, 1922, pp. 187-201.

G. Sorof, Nomos und Phusis in Xenophons Anabasis, *Hermes,* XXXIV, 1899, pp. 568-589.

W. Theiler, Νόμος ὁ πάντων βασιλεύς, *Museum Helveticum,* 22, 1965, pp. 69-80.

M. Untersteiner, édition commentée d'Antiphon, dans *Sofisti, Testimonianze e Frammenti,* fasc. 4, Florence, La nuova Italia, 1962 (cf. aussi, du même, *I sofisti,* Turin, 1948, rééd. Milan, 1967).

Note. — Les traductions citées dans le cours du livre sont empruntées à la Collection des Universités de France, publiée sous le patronage de l'Association Guillaume Budé, quand ces traductions existent. Pour Aristote, là où les œuvres n'y étaient pas encore éditées, nous avons cité, pour la *Politique,* la traduction Thurot (avec des modifications quand il y avait lieu, mais en les signalant) et, pour l'*Éthique à Nicomaque,* la traduction Tricot. Dans le cas d'autres auteurs, moins importants, et n'existant pas encore dans la Collection des Universités de France, les traductions sont de nous.

INDEX DES TEXTES GRECS CITÉS OU COMMENTÉS DANS LE LIVRE

Note : Les références en caractères gras renvoient à des groupes de pages où le texte considéré est discuté de façon détaillée ; dans ce cas, on ne renvoie pas à chacune des phrases citées au cours de la discussion. Les fragments des tragiques sont cités d'après la numérotation de Nauck, ceux des présocratiques d'après celle de Diels-Krantz.

INDEX DES NOTIONS

TABLE DES MATIÈRES

Cet ouvrage,
publié aux Éditions Les Belles Lettres,
a été achevé d'imprimer
en octobre 2002
dans les ateliers
de Normandie Roto Impression s.a.s.
61250 Lonrai, France

N° d'éditeur : 4214
N° d'imprimeur : 022560
Dépôt légal : novembre 2002